本书获得安阳师范学院重点学科
中国现当代文学学科部分资助

太阳社研究

赵新顺 著

中国社会科学出版社

图书在版编目（CIP）数据

太阳社研究／赵新顺著．－北京：中国社会科学
出版社，2010.9
ISBN 978－7－5004－9062－3

Ⅰ.①太…　　Ⅱ.①赵…　　Ⅲ.①太阳社-研究
Ⅳ.①I209.6

中国版本图书馆 CIP 数据核字（2010）第 170376 号

责任编辑	关　桐	
责任校对	刘　娟	
封面设计	智　智	
技术编辑	王炳图	

出版发行　中国社会科学出版社
社　　址　北京鼓楼西大街甲 158 号　　邮　编　100720
电　　话　010－84029450（邮购）
网　　址　http：//www.csspw.cn
经　　销　新华书店
印　　刷　北京君升印刷有限公司　　装　订　广增装订厂
版　　次　2010 年 9 月第 1 版　　印　次　2010 年 9 月第 1 次印刷
开　　本　880×1230　1/32
印　　张　8.5　　插　页　2
字　　数　208 千字
定　　价　25.00 元

序　言

　　赵新顺博士的学位论文《太阳社研究》要出版了，他打电话过来要我为之作"序"。在我的理解，为人作序，是要以功成名就当资本的，以我辈的资历请自己的前辈作序尚且忐忑惶恐，遑论对他人的成果品头论足。新顺以"导师"之名相邀，便觉无理由推托：导师未必高明如许，但就一篇博士论文的生产而言，却是重要的当事者；以当事者的身份对论文的撰述过程及论文本身谈些感想与体会应该不算太大的僭越。

　　将太阳社作为研究对象是经过一番考虑的。我的主要研究领域是中国当代小说，对现代文学相对陌生，新顺作为我的博士生，最初的论文选题也希望以当代文学为对象。但新顺硕士阶段的学习主要领域是现代文学，对现代文学中的诸多课题材料更熟悉，问题意识也更敏感一些。于是，我建议他论文选题不要拘囿于我的研究范围，甚至主动推荐了太阳社的题目，让他查找材料，梳理研究现状，考虑这一选题的可行性。

　　之所以有这样的推荐，和我当时在头脑中刚刚萌生，后来逐渐坚定起来的一个想法有关。即在我看来，博士论文作为标志性的成果和一般的学术研究相比应该有更高的要求。就人文学科而言，更高的标准之一就是历史化。历史化的意思是，我们研究和处理的对象首先应该是历史上发生和存在过的事实，参与了历史的过程，是构造历史的一个元素；由于时间或者权力运作的原因，这段历史被淹没或被遮蔽。通过我们的研究，历史得以呈现或者部分的被还原，从而在学术脉络的发展和演进方面有所添加，也提升我们对历史的认知。这个想法当然和那时的语境有关，即太多的假设性的、看起来冠冕堂皇、但内容空虚经不起推敲的虚假命题充塞于学术界，制造了大量的话语泡沫。历史化的要求避免一个论述对象陷入自相缠绕的话语繁殖最终却被证明是个假命题的尴尬。太阳社作为左翼文学思潮的源头之一，是一个确证无疑的历史命题。尽管围绕它展开的话语生产已相当丰盈，但过分明显的意识形态色彩模糊了它的历史面影，对它作历史性的研究，或者说，将这一课题"再历史化"，进行还原性的研究是必要的、有意义的。

论题确定后我向新顺提出两点希望：搁置现有的结论，回到历史现场中去，让材料说话；要对太阳社成员作全面研究，要作文本细读，在细读的基础上再做关联性研究，看太阳社究竟贡献出哪些新的思想和新的因素。

新顺是刻苦勤奋的，他阅读了大量的史料，下足了披沙拣金的功夫。从论文完成后的情况看，有三个方面的成绩可以看出这一研究课题的学术分量。一、从发生学的角度切入对太阳社的研究，还原出一个真切的现场，保证了此项研究的历史性品格。二、将太阳社的理论、批评与创作当作有机的整体；不仅选择太阳社的代表人物蒋光慈、钱杏邨进行论述，也没有遗忘常被忽略的戴平万、楼适夷等人，这种有机性和整体观提高了结论的可信性。三、文本细读的功夫和较高的概括能力使研究者能够准确地把握住太阳社在理论、批评及创作上的独特个性，在此基础上的关联研究也更有说服力，如对"认识—实践书写规范"的概括以及这一规范对后世文学的影响的描述就相当有新意且真实可信。

对一个年轻学者的第一个重要成果给予过多地赞美或许对

他并没有益处，况且以当事者的身份溢美对方更有自吹自擂的嫌疑。像作者自己已经意识到的，论文的不足是显而易见的，如太阳社成员的诗歌创作没有纳入研究视野就是一个明显的瑕疵。当然，这是新顺研究工作的不足，作为当事者的导师更难辞其咎。但瑕不掩瑜，对于关心中国现代文学的人来说，《太阳社研究》值得一读。

孙先科

2010 年 1 月

目　录

绪　　论

　　一部文学史，总是波谲云诡，不时出现令人困惑、难以解释的各种文学现象。"冷遇现象"与"轰动现象"是其中最能吸引研究者的文学现象。"冷遇现象"指，作家作品在作家生前默默无闻，但作家在辞世若干年以后却声名鹊起，成为不世文人，如唐代诗人李商隐、奥地利作家卡夫卡。"轰动现象"指，作家的作品甫出一版，即轰动文坛，但在若干年后却鲜为人知，几被遗忘。"太阳社"作家群就属于"轰动现象"的代表。研究者们多把精力与智慧投入当今最热门的作家作品的研究，而对"轰动现象"却缺乏足够的研究。文学史上有太多的"轰动现象"出现过，每一个"轰动现象"背后都有着深刻的背景，都对文坛发挥着自己的独特影响。太阳社出现在中国现代文学书写规范发生重大转折的时刻，对后世无产阶级文学及非无产阶级文学的发展动向、对国内的五四文学史乃至整个中外文学史的评价都产生了深刻的影响，因此，回到历史现场，对太阳社的文学理论、文学创作、文学批评、文学翻译开展进一步的研究是完全必要的。

　　目前，研究者在太阳社研究方面取得了相当的成绩，但同时也提出了一些难题。

　　第一，太阳社作为一个曾经产生过轰动效应的文学社团，在其成立之后近八十年的时间中，研究者们没有以专著的形式进行过研究。对于太阳社，研究者们习惯性地把它作为革命文学思潮的一个组成部分进行研究，甚至连一部完整的《太阳社研究资料》都没有出版①。与太阳社紧密相关的，只有《蒋光慈研究资料》。其他出版于不同时期的资料选编，如《革命文学论文集》（霁楼编，1928 年出版）、《中国新文学运动史资料》（张若英编，1934 年出版）、《三十年代左翼文艺资料选编》（马良春、张大明编，1980 年出版）、《"革命文学"论争资料选编》（1981 年出版）等，都是革命文学或左翼文学整体的资料汇编，太阳社只是其中的一部分。这种现象有利于研究者从宏观上把握"革命文学"的发生发展脉络，具有其优越性；但缺乏对"革命文学思潮"中的重要社团太阳社的整体研究及个案的微观研究。这种现象直接弱化了对太阳社的文学理论、文学批评、文学创作、文学翻译等方面研究的深度。因此，专门研究太阳社有其必要性。

第二，在太阳社的革命文学理论研究中，存在着两种倾向。一种是认为后期创造社与太阳社在革命文学理论方面的差异可以忽略不计，如吴中杰认为："细检'革命文学'论争资料，创造社、太阳社各人对文学性质的解释，都与此大同小异"②。绝大部分的文学史在对革命文学思潮的描述中，由于体例的关系，注重了二者的相同之处，忽略了二者的不同。另一种是能够重视太阳社革命文学理论的独特性，并对太阳社的革命文学理论进行了相应的研究。艾晓明的《中国左翼文学思潮探源》对太阳社极力提倡的新写实主义理论进行了分析，玛利安·高利克在《中国现代文学批评发生史》中专设一章"蒋光

---

① 在《中国现代文学运动、论争、社团资料丛书》目录中，第19条为《太阳社、中国诗歌会等社团和流派资料》（见朱金顺著《新文学资料引论》，北京语言学院出版社 1986 年版，第 34 页）。但实际上该书并未出版。

② 吴中杰：《中国现代文艺思潮史》，复旦大学出版社 1996 年版，第 172 页。

慈的革命文学理论"，对蒋光慈革命文学理论中的"革命"、
"心灵"、"时代"、"情绪"等关键词进行论述；高利克还专设
一章"钱杏邨：无产阶级现实主义与'力的文艺'"，讨论钱杏
邨的两种文学理论观点，这使得蒋光慈、钱杏邨的革命文学理
论与同书中的郭沫若、成仿吾、冯乃超及李初梨的革命文学理
论的差异得到了显示。陈安潮在《中国现代文学社团流派史》
中对后期创造社和太阳社的革命文学理论也分别论述。程凯运
用新历史主义理论对革命文学思潮进行分析，提出革命文学理
论的构建是一种历史叙述："'革命文学运动'的倡导者和参加
者自身的描述一直扮演着主导性的角色。其中有的人通过构造
历史模式和梳理线索、提供'事实'形成一套关于这场'运
动'前奏、开端、高潮的历史谱系。也有的人刻意颠覆历史哲
学式的叙述。……这是一场持久的对于历史话语的争夺，它的
背后是不同的政治、文化意识的较量。"① 程凯的"革命文学运
动"历史叙述观提醒研究者应该深入研究原始资料，回到历史
现场，还历史以真实的面貌，这其中当然应该包括对太阳社的
革命文学理论建设的认识。毕竟，太阳社虽然是一个重视创作
的文学社团，在文学理论方面的成绩不如创造社，但也有相应
的文学理论建设，两个社团之间并不是理论与创作的互补关
系，因此，太阳社的革命文学理论不应该淹没在创造社的革命
文学理论之中。太阳社的革命文学理论及对后世的影响应该得
到研究。

　　第三，在对革命文学批评史的研究中，存在两种倾向。一
种是对革命文学批评中的错误倾向理直气壮地进行批评，这些
批评意见中正确与错误杂陈，缺乏对革命文学运动提倡者们的

---

① 程凯：《"革命文学"历史谱系的构造与争夺》，《中国现代文学研究丛刊》
2005 年第 1 期。

具体分析。比如，对于钱杏邨的《死去了的阿Q时代》，研究者往往因为文章批评了鲁迅而毫不客气地予以否定，使这篇文章在文学批评史上的意义得不到分析。长期以来这种倾向流传很广。另一种倾向是对革命文学理论及革命文学批评进行史料的整理，批评意见建立在条分缕析的基础之上，情绪化的语言得到了相应的克制，理智的分析时时闪现。如艾晓明的著作、《中国现代文学研究丛刊》2005年发表的程凯、赵玙的文章在这方面都回避了情绪化的批评。同时，程凯等人的文章启示研究者，在进行史料整理的同时，还应确立自己的研究视角，对史料进行提炼。

第四，在革命文学理论对革命文学实践的指导性研究中，也同样存在着两种倾向。一种是由于把革命文学理论作为一个无差别的整体来进行论述，结果造成了使用创造社的理论来分析太阳社的创作。如严家炎的《中国现代小说流派史》中，提出了"革命小说流派"这一概念，由此，在对革命小说流派的特征的论述中，把两社的作家放置在一起进行论述，没有区分两社作家各自的理论与实践的关系。陈安潮虽然在理论方面把两社分开讨论，但沿用了严家炎先生的"革命小说流派"的分类方法，从而使其中的问题不可能得到解决。王智慧的博士论文《20世纪20年代"革命文学"综论》中，提出"革命文学"实践对理论的背离与超越的观点，这种提法有其积极价值，但王智慧没有把这种提法建立在两社理论存在差异的基础之上，使观点难免有错位之嫌。另一种倾向是以各自的理论来研究各自的创作。贾植芳主编的《中国现代文学社团流派》中，把创造社与太阳社分开论述，分别由朱寿桐、易新鼎写作《创造社》、《太阳社》，开辟了解决这一问题的路向。但是，该书受文本规模的限制，对太阳社的论述较为简略。

第五，在对革命文学创作艺术研究中，存在着两种对立的倾向。一种是认为革命文学放弃了艺术追求，把革命文学当作政治意识的传声筒。这种倾向从革命文学出现时就存在着，郁达夫、侍桁等人都有这样的看法。另一种是把革命文学放到整个无产阶级文学创作艺术发展史中看，以"幼稚—成熟"理论来看待革命文学艺术，茅盾、钱杏邨在对革命文学艺术性研究中都有相似的看法，钱杏邨从革命文学必将从幼稚走向成熟立论，而茅盾从批评革命文学幼稚立论，虽然角度不同，但发现的问题是相似的。这里的问题是，幼稚—成熟论可能根本无法说服前一种倾向，因为，在前一种倾向看来，即使革命文学处于成熟期，依然只是政治意识的传声筒，而不是文学。郁达夫等人是以纯文学观来看待革命文学进而得出结论，所以不论后者如何争论，他们也不会把革命文学视为纯文学的。既然革命文学不是纯文学，那么革命文学是何种性质的文学？

　　第六，在革命文学创作艺术价值研究中，也有两种对立的态度。一种是认为革命文学基本上没有艺术价值，夏志清的《中国现代小说史》中持这种观点。另一种是认为革命文学创作有自己的艺术价值，如《中国现代文学三十年》中针对蒋光慈的诗歌创作提出了"无产阶级诗学"的概念①，在对蒋光慈小说的研究中，认为《冲出云围的月亮》塑造了"时代女性"形象、《咆哮了的土地》在艺术手法上有所突破。余岱宗提出当前文学研究中对红色文学"以其政治倾向性的极端突出作为其缺乏审美价值的口实，将承当着强大的政治实用功能的主流红色作品排斥在'真正的'艺术作品之外，并进而忽略了对此时期的红色文学作品如何通过诸种审美特征的构筑去获得其实用政

---

　　①　钱理群、温儒敏、吴福辉：《中国现代文学三十年》，北京大学出版社1998年版，第140页。

治效果的微观分析"。认为应该对红色文学的内在叙述机制进行深入的研究。① 王烨、陆文喜从叙事学角度论述了革命文学的特征②，阎浩岗的系列论文从文学角度论述了革命文学整体及蒋光慈作品的文学价值。王智慧的博士论文从"流行性"角度论述了以蒋光慈为代表的革命文学创作的文学价值。这种研究路向，成为近年来革命文学研究（包括太阳社研究）中的一种重要倾向。问题是，如何看待革命文学家们在审美方面做出的努力：为什么作家们在审美方面做出的努力得不到别人的承认？应该在什么范围内承认他们的努力？

以上对太阳社研究现状的分析虽然较为粗疏，也没有穷尽所有的研究专著与论文，但分析基本能够体现太阳社研究的现状。研究者们重视史料挖掘，强调对研究对象进行理智化研究，提出了"革命文学运动"历史叙述的观点；否定革命文学并非文学的观点，承认革命文学属于文学范畴；重视对革命文学创作艺术的研究，提出"无产阶级诗学"、"内在叙述机制"、"审美逻辑"等观点。这些都是革命文学研究（包括太阳社研究）中极其有价值的工作。

但是，由于以上研究不是专门对太阳社进行的研究，缺乏对太阳社在革命文学发生、发展作用的明确表述，缺乏对太阳社的文学理论、文学批评、文学创作、文学翻译对后世无产阶级文学、非无产阶级文学影响的明确表述。因此，研究虽然取得了一定的成果，但是，研究者们对太阳社在文学史上的地位和作用仍然没有清晰的认识。

通过对研究现状的分析，可以发现，对革命文学的研究（包括太阳社研究）的问题集中指向一点，那就是革命文学的性

---

① 余岱宗：《被规训的激情·总论》，上海三联书店2004年版，第4页。
② 王烨、陆文喜：《现代革命的叙事逻辑》，《江汉论坛》2002年第2期。

质。因此，在占有史料的基础上，正确地确立研究对象的性质，是深入研究革命文学（包括太阳社）的起点。起点确立之后，对革命文学（包括太阳社）的研究相对来说会较为容易开展。

运用大文学理论有助于确立研究对象的性质。

王一川认为文学具有双重性质："作为审美意识形态，文学既是审美的也是认识—实践的"，并认为："在这种双重性质中，审美性质总是直接的、突出的，而认识—实践性质（即社会性质）则是间接的、隐蔽的。文学并不直接体现其认识—实践性质，而总是保持自身的审美风貌。"① 这是目前国内对文学性质认识中一种比较流行的观点。但在文学实践过程中，至少有两种现象以对立的形式出现：一种是注意保持自身的审美性质，一种是比较侧重突出文学的认识—实践性质。正如上文分析所提到的，前者往往指责后者不是真正的文学；而后者又会指责前者缺乏认识—实践作用，也不是真正的文学。到底哪种文学实践是真正的文学呢？应该说，如果把这两种文学实践放在大文学的框架中，这两种实践所形成的文学作品都是文学。前者可以称为"审美文学"，后者可以称为"认识—实践文学"。"审美文学"可以起到认识—实践的作用，但是其认识—实践作用是间接的、隐蔽的，并不以认识—实践为目的，不管审美文学有多大的认知因素，它也是审美文学；"认识—实践文学"虽然有审美因素，但是它并不是以审美为目的，不管它有多少审美因素，它也始终是认识—实践文学，"认识—实践文学"的审美因素是为认识—实践作用服务的。

因此，从大文学理论出发，革命文学是一种认识—实践文学，是转向认识—实践诉求的文学，它与审美文学虽然同为文学，但是并不相同。这是革命文学的性质。本书对太阳社的研

---

① 童庆炳主编：《文学理论要略》，人民文学出版社 2000 年版，第 73—74 页。

究将以此为起点。

从这一起点出发，本书在占有史料的基础上，把太阳社放置在 1928 年大革命失败后社会文化转型期特定的历史语境中，首先从特殊的军事、政治、出版文化环境来考察太阳社成员聚集在上海的原因，从太阳社的社团策划来考察太阳社在革命文学运动中成功运作的原因。进而从太阳社在文学理论、文学批评两个方面的成就来梳理太阳社的认识—实践文学书写规范的理论形态，力求全面地、客观地挖掘出太阳社的文学规范的主要内容。最后从蒋光慈的小说创作、钱杏邨的文学批评、其他成员的创作及翻译等方面考察太阳社成员对文学书写规范的具体实践。在这些工作之外，适当指出这些文学书写规范对后世无产阶级文学、非无产阶级文学的影响、对前革命文学的规约，也有很大的必要。

本书从太阳社整体的文学理论、文学批评方式入手，以文学思潮研究为主，兼及作家和批评家的个案分析，认为太阳社在获得革命文学"生存权"之后，在坚持革命文学的革命性的前提下，针对革命文学在艺术方面存在的幼稚病，运用社会科学方法开辟了一条"认识—实践文学"理论之路，并以其文学实践为中国现代文学创制了一种全新的文学书写规范，使中国现代文学发生了书写规范转向。这一认识对于重新评价太阳社的文学成就及其在中国现代文学史上的地位无疑有相当重要的意义。

最后需要说明的是，本书所引用的资料原文中，有许多不规范用字、用词，外语名词（如普罗列塔利亚、浪漫蒂克等）、外国人名（如陀斯妥耶夫斯基、高尔斯华绥、李别进斯基等）的不同译法，本书均保留了原貌，未加修改，敬请读者谅解。

第一章　时势与策划的产物

——太阳社的聚合与运作

关于太阳社的聚合与运作，研究者引用最多的是阿英夫人戴淑真的回忆："一天，在四川路丰乐里的苏广成衣铺楼上，经蒋光慈倡议，大家决定把酝酿已久的文学团体建立起来，初步定名太阳社，再建立一个发行机构，叫春野书店，出版《太阳月刊》，作为无产阶级文学运动的阵地。此外，再出一些单行本、丛书。后来，蒋光慈把这些意图向瞿秋白（他们在苏联相识，较熟）作了请示，秋白同志都同意了。为了研究问题，阿英和蒋光慈也一同去找过瞿秋白。太阳社成立那天，瞿秋白等都来参加了。"[①]

戴淑真的回忆虽然相当简略，但信息容量却很大，遗留的问题也很多：第一，太阳社成员为什么会聚集在上海，而不是其他城市，如北京。上海与其他城市相比到底有何不同？或者说，太阳社成员聚集在上海的条件是什么？第二，太阳社的这些成员是怎么聚集在一起的？第三，瞿秋白参加成立仪式，是个人行为还是组织行为？太阳社与中共中央的关系是什么？第四，太阳社的运作有什么特点？

---

① 　戴淑真：《阿英与蒋光慈》，《新文学史料》1983 年第 3 期。

第一节　相对宽松的文化环境

从 1927 年开始，"全国各地的文化人好像受着神秘的力量驱使似的，他们像候鸟一样成群结队、不约而同地离开他们原来的栖居之地向上海迁徙"①。参与大迁徙的文化人是如此之多，以至于直接导致了中国现代文化中心的南移，在中国现代文学史上具有相当重要的意义。

旷新年是这样解释这次迁徙的："上海已经成为中国的经济中心，而且是动乱不已的中国一个繁荣的孤岛。尤其是帝国主义的租界为白色恐怖统治下的中国的革命作家提供了隐身之地。"② 很明显，旷新年认为这些文化人来到上海之后的存身之地是上海的租界。

但事实并非完全如此。太阳社的春野书店所在的"北四川路"就不在租界地区，而只是越界筑路地区。春野书店"前门为日本租界，后门为中国地界"③。1927 年 9 月鲁迅偕许广平来到上海居住的住所及以后多次变更的住所也并不是在租界，他们的常住地址也是越界筑路地区，鲁迅只是在特殊情况下才到租界避居。鲁迅的《且介亭杂文》集的题目已经含蓄地表明自己所居住的地带属于半租界地区，而并不属于租界地区。因此，国内的文化人不约而同地来到上海，并在上海居留，从事文学创作，并不是一个"租界"概念所能完全解释得了的。1927—1930 年真实的上海被研究者对租界的过度想象遮蔽了。真实的上海有待于进一步认识。

---

① 旷新年：《1928：革命文学》，山东教育出版社 1998 年版，第 19 页。
② 同上书，第 20 页。
③ 钱厚祥整理：《阿英年谱》（上），《新文学史料》2005 年第 4 期。

一　上海租界与左翼文人的关系

20 世纪二三十年代，上海已经是远东地区的一个著名城市。但此时的上海与人们现在所想象的上海并不一样。

上海从行政管辖权限的归属上来看，可以分为租界、华界两部分。上海租界从 1843 年 12 月下旬英租界正式开辟始，到 20 世纪二三十年代，形成了包括公共租界与法租界两部分的格局，与公共租界和华界相关的，还存在着越界筑路这样的比较特别的地带。所谓的"越界筑路地区"，是租界当局不经中国政府同意，强行越界修筑道路的地区，与租界是有所区别的。在租界地区，一切行政事务由租界当局管理；但在越界筑路地区，则实行华洋共治：租界当局管理马路及紧邻马路两侧的店铺，而中国政府则管理马路两侧以外的地区。

租界当局在对中国领土进行侵略的同时，也输入了西方的一整套城市市政建设和管理制度。他们的管理方法、管理习惯与无法无天的中国各式军阀的统治相比，自然显得比较文明。比如，开办书店或出版社，在中国地界，需要进行登记，但在租界地带，则不用登记，直接开张就可以了①。租界当局这样做，在客观上有利于租界各种事业的发展。但这并不意味着中国政府对租界内发生的各种反政府案件就束手无策，中国政府对存身于租界内的反政府人士及在中国地界犯案逃入租界的人员，可以向租界当局照会，在取得租界当局许可后，在租界巡捕的帮助下实施抓捕行动。正是由于租界当局与中国政府的这种关系，因此，即使是在越界筑路地区开办的创造社出版部、

---

①　施蛰存说，他们 1928 年 9 月开办第一线书店后，就有警察来查问他们，是否向市党部登记了？他们跑市党部，跑社会局，跑警察局，补行登记，申请营业执照，但最终没有成功。于是，他们到租界内开办了水沫书店，一切手续全都不用办理。（见施蛰存：《我们经营过三个书店》，《新文学史料》1985 年第 1 期）

太阳社的春野书店及在租界地带开办的水沫书店，国民政府在条件许可的情况下仍然可以对他们进行查封或进行恐吓，迫使这些出版机构停业。左翼人士开办的书店之所以选择越界筑路地区，除了这一地带是当时有名的文化街外，也和租界与中国政府的这一关系有关。太阳社的春野书店前门是中国人俗称的"日租界"①，后门是中国地界，这样的选址正是利用了中国政府与租界当局的微妙关系的结果。如果中国警察来进行抓捕，他们可以转瞬间逃入租界，如果租界当局来抓捕，他们可以迅速逃入中国地界，抓捕方因为对方进入了非己方所管辖的地带，只能眼睁睁地看着对方逃跑而无法行动。如果想继续抓捕，则必须先向另一方办理照会才行，而如果办理照会，被抓捕的人员早就无影无踪了，所以往往会放弃抓捕行动。到30年代，国民政府与租界当局商定，可以在租界地区设立特别法院，对租界内的犯案华人有权进行审理，强化了对租界内华人的控制。因此，到20世纪30年代，即使是在租界内出版的《申报》，国民党的审查委员会仍然能够对它的出版内容进行审查，《申报·自由谈》上发表的文章经删节后才能发表的情况正是在这种情况下出现的。

租界当局在大多数时间总是与中国政府相配合的，但历史总有一些例外。1927—1929年租界当局与国民政府的关系并不融洽，对国民政府的照会常常以各种理由推脱。这是因为，国民党虽然是一个反共的政党，但其内部却一直有收回租界的声音，倡导收回租界的爱国人士受1927年国民政府成功收回汉口、九江英租界事件的鼓舞，在上海积极开展收回租界的活动。

---

①　这是俗称，实际上并没有单独的日租界，它属于公共租界管理。日本人多数聚居于虹口区，租界当局为方便管理，所安排的外籍巡捕中以日本籍巡捕居多，因此，中国人便把这一地区称为日租界。

这种活动使国民政府成立之后与上海租界当局的关系陷入了僵局，从而使国民政府在租界内的活动大受限制，难以在租界内发挥国家权力的威力。而到 1929 年后，随着租界当局与国民政府关系的改善，中共的活动逐渐变得困难。到 1933 年，连长期设在上海租界内的中共中央机关也不得不迁往江西苏区。

因此，上海租界的西方法律制度并不能够使左翼人士完全逃避国民政府的追捕，他们在上海租界的生存更多地是依靠自己的机智与勇敢。

二　1928—1929 年华界相对宽松的军事政治环境

上海租界的存在与左翼人士的机智勇敢是上海成为革命文学思潮发源地的重要条件，而 1928—1929 年华界相对宽松的军事政治环境也为革命文学思潮的发生提供了必备的条件。

在现代文学史上，国民党统治之下的上海华界被史家描述为一个持续的恐怖世界。"自从一九二七年四月十二日蒋介石在上海公开进行了反革命的大叛变，同年七月十五日，汪精卫集团的武汉政府举行了反共会议，革命的武汉这时也变成了反革命的根据地。宁汉合流以后国民党反动统治，依然是城市买办阶级和乡村豪绅阶级的统治，它比以前的反动统治者——北洋军阀——更加彻底地投靠帝国主义和更加残酷地剥削和迫害中国人民。血腥的大屠杀在全国各大城市里大规模地展开着。"[1]国民党在全国范围内对共产党的迫害确实非常惨烈。但上海却非常特殊，全国范围内的反共惨剧与 1927—1930 年上海的政治军事面貌并不能完全重合。如果国民党全面地、彻底地、持续地、毫不节制地对共产党进行迫害，让人难以想象创造社、太阳社等革命文学社团在上海生存的可能性，让人难以想象文化

---

① 刘绶松：《中国新文学史初稿》，人民文学出版社 1979 年版，第 188 页。

人为什么会如候鸟般地向上海迁徙。事实上，把上海描述为一个持续的恐怖世界的观点是一种非常笼统的认识，对于人们了解革命文学社团的生存环境是无益的。

上海在"四·一二"反革命政变后，以1927年7月为界限可以划分为两个阶段。

第一个阶段，从1927年4月至7月，是白色恐怖阶段。这时候，杀人最厉害的是"杨虎、陈群"。"四·一二"反革命政变后，杨虎、陈群被任命为上海地区"清党委员会"的军事负责人和政治负责人，二人在上海实行了残酷的恐怖政策，陈延年、赵世炎等一大批共产党人及革命群众被杀害。以致杨虎和陈群两个名字当时被联在一起称呼，成了"养虎成群"这样一句象征着极度恐怖的话。白色恐怖是如此残酷，以至于共产党员纷纷逃往到当时国民革命的中心——武汉。

第二个阶段，是在1927年7月国民党成立上海特别市之后，此时的上海变得比较安全了，无情杀戮的情形已经少见。"我回上海后，全国各地白色恐怖一天比一天更加凶恶，更加扩大和深入。……但上海，很奇怪地，那时几乎没有什么恐怖。中央交通处张宝全和宣传部黄婉卿结婚时，在老半斋请了几桌酒，除罗亦农外，中央各部人员都到了，好像当初在武汉一般。……中央秘书处邓希贤（邓小平）和俄国新回来的张西沅结婚，席设聚丰园，也是这般铺张。"① 刚从北京等地回来的中央负责同志都很惊讶，因为除了上海，全国没有哪个地方共产党人有这样的自由。这是因为杨虎已经去职了。"他（杨虎）的恐怖如此之残酷，而且化为一种敲诈手段，连资产阶级自身也厌恶他。此时国民党在大城市的统治已经稳定，经济趋于复兴，上海工人运动已退至无能为害的地步。杨虎时代被捕的判决了

---

① 郑超麟：《郑超麟回忆录》，东方出版社2004年版，第308页。

徒刑的共产党员，向司法机关控诉，法院特为此设立一个法庭，重新审判，好多的人交保释放了。国民党政府在大城市放松恐怖，正如帝国主义撤退驻华军队一般，都是出于革命退潮的。"①上海是全国最早实行白色恐怖的城市，也是全国最早恢复治安的城市。当全国其他地区正处于铲共高潮的时候，上海已经完成了消灭共产党的任务，此时反倒成了一个最安全的地方。

国民党在上海停止白色恐怖，原因是复杂的。首先，上海是一个现代化的资本主义大都市，长期的恐怖统治对于经济的运行是不可想象的，必然造成经济衰退。其次，上海的资产阶级有参政议政的能力和经历，为了自身的利益，它必须适时地推动政府结束恐怖统治，让社会生活走向正轨。再次，国民党经过几个月对共产党的疯狂杀戮，自认共产党在上海的势力已经被大大削弱，不再能够达到危害其统治的程度，至于残余的共产党势力，他们认为完全可以通过法律手段来解决。

这些原因都使上海的反共气氛相对淡薄，与全国范围内的反共高潮形成截然相反的对照。可以这样理解，在当时，从共产党的角度看，国民党是自己的最大敌人，但从国民党的角度来看，共产党在被镇压之后，已经不再是对其政权危害最大的敌人，而一些地方军阀势力浮出水面，成为国民政府的最大敌人。

国民党的组织建设情况对共产党的发展也是有利的。国民党从兴中会起就一直是一个组织上相对松散的政党，并没有严密的组织系统和严格的党纪。直到1924年召开"一全"的时候，国民党在俄共和中共的帮助下，才开始在党内学习苏俄共产党的组织制度，在全国各地建立自己的党部。即使如此，由于其自身历史的纠缠，国民党内部从上层到基层都很复杂。上层有党政军的矛盾、有左派右派的矛盾、有不同军事派系的矛

---

① 郑超麟：《郑超麟回忆录》，东方出版社2004年版，第309页。

盾，有专制主义与自由主义的矛盾，还有腐败的困扰。基层也同样复杂。

　　不同系统的矛盾在任何时候都可能存在，即使在"杨虎、陈群"作恶的时期也是这样。"（对上海工人纠察队）主持缴械的是周凤岐属下的第二十六军，他们要的是枪械，不一定要杀人。所以缴械时我们的同志被捕去的，都没有死。王一飞指挥南市纠察队，缴了械后被捕了。一个军官问了他几句话，就放他走。他冒充上海大学学生。他若落在杨虎手里就没有命了。"①这并不是说这些军官非常昏庸，而是周凤岐的第二十六军是刚刚投诚的原属军阀的部队，这支部队在"四·一二"反革命政变事变时曾经屠杀过抗议示威的工人，但此时显然对没收武器的兴趣要远大于对政治性杀戮的兴趣。

　　英美法制思想在国民政府法院系统也有很大的影响。据李逸民回忆，1928 年 3 月他在上海被租界巡捕抓获，随后被引渡到上海龙华司令部，一周后过堂，法官姓王，四十多岁，因为在李逸民的家里搜到一把手枪，法院指控手枪上有他的指纹；李逸民辩解说那是在巡捕房时英国人让他试枪时留下的。他冒充温州人，当时在同德医科大学学习。法官派人到温州查证，无此人，也无此人的亲属；法官派人到同德医科大学找到教务处、膳食处、财务处去查证，结果都没有发现李逸民的姓名，推定他是一个军人。但李逸民坚决不承认，他只说那是因为他被捕了，所以学校与家庭都不敢认他。他不招供，法院居然也没有任何办法迫使他做出交代。最终也只能判处徒刑，关押起来。②

---

　　① 郑超麟：《郑超麟回忆录》，东方出版社 2004 年版，第 302 页。
　　② 李逸民等：《关于苏州国民党江苏陆军军人监狱座谈会发言摘要》，《文史资料选辑》，第 69 辑，中华书局 1980 年版，第 36—38 页。

　　国民党的腐败也是有名的，这腐败是从一开始就存在的，而且终其在大陆的统治都伴随着腐败的影子。太阳社的成员殷夫在 1927 年以后多次被捕，但都被其兄保释出狱。张维桢回忆 1928 年 2 月他们被捕之后，"关在龙华司令部看守所。罗亦农同志对我们进行营救，弄清楚了我们这些被捕的人，谁判死刑，谁判刑八年，谁判刑四年，谁判刑几个月，准备花五万元钱买通反动司法当局（对我们轻判）"，但因为出现叛徒，此事未能成功。而另外一个党员同志，由其家庭出面，最后由死刑改判为有期徒刑四年。① 贾植芳回忆自己第一次被捕是在 1935 年参加"一二·九"运动，被国民党以"共产党嫌疑犯"的罪名关押了近三个月后，"我的富有的家庭，辗转托了有权势的人物，花了一千元银洋和五十两鸦片烟把我保释了出来。"②

　　受租界法律制度的影响，上海市政当局也倾向于用法制来管理文化事业，这也是革命文学能够在上海生存的原因。在相当长的时期里，从事公开的政治军事活动及散传单、写标语、示威游行是犯罪，但创作、销售文学作品并不是犯罪（只要不是明显煽动推翻国民党政府）。如，郭沫若在 1927 年因为参加南昌起义后被国民党列为通缉对象，这是他的政治行为造成的，但与他从事文学创作无关。因此，在律师的帮助下，创造社的领袖郭沫若虽被通缉，但并没有波及创造社及创造社的刊物③，甚至于郭沫若的著作及文章仍然可以在国内出版。

---

　　① 李逸民等：《关于苏州国民党江苏陆军军人监狱座谈会发言摘要》，《文史资料选辑》，第 69 辑，中华书局 1980 年版，第 15—17 页。

　　② 贾植芳：《在这个复杂的世界里》，《新文学史料》1992 年第 1 期。

　　③ 创造社在 1927 年 11 月 19 日《申报》上发表《创造社及创造社出版部重要启事》，宣称郭沫若的行动与创造社无关，1928 年 6 月 15 日在上海《新闻报》上发表《刘世芳律师代表创造社及创造社出版部重要启事》，表达了同样意思。这样避免了在 1927—1928 年就被查封的命运。（饶鸿兢等编：《创造社资料》，福建人民出版社 1985 年版，第 1080—1081 页）

三　1930 年前相对自由的文化出版制度

国民政府在出版物的管理方面给予了出版界相当程度的自由。

从 1927 年 7 月国民政府设立上海特别市到 1929 年末，国民政府没有正式的文化出版管理制度，上海市政府是在循例对出版业进行管理。

1912 年（民国元年）3 月，南京政府内务部宣布废止清朝的《报律》，但民国《报律》尚未制定，故暂定"报律三章"，令各界遵守。结果"全国报界俱进会当电孙中山，表示反对"。孙中山饬内务部取消，谓"案言论自由，各国宪法所重。善从恶改，古人以为常师。自非专制淫威，从无过事摧抑者。该部所布暂行报律，虽出补偏救弊之苦心，实昧先后缓急之要序。使议者疑满清钳制舆论之恶故政，复见于今，甚无谓也。……"① 暂定报律因此没有执行。

袁世凯政府对新闻出版事业进行了一些法律限制。民国三年（1914）4 月，袁世凯政府制定《报纸条例》。这部法律的第二条规定："报纸下列六种：一、日刊；二、不定期刊；三、周刊；四、旬刊；五、月刊；六、年刊。"这表明现在所称的刊物在当时也属于"报纸"。第三条规定"发行报纸，应由发行人开具左列各款，呈请该管警察署认可：一、名称；二、体例；三、发行时期；四、发行人、编辑人、印刷人之姓名、年龄、籍贯、履历、住址；五、发行所、印刷所之名称、地址。警察官署认可后，给予执照，并将发行人原呈及认可理由，呈报本管长官，汇呈内务部备案。"第六条规定出版报纸需要缴纳保押费。第十

---

① 张静庐辑注：《中国近代出版史料（初编）》，上海出版社 1953 年版，第 324 页。

条规定："每号报纸，应于发行日递送该管警察官署存查。"第十条规定了不得登载的八种内容："一、淆乱政体者；二、妨害治安者；三、败坏风俗者、……"① 从法律条文可以看出，在北洋军阀统治时期，出版报纸、刊物执行的是备案制，管理工作则执行事后审查制。1914 年 12 月，袁世凯政府还制定了《出版法》，1926 年"因北京报界要求，政府下令废止"②。但是，在上海，袁世凯政府制定的法律、条例基本上从来没有执行过。"当时上海出版刊物，是不必登记备案，更无须送检的。"③ 上海出版业在相当长的一段时间里处于无强制管理状态，文化环境是相对宽松的。1928 年，在华界开办出版机构，如施蛰存所言，也只是需要登记注册而已，在刊物出版前并不审查。

1929 年，国民党中宣部发布了《宣传品审查条例》，其中第五条规定："凡含有下列性质之宣传品为反动宣传品：一、宣传共产主义及阶级斗争者；二、宣传国家主义、无政府主义及其他主义而攻击本党主义政纲政策及决议案者；三、反对或违背本（党）主义政纲政策及决议案者；四、挑拨离间分化本党者；五、妄造谣言以淆乱视听者。"第七条规定："三、反动者查禁查封可究办之。"④ 国民党此时才开始重视并加大了对共产党的宣传工作查处的力度。

1930 年国民政府颁布了《出版法》。这部《出版法》与袁世凯政府的《报纸条例》有相似之处，维持了出版事业的备案制及事后审查制，但是由于已经有《宣传品审查条例》的执行，

---

① 张静庐辑注：《中国近代出版史料（初编）》，上海出版社 1953 年版，第 326—327 页。

② 同上书，第 330 页。

③ 叶灵凤：《〈A.11.〉的故事》（见饶鸿兢等编《创造社资料》，第 530 页）。

④ 张静庐辑注：《中国近代出版史料（乙编）》，中华书局股份有限公司 1955 年版，第 523 页。

言论空间已经缩小。到 1934 年，国民党中宣部又颁布《图书杂志审查办法》，其中第二条规定："凡在中华民国国境内之书局、社团或著作人所出版之图书杂志，应于付印前依据本办法将稿本呈送中央宣传部图书杂志审查委员会声请审查。前项审查事宜，遵照中央执行委员会第一一五次常务会议议决：（一）审查之范围为文艺及社会科学；（二）先在上海试办。"① 要之，"中华民国国境"在理论上是包括租界在内的。《审查办法》公布后，图书杂志的发行工作由事后审查变为事前审查，已经完全违背了孙中山先生的出版思想，而且对租界、越界筑路地区的出版界也产生了一定影响，因此，极大地限制了出版、言论自由。中共的文艺宣传及社会科学宣传活动遭遇到了强大的阻力。

因此，在国民政府统治下，上海的文化事业，从 1927 年开始，经历了无强制管理阶段、实行《审查条例》及《出版法》阶段、实行《审查办法》阶段三个阶段，对文艺事业的控制呈现出越来越严格的趋势。但是，有一点是清楚的，在 1927—1929 年间，国民党对文艺事业的管理相对来说是宽松的，或者说，国民党此时对文艺事业没有太大的兴趣。这是太阳社、创造社能够在这一时间段内公开提倡革命文学的文化管理方面的原因。

第二节　太阳社成员的聚集

太阳社的发起人有蒋光慈、钱杏邨、孟超、杨邨人四人。陆续加入的有洪灵菲、戴平万、楼适夷、殷夫等十多人。

上海大学是革命文学运动得以开展的一个重要因素。这所大学是一所党办大学，它在当时的知名度很高。曾有人把它与

---

① 张静庐辑注：《中国近代出版史料（乙编）》，中华书局股份有限公司 1955 年版，第 525 页。

黄埔军校并称，说是"北有上大，南有黄埔"或者"文有上大，武有黄埔"。这所大学有三个系：中文系、英文系、社会学系。其所聘请的教师也是一时之选，如中文系的沈雁冰、俞平伯，社会学系的瞿秋白、萧楚女、施存统等。它的学生中，涌现出了革命作家丁玲、阳翰笙、孟超等，也产生了施蛰存这样的受到左翼倾向影响的作家。

蒋光慈从苏俄留学回国后即在上海大学任教，正是在这所学校教学过程中，他初步形成了自己的革命文学理论，并通过自己的《十月革命后的俄国文学》课程在学生当中传播了苏俄文学，为1928年革命文学的发生奠定了相当的基础。蒋光慈是太阳社当之无愧的最重要的成员。

孟超是以蒋光慈的学生身份成为太阳社的发起人的。1925年秋，孟超在上海大学学习期间，经瞿秋白介绍结识了蒋光慈。第一次见面，蒋光慈就滔滔不绝地向孟超讲述列宁建立苏维埃政权的创举，接着又当仁不让地抒发他的理想。孟超后来回忆这一次相见的感受时说："如果不是我和他同气相投的话，的确那种狂态是会使个别人有'不逊'之感的。"[1]但孟超并不反感蒋光慈的"不逊"，而是沉醉在蒋光慈的狂态美之中。孟超在读过蒋光慈的《少年飘泊者》原稿后，表示他们是有"同一意念"的人，这使他们在文学思想上结下了深厚的友谊。

钱杏邨是以蒋光慈的密友身份成为太阳社的发起人的。钱杏邨与蒋光慈很早就相识并结成了密友。1918年，蒋光慈等人创办"安社"，编辑有《自由之花》，钱杏邨由于投稿缘故与作为编辑的蒋光慈发生了联系，随后被吸收加入"安社"。这是他们友谊的开始。1921年，蒋光慈到苏俄学习，二人的联系暂时中断。蒋光慈回国后出版的《新梦》、《少年飘泊者》都曾寄给

---

[1]　孟超：《蒋光赤选集·序言》，人民文学出版社1960年版，第1页。

钱杏邨，而钱杏邨曾在他任教的中学里把它们作为白话文作品
讲授，受到学生的欢迎。1926 年，钱杏邨因为受到军阀孙传芳
的通缉，被迫流亡上海。在上海，与蒋光慈及高语罕重逢。在
与蒋光慈的交往中，钱杏邨对蒋光慈的文学思想、政治主张有
了相当的认识，他们之间的了解在一步步地加深。同年，钱杏
邨加入中国共产党。1927 年初，钱杏邨被党组织从上海派往家
乡芜湖做武装起义的组织工作，准备迎接北伐军的到来，从此
走上了一条革命的实际工作的道路。1927 年 4 月，芜湖反正以
后，钱杏邨于 5 月辗转逃往武汉，在武汉的全国总工会宣传部
工作。1927 年 5 月初，蒋光慈在"四·一二"反革命政变后也
转移到了武汉，住在汉口长江书店，从事革命文学创作。在武
汉，蒋光慈与钱杏邨重新聚首，他们的文学交往相当频繁。钱
杏邨后来说："五四至一次大革命，关系较密者有高语罕、蒋光
慈，光慈给我影响最大。"① 钱杏邨走上革命文学道路，与蒋光
慈的影响是难以分开的。

　　杨邨人是以蒋光慈的崇拜者身份成为太阳社的发起人的。
1927 年 5 月，蒋光慈在逃往武汉的轮船上，由灵均介绍认识了
杨邨人。杨邨人是在广州"四·一五"反革命政变后从广州逃
出来的。而蒋光慈正是他所崇拜的革命诗人，他是读着《新
梦》、《少年飘泊者》走上革命道路的文学青年。

　　在武汉，孟超、钱杏邨、杨邨人三人都是在全国总工会宣
传部编辑科工作。他们虽从事着革命的实际工作，但因为爱好
文学，也因为在工作之余与蒋光慈多有交往，受到蒋光慈创作
革命文学激情的感染，在文学创作上逐步形成了共识，同气相
求，同声相应，成为后来组建太阳社的中坚。

　　太阳社的另一部分重要成员是"我们社"的发起人。"一九

---

① 　姚永森：《阿英的早期文化活动》，《新文学史料》1984 年第 1 期。

二七年冬,《太阳月刊》将问世,蒋光赤、孟超和我,记得还有别的同志,在洪灵菲家里见到了他(杜国庠)。我们都是第一次大革命失败后,分别从武汉、广州流亡到上海的。这时,他正和灵菲、戴平万组织'我们社',准备编印《我们月刊》。""从此两社就成了一体,相互参加了工作。《太阳》和《我们》便以弟兄名义的刊物出现,……后来为着把力量集中,《我们》发行到第三期就停了刊,只把太阳社的刊物继续编了下去。"① 钱杏邨的回忆表明洪灵菲、戴平万、杜国庠三人在来到上海之后,本来是想自己组织一个文学社团的,在太阳社主要发起人的鼓动下,集体加入了太阳社。但他们并没有放弃成立自己的文学团体的想法。因此,在 1928 年 5 月坚持成立了"我们社",出版了自己的刊物《我们》,创办了自己的发行机构"晓山书店"。任钧曾提出:"为什么要在太阳社之外另外成立这一团体(指我们社)呢?不太清楚。也可能主要是由于除《太阳月刊》外,当时还要出版《我们月刊》之故。因为据我们所知,除出版《我们月刊》外,当时该社并未有其他显著活动"② 。钱杏邨的文章应该能够回答任钧的疑问,洪灵菲等人在参加太阳社之前就在筹建我们社,这个活动蒋光慈等人是了解的,也许因此在太阳社成立之后,洪灵菲等组织我们社的活动并没有受到指责。

洪灵菲等人是从广东来到上海的共产党员。洪灵菲是广东中山大学毕业的高才生,在校期间就因喜欢文学创作而深受中山大学教授郁达夫的喜爱。毕业后到国民党中央海外部担任干事职务,广州"四·一五"政变后流亡海外。戴平万 1926 年被海外部派往暹罗工作。1927 年 8 月洪灵菲偕戴平万回国,本想

---

① 钱杏邨:《回忆杜国庠同志的文学活动》,《阿英文集》,三联书店 1981 年版,第 801 页。

② 任钧:《关于太阳社》,《新文学史料》,总第 2 辑,1979 年 2 月。

参加南昌起义部队，但由于起义部队很快失败，他们在避居家乡几个月之后，于10月间来到上海，因为与蒋光慈等人同在一个党小组，接受蒋光慈等人的邀请加入了太阳社。

楼适夷等人是由于被分配进党小组而成为太阳社成员的。

殷夫是一个例外，他是由于投稿关系而受到蒋光慈、钱杏邨的注意，进而接受他们的邀请而成为太阳社的成员的。

因此，太阳社是以蒋光慈、钱杏邨、孟超、杨邨人为发起人，吸纳了准备组织我们社的洪灵菲、戴平万、杜国庠，接受了党小组内部的一些成员，并相机在作者中发展了殷夫等人而组成的文学社团。在这一个社团中，蒋光慈以其在苏俄东方大学留学的经历、较突出的文学思想成为该社团的核心人物，钱杏邨、孟超、杨邨人则更多地接受了蒋光慈的文学思想、文学创作影响，成为该社的中坚。其他成员在创造革命文学方面与四个发起人保持一致，但在具体的文学创作、文学思想上则未必完全与他们一致。这是他们的聚合方式决定的。

第三节　太阳社与中共中央的关系

太阳社成员全部是年轻的共产党员。太阳社内部有党的基层组织"春野支部"，"隶属于闸北区委领导"[1]。"这说明太阳社很不同于一般的文学社团，它是在当时党中央负责人指导和支持下成立的，又是以无产阶级的政治纲领和组织原则作保证来推动无产阶级文学运动的一个新型社团"[2]。戴淑真也多次提到太阳社与中央领导人瞿秋白的关系。但是，这不是真实的、

---

[1]　戴淑真：《阿英与蒋光慈》，《新文学史料》1983年第3期。
[2]　易新鼎：《太阳社》，《中国现代文学社团流派》，江苏教育出版社1989年版，第486页。

完整的太阳社历史，而是戴淑真、易新鼎等人在特殊的意识形态下对历史的文学叙述。中共党组织与太阳社等文学社团的真实关系被他们的文学叙述遮蔽了。瞿秋白诚然是当时的中共中央负责人之一，但是以瞿秋白个人与太阳社的关系来覆盖中共中央与太阳社的关系，并进而给读者造成了中共中央此时对文学事业非常重视的印象。他们的说法与蒋光慈的认识大不相同："我（蒋光慈）将中国的一般革命党人对于普洛作家的态度告诉了他（藏原惟人）。他说，在日本也曾有过这种情形，就是到现在也许还有。"① 太阳社与中共中央的关系并不融洽。那么，太阳社与中共中央的关系如何呢？

"中国共产党中央，从成立到一九二八年底我卸去宣传部秘书职务为止，根本没有列为专项的文化工作，更加没有成立'文化工作委员会'，'文化党组'，或类此的机构。这是没有什么奇怪的。在这时期中，全国代表大会或各地区代表大会，讨论通过的有工人运动决议案，农民运动决议案，妇女运动决议案，国民运动决议案，军事运动决议案，以及其他的决议案，却从未见有文化运动决议案。" "一九二四年秋，彭述之回国，接编《新青年》季刊，就不发表评论文学和批判文化的文章了。彭述之当宣传部长，他自己不懂得文学，也不懂得文化。……瞿秋白此时也不写那一类的文章。所以在大革命那几年中，中央出版的报刊以及书籍，都不谈文学和一般文化。革命失败后，我编辑《布尔塞维克》，曾发表一文说明本刊发展的计划，其中也没有提到文学和一般文化。"②

事实上，中共中央在当时对文学并不重视，甚至于是极端

---

① 蒋光慈：《异邦与故国》，《蒋光慈文集》第 2 卷，上海文艺出版社 1983 年版，第 476 页。

② 郑超麟：《谁领导了中央文化工作委员会》，《新文学史料》1989 年第 1 期。

反对的。在莫斯科东方大学的旅莫支部，以罗亦农、卜士奇、彭述之为首的支部领导人认为，中国留学生在苏联学习的主要任务是在革命斗争的环境中将自身培养成为职业革命家，因此，文化学习并不重要，甚至可有可无。他们反对留学生想先学习俄语，再研究主义的想法，宣称他们是职业的革命家。把那些热衷于学习俄文、钻研理论、爱好文学的同学定为学院派，凡是定为学院派的同学，不但要遭到大会批判，还会被同学们疏远。① 因此，在旅莫支部里，隐然以是否爱好文学划成了两派，而蒋光慈属于反对派，曹靖华、韦素园等人也是反对派，他们进行文学活动是不受党组织的欢迎的。

旅莫支部成员不仅反对蒋光慈从事文学工作，对瞿秋白从事文学工作也是持反对态度的。1924 年，停刊好久的《新青年》在瞿秋白主持之下改为季刊出版。第二期首先登载了小说和文学批评。这在旅莫支部心目中是不可饶恕的错误。"彭述之气愤愤地同我们说：我们的理论刊物《新青年》变成普通的无聊的空谈哲学文学的杂志了！""旅莫支部于是决定写文章供给中国刊物。我提议《新青年》应出一期列宁专号，以纪念新逝世的世界革命领袖。他们赞成。……陈独秀把莫斯科寄来的稿子不分皂白都发表在《新青年》季刊第三期上了。"当年暑假，彭述之等人回国，"他此时计划着去占领《新青年》编辑部。"②

1924 年 8 月彭述之回国，在上海大学任教。1925 年 1 月，中共中央第四次全国代表大会召开，选举产生的中央局由党的总书记兼组织部主任陈独秀、宣传部主任彭述之、工农部主任

---

① 张仲实：《二十年代赴莫斯科留学的回忆》，《党史研究资料》1981 年第 10 期。

② 郑超麟：《郑超麟回忆录》，东方出版社 2004 年版，第 202—203 页。

张国焘、宣传部委员蔡和森、瞿秋白五人组成。彭述之兼任党中央机关刊物《向导》主编。当时党的主要工作是进行思想发动和马列主义宣传，所以在中央局五名成员中，竟有以彭述之为首的三位同志是做宣传工作的，由此可见彭述之的位置和责任之重。由于彭述之等人主持宣传工作，所以，从1924年到1929年，中共中央对文学事业是漠视的，甚至于是极度反感的。"（旅莫支部）同行回来的好多人都派在党内或团内工作，惟有蒋光慈派在上海大学教书，而且是在中国文学系教书。"① 郑超麟的记忆有误，因为同时在上海大学任教的还有彭述之、瞿秋白等人，但确实只有蒋光慈没有被分配其他工作。此时的中央并不把文学事业视为党的事业的一个组成部分，也不认为共产党员从事革命文学创作也是在进行革命工作，他们很自然地把文学事业与革命事业对立起来。当然，他们不反对党员在业余时间从事一些文字工作，但主要限于宣传工作。因此，蒋光慈虽然是中共内部提倡"革命文学"的第一人，并且很早就自觉地把自己定位于"党员作家"，把自己的文学事业当作党的革命事业的一部分，但这一点在中共中央内部是不被承认的。他是一个孤独的存在，即使是在太阳社成立时，他们得到的支持也只是瞿秋白的个人支持，而不是中共中央的支持。中共中央并没有把他们的文学工作视作党的事业的一部分，也从不认为不经过革命实践洗礼的知识分子能够成为坚定的共产党员。

在中共中央看来，文学社团只是一个很好的职业掩护，就如同把教书、经商等职业当作工作掩护一样。"革命失败后，文化工作已经从下层兴起来了。那完全是自发的，即不是中央领导的，也不是省委（指江苏省委）授意的。起初成立了'太阳社'。那差不多完全是我们自己的同志的组织，其中主要是爱好

---

① 郑超麟：《郑超麟回忆录》，东方出版社2004年版，第148页。

文学的同志，以蒋光赤为核心，但也有正在从事实际工作的同志，他们以余暇写些小说，如徐迅雷、洪灵菲等人。……我知道这件事，但不重视这件事。"① 党也从来没有把这些作家当作特殊的党员。他们每一个人都随时要服从党的安排。闸北区委的几个支部都是在革命失败后才组织起来的，大部分成员是从江苏、广东、安徽、浙江等地转移来沪的知识分子、文艺工作者，但来沪以后党组织分配给他们的工作是要深入到沪东杨树浦一带从事工人运动。而且这不仅是革命失败以后的情况，在革命高潮时也是这样安排党员工作的。蒋光慈、洪灵菲、刘一梦、孟超、殷夫、钱杏邨等都有这样的经历：蒋光慈曾被派往冯玉祥的部队去做翻译；洪灵菲 1930 年下半年担任江苏省委宣传部工作，1933 年被派往北京去做地下工作并在北京牺牲；刘一梦 1928 年被派回山东家乡任团省委书记，1929 年被叛徒出卖牺牲；"孟超一九三〇年后调闸北区委、上海工联、全国总工会做宣传、组织工作。一九三二年三月在组织沪西纱厂工人罢工中被捕"②；殷夫在上海多次因参加组织工人罢工而被捕入狱；钱杏邨作为党小组长，也积极地参加上海地下党组织的演讲、宣传活动，并曾在 1929 年被捕，短暂入狱。这是他们在党心目中的作用，也是党在他们心目中的位置：他们随时准备听从党的召唤，随时可以放弃自己的文学事业。

　　这中间唯有蒋光慈的表现与众不同。蒋光慈在刚回国期间被分配在上海大学工作。这时，他既从事自己的文学创作，也参加党组织安排的一些街头宣传活动，如上街演讲、发传单等，而且表现得很勇敢、很努力，完全服从党组织的安排。但到1925 年他的思想发生了变化。当时，中共与冯玉祥合作，他被

　　① 郑超麟：《谁领导了中央文化工作委员会》，《新文学史料》1989 年第 1 期。
　　② 《孟超同志追悼会悼词》，《新文学史料》1980 年第 1 期。

中共中央派往冯玉祥的部队，做俄国顾问的翻译。这项工作，
在别人眼里，无论是对革命事业，还是对个人政治生命，都极
其重要。很多人想去，但由于俄语程度有限，难以胜任工作而
无法成行。但蒋光慈在从事这项工作几个月以后，就坚决要求
党组织解除他的工作任务。在请求被上级否决的情况下，他擅
自离开了工作岗位，回到了上海。原因很简单：在张家口，他
没有可以谈论文学的朋友，也不能进行文学创作："虽然我现在
的物质生活比较富裕些，但这并不能扰动我的心志。两月后一
定回到北京，好好从事文学的创作。此生誓勉成一东方诗人，
不达志愿不已。我现在因事忙，很少创作的机会，这实是我引
为最痛苦的事情。"① 他的文学创作活动与具体的革命工作发生
了直接的冲突，在这冲突中，他选择了文学，而放弃了具体的
革命工作。当然，他为此付出的代价是，党组织从此不再给他
分配任何党的工作。莫斯科的老同学，罗亦农、彭述之、赵世
炎、王若飞等人，都不愿意谈到他。在"四·一二"反革命政
变后，他虽然也来到了党中央的所在地——武汉，但他在武汉
没有具体工作（钱杏邨等人被党安排在总工会工作）。他只是在
爱好文学的青年中间活动，筹备文学社团，准备出版文学刊物。
武汉反动以后，他和这一批文学青年先后回到上海，几个月之
后，主持成立了太阳社。

　　这就是说，太阳社的文学工作，是以蒋光慈为代表的一
些党内的文学爱好者个人从事的文学事业。他们对文学事业
非常热爱，相信文学创作对革命工作有着极其重要的影响。
但在当时中共内部，他们的声音是非常微弱的，党中央的领
导人并没有认识到文学事业的重要性，对他们的文学工作采

---

① 蒋光慈：《纪念碑》，《蒋光慈文集》第 3 卷，上海文艺出版社 1985 年版，
第 219 页。

取了漠视的态度，甚至于持反对的态度。太阳社的成员是在党内承受着一定的压力的情况下从事文学创作的。这从蒋光慈被开除出党的原因之一也可以看出。蒋提出退党最重要的原因就是他的文学工作与党的工作发生了冲突，而他又不愿意放弃他的文学事业。但党组织却给予他开除出党的处分："蒋原为文化工作人员之一，近中共中央决议将在文化工作人员中调一些到实际群众工作中去，蒋光赤早已动摇，经此一举，害怕艰苦工作，遂写信给党，说他是过惯了浪漫优裕的生活，受不住党内铁的纪律，自请退出党外，'做一个实际的革命群众一分子'。"①

与蒋光慈不同，太阳社成员中，洪灵菲、刘一梦、殷夫等都能自觉地以党的事业为重，仅把文学事业作为自己的一项副业。②

第四节　太阳社的文学策划

文学策划对一个文学社团能否最大限度地扩展自己的影响具有决定性的作用。太阳社是一个很重视文学策划的社团。

一　社团、刊物、书店、丛书的策划

太阳社最重要的策划是对社团、刊物、书店、丛书四位一体的布局。成立太阳社之初，他们既商量了成立一个社团，而

---

① 《没落的小资产阶级蒋光赤被共产党开除党籍》，《红旗日报》（第三版），1930 年 10 月 20 日。
② 在这里想指出一点，左联五烈士，在文学史中，是被描述为以作家身份被杀害的。但事实上是因为他们是在参加革命具体工作时被捕的，同时被捕、被杀害的还有其他党员。国民党杀害他们，不是因为他们写过什么反对国民政府的文学作品，而是因为他们从事了推翻国民政府的暴力活动。

且讨论了出版刊物《太阳月刊》、开办春野书店、出版太阳丛书的事宜。

回顾新文学发展历史，新文学的社团、刊物、书店、丛书四者之中，新文学社团是最早出现的，其他三者则是因应形势的需要出现的。

最初成立的新文学社团，大多并没有自己独立的刊物，但社团成员都渴望拥有自己的刊物。文学研究会借助商务印书馆的《小说月报》实现了自己的目标，使后人几乎认为《小说月报》是文学研究会的机关刊物，而忘记了《小说月报》只不过是资本家所有的一个期刊的事实。创造社先后以《民国日报》副刊《觉悟》、《时事新报》副刊《学灯》、《中华新报》副刊《创造日》为自己的阵地，类似于文学研究会的情况。此后还与泰东书局合作，出版了《创造周报》、《洪水》等刊物，但都难逃被资本控制的命运。第一个由新文学作家自己创办的书店是开明书店。它是由原来中华书局中的文学研究会成员夏丏尊、章锡琛合办的书店。这一举措开创了作家摆脱资本家控制、自己办书店的热潮。1926 年，创造社经过筹备，募股创办了创造社出版部，把原来由泰东书局出版的刊物收归自己出版，实现了作家们的理想。创造社不仅想拥有自己的出版机构，而且从成立开始就非常注意丛书的出版形式，自己单独开办出版部之后对出版丛书更是投入了巨大的精力，先后共出版 14 种丛书。组建社团、出版刊物、开办书店、出版丛书，这些举措表明，新文学作家在商海中的摸爬滚打中，以自己的商业性策划适应了上海这个资本主义大都市的运作规律。

蒋光慈成立太阳社也经历了一个艰难的策划过程。

首先是成立社团。蒋光慈从事文学创作的最大苦恼是没有同志。在莫斯科不被旅莫支部欣赏，而曹靖华、韦素园虽然也是文学爱好者，但是他们的文学主张与蒋光慈有很大的分歧①。
回到国内，蒋光慈仍然不能找到志同道合者。他在1924年11月
3日给宋若瑜的信中，哀叹"我很有点志愿办一文学刊物，振作
中国的文学界，可是一个人精力有限，在最近期间，这种志愿
是达不到的"②。此时，蒋光慈已经很自然地把出版刊物、成立
社团两件事联系在了一起。1924年11月，蒋光慈与沈泽民应邵
力子的约请代编《民国日报》副刊《觉悟》，在《觉悟》上以
"春雷文学社"的名义接编了文学专号。在11月15日《觉悟》
上登出了《春雷文学社小启事》的广告："光赤、秋心、泽民、
环心……组织了这个文学社，宗旨是想尽一切力量，换一换现
代文学界的'靡靡之音'的潮流，预备每星期在《觉悟》上出
文学专号，读者注意。"但春雷文学专号仅在11月16日、23日
出版了两期就夭折了。在1924年12月2日《民国日报》副刊
《觉悟》广告栏中，蒋光慈刊登了《春雷文学社启事》，宣告文
学专号的停办。春雷文学社因此自动解散。

　　组建文学社团失败，并没有让他止步。1925年12月间他加
入了创造社。③他在此时的创作基本上都是在创造社的刊物上发
表的，并被称作创造社的新秀。但加入创造社并不是他的最终
目标，他的目标是组建一个革命文学团体，而创造社在此时并
不是他理想中的文学团体。他因此更积极地寻找志同道合之人，
相机成立一个新的文学社团。1927年他从上海到武汉后，在从
事文学创作之外，最大的乐趣就是与钱杏邨、孟超、杨邨人等

---

①　曹靖华、韦素园回国后组建了未名社。

②　蒋光慈：《纪念碑》，《蒋光慈文集》第3卷，上海文艺出版社1985年版，
第177页。

③　蒋光慈把此事告知了宋若瑜，宋在1925年12月15日的信中说："你现在加
入创造社，我很赞成。你时常和他们谈谈或者可以得到许多安慰。"（见《纪念碑》，
《蒋光慈文集》第3卷，上海文艺出版社1985年版，第155页）

进行交往，他们已经感到各自心灵间的契合，开始商量成立文学社团的事宜。从武汉回到上海以后，蒋光慈成立社团的愿望更加迫切，多次要求钱杏邨尽快来沪筹备新的社团。这样，蒋光慈为成立社团等事宜做好了人事准备。

太阳社成立伊始，就同时决定了编辑自己的刊物《太阳月刊》。《太阳月刊》虽然仅仅出版了七期就停刊了，但太阳社成员先后又创办了《时代文艺》、《新流月报》、《海风周报》、《拓荒者》等刊物，以太阳社成员为主成立的我们社还发行了《我们月刊》，这些都为太阳社发表文学创作及理论主张提供了必要的阵地。

在成立太阳社的同时，他们还建立了自己的出版机构——春野书店。这是一个颇具野心的策划，如果没有春野书店，太阳社想要在上海立足是难以想象的。

太阳社成立之初，还策划出版了一些丛书和单行本。他们先后策划的《太阳小丛书》、《辚轳小刊》等，有《革命的故事》（钱杏邨）、《战线上》（杨邨人）、《玫瑰花》（王艺钟译）、《罪人》（蒋光慈）、《现代中国文学论》（郁达夫）、《霓》（刘一梦）等书出版。

这样，太阳社从建社始，就学习了以创造社为主的新文学社团的经验，把建社、出版刊物、开办书店、出版丛书及单行本等工作同时开展，使太阳社能够在短时间内迅速扩大自己的影响。这些工作与蒋光慈的策划之功是密不可分的。

二　对社团成员工作的策划

蒋光慈对自己的设计是成为一个伟大的作家。他的这种表述相当充分。

　　我或者将飘零流浪以终生。但我并不以这个为苦，这个正或者助成我为一伟大的诗人。①

我虽然对于群众运动表充分的同情，但是我个人的生活总是偏于孤独的方面。我不愿做一个政治家，或做一个出风头的时髦客，所以我的交际是很少的。我想做一个伟大的文学家，但是这恐怕是一个妄想啊！②

朵氏（指陀斯妥耶夫斯基）初出世的时候，即得着了别林斯基的知遇，这真是他大大的幸运！连一本小小的书经过别林斯基的推荐，即刻使朵氏成了名，这不是伟大的幸运吗？中国也许有朵氏，然而别林斯基呢？③

我问一问自己：我是不是有点文学的天才呢？似乎是有一点，似乎是并不是完全低能儿……但是我一想起朵斯托也夫斯基，托尔斯泰，哥尔基……我觉得我的天才是这样地渺小，渺小得不可言状！④

艺术家能够看得见，认识出，而且艺术地将某一期间之社会生活的主要脉搏，根本的源泉，表现出来，那时他才能成为伟大的艺术家。……⑤

蒋光慈是太阳社的核心，他的兴趣在于文学创作，他始终渴望有一个文学评论家能够与之相伴。

两个伟大的革命家与两个伟大的文学家结了姻缘：Ma-

---

① 蒋光慈：《纪念碑》，《蒋光慈文集》第3卷，上海文艺出版社1985年版，第180页。

② 同上书，第185页。

③ 蒋光慈：《异邦与故国》，《蒋光慈文集》第2卷，上海文艺出版社1985年版，第429页。

④ 同上书，第441页。

⑤ 同上书，第464页。

rx and Heine, Lenin and Gorky……①

　　艺术家的作品就是艺术家的生命，如果他的作品的真价被人所误沽了，或者竟为人所完全不了解，那他该是多末痛苦呵！……②

　　读了诸名家的艺术批评，我不禁慨叹我们国内批评坛的幼稚……③

　　这个愿望在他与钱杏邨重逢后得以部分实现。从此，一个主要从事创作，而另一个主要从事文学评论，形成一对比较友好的搭档。这不是自然形成的，而是一种策划。

　　钱杏邨更是在蒋光慈每部新作出版之后，以最快的速度让自己的文学评论出台。钱杏邨对蒋光慈作品的评价始于1926年12月，当时他在上海《文学周报》上发表文章介绍蒋光慈的《鸭绿江上》，这应该是他的第一篇关于革命文学的批评文章，从此开始了他与蒋光慈的合作之旅。他对蒋光慈的《短裤党》、《菊芬》、《冲出云围的月亮》、《野祭》、《丽莎的哀怨》等，都在最早的时间进行了评价。在对蒋光慈作品的评论中，钱杏邨每每对他的作品的缺憾加以回护。钱杏邨本人也因为发表了大量的作家作品评论（包括对蒋光慈作品的评价），被认为是革命文学队伍中最重要的评论家。就连胡秋原等人在批评左翼文学时，打出的旗号也是"清算钱杏邨"。但这里有一个问题，从蒋光慈的《异邦与故国》中可以发现，蒋光慈对于钱杏邨的评论并不满意。其中的确切原因也许无法知道，但是有一点可以肯定，钱杏邨在短短三四年时间内创作了大量的文学批评文章，

----

　　① 蒋光慈：《异邦与故国》，《蒋光慈文集》第2卷，上海文艺出版社1985年版，第434页。

　　② 同上书，第461页。

　　③ 同上书，第482页。

有对当时中国作家的创作的评论，有对外国作家的评论，有对小说的评论，也有对散文、小品的评论。评论的深度及专注的程度自然难以满足蒋光慈的要求。

三 寻求中共中央领袖的支持

蒋光慈在策划社团内部评论家的同时，也在寻找中共中央领袖人物的支持。他的这个想法是在了解到马克思、恩格斯、列宁对文学家及文学工作的长期关注这一事实后建立的。

> 读了《Marxism 对于艺术和文学的阐明》，一方面觉得惟有用 Marxism 才能解释艺术和文学的真价，一方面又惊异社会运动家，伟大的革命的领袖，如 Marx，Lassale，Mehring，Larfarrgue，Plehanov，Luxenburg，Lenin，Lunacharsky，他们对于文学和艺术是这样地有兴趣，是这样地深切地了解。其他如专门文艺研究家 Friche，Cogan，对于文艺的认识，非一般资产阶级的学者所能及，那更不必说了。
>
> R. Luxemburg（罗萨·卢森堡）的《俄国文学的精神》一文，不但证明她了解俄国的文学，而且证明她差不多读尽了俄国各名家的著作。她是一个实际运动家，从什么地方她有这些闲时间和兴趣，来读这些文学的著作呢？这真是为我所不明白的事情。
>
> Lassale（拉萨尔）作了一篇戏剧《Fonzin kingen》，Marx 和 Engels 却异常地重视此事，写了很长的信给他，表示自己对于该剧的意见：不但称赞该剧的好处，而且很详细地指出它的缺点，以及如何修正才能排演等等。这可见得伟大的 Socialists，不但尽全力于哲学（辩证法的唯物论）的阐明，即对于艺术也很注意呢。
>
> Marx 和 Heine（海涅）曾有过很深的友谊，Lenin 对于

Gorky（哥尔基）也特别地加以注意……伟大的革命的天才，他们的天才当然是多方面的，为一般人所不能企及。他们不但具备着坚强的意志，确定的人生观，而且包容着各方面的知识，富裕着精神的生活。……

Lenin 的案头时常放着 Pushkin，Nekrasov，Tolstoy 等人的作品，这是很奇怪的事吗？不，这并不足奇，伟大的社会改造者，不但要在艺术中找出社会学的资料，而且要在艺术中得着美学的感觉，以丰富自己的精神的生活。

如果有些人以为读了点文学书，就无异于是反革命，那我们又将如何来批评 Lenin 呢？……①

他的目标是瞿秋白。因此，蒋光慈在太阳社成立前曾经多次向瞿秋白汇报，征求意见。太阳社成立时还邀请了瞿秋白参加。但是他的这个策划并没有完全达到目的。瞿秋白虽然关心无产阶级文学创作，对他建立太阳社及提倡革命文学表示了自己的支持，但始终不认为蒋光慈是提倡革命文学的最优秀的人选。可以说，蒋光慈在争取领袖的支持方面是失败的。他始终没有获得中共中央领导人的明确的支持。

四　对社务会议的策划

太阳社曾经多次召开社务会议，但留下的记录并不多。在《太阳月刊》第 5 号的《编后》记录了两次社务会议。"在本刊四月号发行之后，我们邀请社内外从事革命文艺的同志们，开了两次批评大会，检举本刊过去四号及本社已发行及在印刷中的丛书的错误，并决定以后改进的方针。在这两次大会中，指

---

① 蒋光慈：《异邦与故国》，《蒋光慈文集》第 2 卷，上海文艺出版社 1985 年版，第 484 页。

出过去的本刊没有注意系统的理论的建设，缺乏重要的介绍与翻译，描写的范围狭小单调，札记通信随笔缺乏友谊的态度，灰色的思想仍不免偶尔流露，创作时没有顾到读者的意识，技巧缺乏暗示的力量，许多地方表示了本刊忽略了对于社会所负的使命。丛书方面有时表现的行动太浪漫，缺乏深刻的描写与暗示的力量，有的还没有充量的劳动阶级意识的表现。"正是这些主动的工作，使太阳社能够在一些方面的表现与创造社不同。他们因此决定"尤其要避免无重大意义的及非文学的理论的争辩，重要的讨论完全以友谊的态度出之"。这种态度在当期《编后》中就得到了体现，编者认为第 4 号发表的《批评与抄书》一文的"思想是不是错误的，读者们当然会断定的，我们不再说什么了。至于这篇文章所用的态度是错误的，这在大会里已经指出来了，我们应该向读者道歉。"①

太阳社东京支社也开过社务会。"开始由我（蒋光慈）将中国文坛的现势约略报告了一下，然后大家讨论。讨论完了以后，大家接着批评《丽莎的哀怨》，以森堡和宪章所说的话为最多。我希望他们多多地指出缺点来，可是他们将好处说得很多，而关于缺点一方面几乎没说。他们曾问起来我自己的意见，但是我自己有什么意见好说呢？"②

可见，社务会议是太阳社的一种重要的运作方式。

五　采用广告策划等方式引导文学阅读

对于读者的文学阅读的引导，在运用文学评论的方式之外，太阳社的成员采用了一些商业策划方式。

---

① 《编后》，《太阳月刊》，5 月号，1928 年 5 月。
② 蒋光慈：《异邦与故国》，《蒋光慈文集》第 2 卷，上海文艺出版社 1985 年版，第 448 页。

首先是广告策划，在《太阳月刊》1月号的封二、6月号的封三上，都刊登着他们的"春野书店新书预告"，对书店的新书进行了介绍。而且他们的广告不仅刊登在太阳社的刊物上，还刊登在其他出版机构的刊物上。在《北新》第2卷第6号上发表了《太阳月刊》出版的长篇消息。在《北新》第3卷第24号上还刊登了蒋光慈《冲出云围的月亮》的广告。"……（本书）叙述我们的时代有三种倾向，而以一个流落在上海的女党人作为通篇的线索。其结构的谨严，笔势的雄伟，描写的深刻，实为中国文坛上所仅见，不可不人手一篇也。"①

其次，在广告中，对每一部作品的内容都有简要的介绍。其中不无商业广告用语。如在《太阳月刊》1月号上，对钱杏邨的《革命的故事》的介绍："全书描写作者在革命的浪潮中所遇到的一些有趣味的人物的事件，使人读了欲笑不能，欲哭不得，是描写革命黑暗面的力作。"对杨邨人的《战线上》的介绍："有的描写革命党人的伟大的牺牲，有的描写现在复杂的政治状况下青年的幻灭，有的描写革命人物的趣事，每一篇都带着极浓重的时代色彩。"对王艺钟的《玫瑰花》的介绍："内容不但有美丽的文字，而且有极伟大的思想，于青年，于儿童都是一部很有益的书。"在6月号上，对刘一梦的《失业以后》的介绍："大都是描写工农生活及劳资冲突的事件，文笔流畅，描写深刻，从事劳动文艺者不可不读。"对赵冷的《一个女郎》的介绍："都是革命时代的表现，写父与子的冲突，或写理想的革命人物，或写统治阶级的罪恶，把这时代的许多人物的心理剖解的明晰异常。全书特具一种风格，足供青年读者之研摩。"②

这样的介绍文字可以说在太阳社所创办的刊物上比比皆是，

---

① 《北新》（半月刊），第3卷第24号，1929年12月16日。

② 《太阳月刊》封二，6月号，1928年6月。

这当然是当时出版界的风气，也是太阳社成员都市风格的表现。他们接受并实行着社会的传播方式，以新时代的方式实现着自己的文学理想。

第二章　从"革命"文学到革命"文学"

——太阳社的文学理论演变轨迹

在革命文学运动历史叙述中，太阳社的创作成就颇受重视，但其文学理论则较少受到关注。这种局面与文学史叙述对太阳社文学理论造成的遮蔽有关，并不等于太阳社在文学理论方面毫无建树。太阳社从《太阳月刊》时期提倡"革命的"文学，到1929年倡导重视创作艺术的"新写实主义"文学，再到1930年初倡导重视接受人群特点的"普罗文学大众化"，形成了一条完整的文学理论之链。首先，他们提倡"革命的"文学，从社会革命需要出发，运用社会科学方法把完整的文学分离为"思想内容"与"艺术方法"两个部分，把文学创作建立在对五四文学进行批判的基础上，批判了五四文学的个人主义倾向、悲观主义的倾向、个体反抗的倾向，提倡集体主义倾向、乐观主义倾向、阶级反抗的倾向；其次，他们在"革命文学"获得文坛"生存权"之后，开始提倡革命的"文学"，在坚持革命文学的革命性前提下，针对被文坛内外所诟病的、自己也承认的革命文学艺术方面的幼稚病，通过不断改进艺术方法以救治"幼稚病"，从而开辟了一条"认识—实践文学"的理论之路。太阳社的文学理论虽然相对比较粗疏，但是，却为中国现代文学创制了一种全新的文学书写规范，使中国现代文学发生了书写规范转向。

第一节　无产阶级倾向的革命文学

艾晓明在研究革命文学运动时指出："创造社在 1928 年的论争中，几乎是全力以赴批判所谓'旧作家''旧文学'，对革命文学的创作理论建树甚少。""对于中国初期的无产阶级文学运动，太阳社作了更多的理论建设，或者说提出了与文学的创作内容有着直接关系的创作理论的问题。"① 这个评价指出了太阳社在创作理论方面所做出的贡献，是相当正确的。太阳社提出与文学创作内容直接相关的创作理论的意义在于：后期创造社是从文化批判的角度进入文学批判的，而太阳社则是从文学建设的角度提出了自己的创作理论。因此，太阳社是中国现代文学史上最早的运用社会科学方法对文学进行分析的社团。太阳社把文学分离为"思想内容"和"艺术方法"两大部分，主张"革命文学"首先是在"思想内容"上的革命化，而这种"革命化"是"无产阶级的革命化"，并提出了实现无产阶级革命化在于积极反映时代的革命精神。

一　革命文学的无产阶级倾向

1928 年 7 月，《太阳月刊》停刊。在《停刊宣言》中，蒋光慈宣称："中国目前还没有比较完成的无产阶级文学。……在过去的太阳时代，我们的口号只是革命文学，只有一种倾向而已。以后的工作是要转变了，这口号我们让它和本刊一同成为第一个阶段的历史的陈迹。"② 蒋光慈并不擅长写作论文，"倾

---

① 艾晓明：《中国左翼文学思潮探源》，湖南文艺出版社 1991 年版，第 49—51 页。

② 蒋光慈：《停刊宣言》，《太阳月刊》停刊号，1928 年 7 月。

向"的含义非常模糊，令人百思不得其解。相对而言，1929 年 3 月，林伯修在《海风周报》上的论述就十分通俗："1928 年是中国普罗文学主张它的存在权的年头。"① 林伯修清楚地表达出这样一个意思：后期创造社成员及太阳社成员虽然极其强烈地表达了他们的革命文学思想，但是，在 1928 年以前及 1928 年，革命文学作为一个概念，所面对的不是"怎样存在"的问题，而是"能否出生"的问题，即能否获得"存在权"的问题。循此含义，蒋光慈的"倾向"一词变得很好理解，他分明是表明，1928 年以前的中国文坛虽然存在着各种各样的革命文学论述，但"革命文学"仍然是一个并未被文坛认可的概念。只有在 1928 年，革命文学家们通过努力，赋予了"革命文学"以无产阶级倾向，才为"革命文学"争得了话语权力，使"革命文学"成为文坛的一种"倾向"、一种取得了生存权的"倾向"。

现在所通用的"革命文学"概念是被赋予了"无产阶级倾向的文学"这一唯一所指的概念。因此，革命文学的发展在现行的文学史叙述中呈现出这样一个历史线索：1923 年，早期共产党人开始提出"革命文学"的主张，到 1925 年"五卅"运动以前，雁冰、秋士、邓中夏、恽代英、郭沫若、沈泽民、张闻天、蒋光慈都对革命文学有自己的论述。"五卅"运动以后，郭沫若、蒋光慈、沈雁冰、张闻天甚至于一些政治倾向并不激进的文学家都出现了革命文学的言论或创作。1927 年，在革命的广州、武汉甚至四川都有革命文学的讨论。但是，这只是对"革命文学"发生发展的一种历史叙事。在这个历史叙事中，"革命文学"（无产阶级革命文学）的发生发展是一个符合历史必然性的过程，它经历了孕育、胎生、出生整个自然生长的阶

---

① 林伯修：《1929 年急待解决的几个关于文艺的问题》，《海风周报》第 12 号，1929 年 3 月。

段。1928 年出现革命文学论争是前期历史的一个必然发展。在这样的话语权力的作用下，太阳社与后期创造社所面临的复杂现实被忽略了，鲜活的共时的现实被历史的线索肢解了。人们难以明白太阳社、后期创造社成员为什么要以鲁迅、茅盾等为批判对象，他们两年时间的心血被一声"错误"而悄悄地放过了。

事实上，在 1928 年前后，"革命文学"并非一个拥有固定所指的概念，而是一个被赋予名目繁多的所指的能指。这是由"革命"一词的多义性所造成的。"革命"被赋予了"国民革命"的所指，被赋予了"无政府主义革命"的所指，等等。鲁迅的著名论述"革命，革革命，革革革命，革革……"① 在无产阶级革命者看来其实是一种虚无主义的革命观，而"十字街头"② 的反叛也只是一种杂乱的革命观的体现。鲁迅在《扣丝杂感》中提到，1927 年清党后南方某些人的"革命文学"观"是在顽固这一种反革命和共产党这一种反革命之间"③ 的文学，共产党在当时的媒体语言里是以"反革命"面目出现的，并不是"革命者"的形象。因此，廓清"革命文学"概念的内涵，排斥"革命文学"能指之下的其他所指，实现其所指的唯一化，是太阳社及后期创造社的一个目的，也是他们在 1928 年的行动。

建立"革命文学"的无产阶级倾向首先是以提倡文学反映论为基础的，在文学与社会生活之间建立直接的关系。"文学是社会生活的表现。……我们不是空想的唯美主义者，以为艺术

① 鲁迅：《小杂感》，《而已集》，《鲁迅杂文全集》，河南人民出版社 1994 年版，第 298 页。

② 潘汉年：《徘徊十字街头》，《幻洲》（半月刊）创刊号，1926 年 10 月。

③ 鲁迅：《扣丝杂感》，《而已集》，《鲁迅杂文全集》，河南人民出版社 1994 年版，第 286 页。

是超社会生活的东西，或以为艺术家的创作不受时代的限制，艺术家的心灵是自由的，是超人的，是神秘的，或以为艺术的作品只是自我的表现。……关于这种理论已无批驳的必要，因为稍有常识而非癫狂的人，都知道这种理论是空想的，而在现在没有存在的余地了。"①

文学反映社会、反映人生的观点并不新鲜，早在五四时期就由文学研究会提出过。但蒋光慈等人进一步提出"我们的时代是什么时代呢？"这一问题。蒋光慈认为，落后的中国外部受帝国主义的压迫，内部有封建军阀、封建资产阶级的压迫，国内外的反动势力纠合在一起，共同地压制革命的力量。因此，"我们的时代是黑暗与光明斗争极热烈的时代"。"在这一社会生活里面，不但有残酷的压迫，弱者的哀吟，愚者的醉生梦死，怯者的退后，以及种种黑暗的阴影，而且有光荣的奋斗，强者的高歌，勇者的向前，以及一切令人震动的热情，呼声，壮烈的行为。"②"中国的革命已经与世界的革命混合起来了，中国的劳苦群众已经登上了世界政治舞台。近几年来的中国社会，已经不是辛亥以前的中国社会了，因之，近两年来的中国革命的性质，已经不是单纯或民族或民权的革命了。"③ 中国社会已经进入了劳苦群众的革命时代，而且这场革命是包括民族革命及民权革命。这场革命不仅是代表劳动人民的利益，而且是代表全国人民的利益的。这并不是蒋光慈个人的理论，而是中国共产党的革命理论，也是作为争取统治阶级地位的无产阶级的

① 蒋光慈：《现代中国文学与社会生活》，《太阳月刊》1月号，1928年1月。值得注意的现象是，冯乃超在《创造月刊》1928年第1期上发表的文章题目是《艺术与社会生活》，两人都是在讨论文学艺术与社会生活的关系，都是在对社会生活进行考察。

② 蒋光慈：《现代中国文学与社会生活》，《太阳月刊》1月号，1928年1月。

③ 蒋光慈：《关于革命文学》，《太阳月刊》2月号，1928年2月。

革命理论。"因为每一个企图取代旧统治阶级的新阶级，为了达到自己的目的不得不把自己的利益说成是社会全体成员的共同利益，就是说，这在观念上的表达就是：赋予自己的思想以普遍性的形式，把它们描绘成唯一合乎理性的、有普遍意义的思想。进行革命的阶级，仅就它对抗另一个阶级而言，从一开始就不是作为一个阶级，而是作为全社会的代表出现的；它俨然以社会全体群众的姿态反对唯一的统治阶级。它之所以能这样做，是因为它的利益在开始时的确同其余一切非统治阶级的共同利益还有更多的联系，在当时存在的那些关系的压力下还不能够发展为特殊阶级的特殊利益。因此，这一阶级的胜利对于其他未能争得统治地位的阶级中的许多个人来说也是有利的，但这只是就这种胜利使这些个人现在有可能升入统治阶级而言。"① 马克思的这段话是对处在上升阶段的资产阶级来说的，但无产阶级从不掩饰自己的意图。无产阶级在试图成为统治阶级之时，也必然地把自己的阶级利益说成是社会全体成员的共同利益，赋予自己的思想以普遍性的形式，把它们描绘成唯一合理的、有普遍意义的思想。

在时代的性质这一问题面前，蒋光慈在文学领域完成了对时代的无产阶级革命化叙事，把民族革命叙事、民权革命叙事统统纳入了无产阶级革命叙事之下。任何一个时代都是一个错综复杂的时代，有着各种各样的思想存在着，将其中具有先锋性的思想设定为整个时代的思想，当然是对时代的先锋化叙事。反映与不反映时代的革命性成为区分作家、作品的一个关键。在这样的叙事理论之下，如果只是单独陈述民族革命或者民权革命思想而不是放在无产阶级革命话语之下陈述民族革命、民

----

① 马克思：《德意志意识形态》，《马克思恩格斯选集》第 1 卷，人民出版社1995 年版，第 100 页。

权革命的话，就是落后于时代的行为；但如果单独陈述无产阶级革命而不陈述民族革命、民权革命则不构成对这一命题的反题，不仅不会受到批判，相反，这样的叙述行为还会得到鼓励。

　　文学怎样才能对革命时代进行反映，怎样就不能对革命时代进行反映？这个问题本来相当复杂。但蒋光慈把文学家是否愿意反映革命时代作为唯一的答案。蒋光慈对作家中坚持自认为"人类的良心"这样的观念展开攻击。"说文学是超社会的，说文学只是作者个人生活或个性的表现……这种理论显然是很谬误的，实没有多批驳的必要。"① 作家是人类的良心，不代表任何一个阶级，这是被相当多的作家所乐于认同的（梁实秋可以为例）。但蒋光慈否认那些以"人类的良心"为出发点的文学观，提出文学应以被压迫群众为出发点，革命文学就是反映被压迫群众生活的文学。他的这种观点，表明他反对的不仅是为统治阶级服务的文学，更是要否认一切不代表被压迫群众的作品。由于在现实生活中，没有哪个作家自认是代表统治阶级的，因此，他否认的是一切企图认为自己的作品是代表人类利益的作品。

　　否认了作家的心理优势之后，蒋光慈对作家进行了阶级的划分，以作家的阶级来判定作家是否能够反映革命的时代。蒋光慈认为，作家作品按阶级可以划分为"代表统治阶级的作家、作品"与"代表被压迫、被剥削的群众的作家、作品"两类。前者是反革命的，后者才是革命的。革命的作品是代表人类良心的作品，而不革命的作品则是反人类良心的作品。其次，革命作家的作品不仅反抗旧势力的罪恶，而且要创造新生活。因此，"倘若仅仅只反对旧的，而不能认识出新的出路，不能追随着革命的前进，或消极地抱着悲观态度，那么这个作家只是虚

---

① 蒋光慈：《关于革命文学》，《太阳月刊》2 月号，1928 年 2 月。

无主义的作家,他的作品只是虚无主义的,而不是革命的文学。"再次,指出革命文学是反个人主义的文学,是集体主义的文学。而"个人主义的理论也就很显然地消沉了","集体的生活已经将个人的生活送到了不重要的地位了"①。在这里,作者是把个人与集体的关系对立起来,让个人成为集体的死敌,让集体成为个人的囚牢。蒋光慈全面地反驳了五四时期的文学理论,尤其是让作家的良心只属于劳苦群众阶级,以完全地反对五四文学观立场建立了新的革命文学观。

> 革命文学是以被压迫的群众做出发点的文学!
>
> 革命文学的第一个条件,是具有反抗一切旧势力的精神!
>
> 革命文学是反个人主义的文学!
>
> 革命文学是要认识现代的生活,而指示出一条改造社会的新路径!②

这个声明,如果仅仅是从字面来理解的话,不会发现什么新意,但是只要理解了它是建立在否定基础上的,是建立在全盘否定了五四文学观之上的,就可以看出它的意义。这个观念全部是有自己的特定的否定对象的,每一个否定对象在这个观念面前首先暴露出了自己超越阶级的"可憎的"面目,丧失了自己存在的价值和定位。正是有这个否定的基础,他提出的一整套新文学观,犹如撕开文坛的面具,让文坛暴露出它无能为力之处,进而宣称在旧文学无能为力之处,革命文学能够大显身手。这在当时是一个激动人心的口号。

---

① 蒋光慈:《关于革命文学》,《太阳月刊》2 月号,1928 年 2 月。
② 同上。

一时代有一时代的文学。这是胡适的名言。在胡适当然是表明，每个时代的作家都有创造本时代文学的自由和权利，而每时代的文学也因此并不比其他时代的文学水平差。但在蒋光慈这里，赋予了"一时代有一时代的文学"观新的意义：本时代的先锋文学是优于前一时代的先锋文学的，这是以文学进步论面貌出现的文学进化观。

二　作家的阶级化划分

对作家进行阶级划分，是蒋光慈无产阶级倾向的革命文学的一个重要内容。蒋光慈在提倡无产阶级倾向的革命文学时，并没有止步于仅仅在文坛增加一种与其他文学主张相并列的新的文学主张，他追求的是把无产阶级倾向化的革命文学设定为最进步的文学这样一种理想。蒋光慈通过对作家进行阶级分类的方法来实现自己的目的。

分类无外乎有以下两种情况：一种是首次分类，一种是重新分类。不管如何操作，分类都是一种命名行为，而且是一个具有策划性质的命名行为，每一次分类都代表着操作者的一种用心，都是不可轻视的行为。

蒋光慈把知识分子分为三类："一部分知识阶级，被革命的浪潮完全送到坟墓里去了，他们或者完全投降反动的势力，或者装聋作哑转过身来，跳入过去的粪堆，做他们所谓'国故的运动'；一部分知识阶级，因为还保存着极端的自由主义之倾向，不愿意滚入反动势力的怀抱，但同时又不能与革命的势力接近，或者也可以说，并不能了解革命的意义……因之徘徊歧路，不知所从；此外还有一部分知识阶级，他们仍然继续地追随着革命的浪潮，为光荣的奋斗，但这是极少数了。"① 这三类

---

① 蒋光慈：《现代中国文学与社会生活》，《太阳月刊》1月号，1928年1月。

知识分子，可简称为反动的、不革命的、革命的知识分子。这第二种知识分子，在其他文章中，他是称为旧作家的。蒋光慈颇为重视如何对待不革命的作家的问题。在《现代中国文学与社会生活》一文中，蒋光慈直陈"我们的文学落后于时代了"、"赶不上时代前进的步伐了"，这些观点就是对这些不革命的作家来说的（不是对革命作家说的），他在这里是用"我们的作家"来称呼这些不革命的作家的。他指出文学落后于时代的原因，是在于这些作家追赶不上革命的步骤，对革命本身的意义不曾了解。"因为不了解的原故，就是我们的作家想拿起笔来描写现代的生活，也将无从描写起。"其次，蒋光慈认为反动的作家在行动上思想上显得非常欧化，"但是在事实上，他们是中国旧势力与欧洲旧势力混合的代表，他们只是统治阶级的工具，这种工具却是对于革命最不利益的东西"。"这一批作家在艺术的表现上，从未创造出好的东西，在事实上他们也永不会创造出好的东西。他们所走的路极端地与革命的倾向相背驰，与时代的要求相冲突。"最后，蒋光慈推出了"新的作家"："这一批新的作家被革命的潮流所涌出，他们自身就是革命，——他们曾参加过革命运动，他们富有革命情绪，他们没有把自己与革命分开……换而言之，他们与革命有密切的关系，他们不但了解现代革命的意义，而且以现代的革命为生命，没有革命便没有他们了。"①

对于这三类作家，蒋光慈的态度是不同的。对于不革命的作家，他认为："在现在的状况之下，他们并不是革命的敌人，我们应当希望他们好好地做革命情绪的修养，慢慢地走到真正革命的路上来。他们并不是毫无希望的，今后他们能否维持自己文学的生命，那就要看他们对于革命接近的程度之如何

_____

① 蒋光慈：《现代中国文学与社会生活》，《太阳月刊》1月号，1928年1月。

而定了。"① 并开列出这些作家如何才能走上革命道路的方法。对反革命作家，他直接表明自己的态度："不但不能希望他们对于革命有什么了解与帮助，而且也不能希望他们在艺术上有什么好的表现。"② 对于革命作家，由于他们对于革命的时代非常了解，有取之不尽的写作材料，这使他们优于不革命的作家，他们需要努力的是技术方面，"不但在思想方面，他们要战胜一切，而且在技术方面，他们也将要为一切的征服者"。并宣称，只有他们才是"中国文坛的新力量！"③

蒋光慈喜欢两两对立的表达方式。在《关于革命文学》一文中他把作家分为"旧的作家／革命的作家"、"代表统治阶级的作家／代表被压迫的、被剥削的群众的作家"。在《新旧作家与革命文学》中，是"旧作家／新作家"的对立。事实上，由于代表统治阶级的作家不在他的考虑范围之内，他的文章中往往侧重于表达"旧的作家／新的作家"这一对立关系。

在上述的文章中，值得注意的是，蒋光慈并没有像冯乃超一样，也没有像他在《现代中国社会与革命文学》④ 中那样点名批判具体的作家。但是，没有哪个作家会认为自己是不革命的作家，没有哪个作家会认为自己是落后于时代的作家，没有哪个作家会自动地对号入座，因为在当时的文坛很多人都有充足的理由认为自己是革命的作家，虽然彼此之间对"革命"的认识并不是一个含义。所以，蒋光慈声色俱厉、气势压人的文章宛若重拳打在了棉花堆上，没有任何反应。

---

① 蒋光慈：《现代中国文学与社会生活》，《太阳月刊》1月号，1928年1月。

② 同上。

③ 同上。

④ 蒋光慈：《现代中国社会与革命文学》，《民国日报·觉悟》，1925年1月1日。在这篇文章中，蒋光慈点名批判了叶圣陶和冰心。他称叶圣陶是"市侩派的小说家的代表"，冰心是"市侩式的女性，是贵族式的女性"。（见《蒋光慈文集》第4卷，上海文艺出版社1988年版，第151页）

钱杏邨结束了这一局面。他的《死去了的阿 Q 时代》及后来发表的《死去了的鲁迅》其实就是蒋光慈论文观点的翻版。所不同的是，蒋光慈是宏观论述，而钱杏邨则为了取得革命文学的生存权，向最有可能妨碍革命文学生存的作家进行了批判。钱杏邨曾对人说过："我们只有扳倒了鲁迅和茅盾，才能出头。"[1] 也就是说，虽然鲁迅被他们认为是"同路人"作家，而对待"同路人"作家，蒋光慈在 1928 年 1 月还认为不革命的作家在认清现代社会生活的意义后，"应当努力与革命的势力接近，渐渐受革命情绪的浸润，而养成自己的革命情绪。如此，他们才能复生起来，才能有革命的创作，否则，他们一定将要走入衰颓之一路了。"[2] 但是，到 3 月份，他们已经认为必须开展对"同路人"作家的批评，加速他们的转变。当然，也不能排除他们有为自己的社团谋取利益的企图。但可以肯定的是，革命的"火蛇"已经在作家群中游行，被燃烧的作家无可逃避，他要么为火蛇所燃烧，吸收无产阶级倾向化革命文学的合理因素；要么去扑灭这"火蛇"，反对无产阶级倾向化的革命文学；要么与这"火蛇"融为一体，成为无产阶级倾向化革命文学中的一员。

三 追求读者群体的无产阶级倾向化

作为现代工业社会的作家，太阳社不可能忽略作品的接受对象。蒋光慈号召："弟兄们！向太阳，向着光明走！／我们也

---

[1] 冯乃超：《革命文学论争·鲁迅·左翼作家联盟》，《新文学史料》1986 年第 3 期。

[2] 蒋光慈：《现代中国文学与社会生活》，《太阳月刊》1 月号，1928 年 1 月。易新鼎认为"太阳社却断然否定了'旧作家'转变的可能性"（《太阳社》，《中国现代文学社团流派》，第 494 页）。艾晓明认为，在对旧作家转变可能性的估计上，创造社成员尚且认为可以转变，但蒋光慈却认为"旧作家永远落在时代的后面，连与时代发生关系都不可能"。两人的结论没有注意到蒋光慈前后文中的有关论述。

不要悲观,也不要徘徊,也不要惧怕,也不要落后。"①这段话从来就不能理解为只是太阳社同人的思想宣言、只是对太阳社作家说的,它在很大程度上,还是对刊物的读者说的。蒋光慈在一系列文章中对时代的划分、对作家的分类、对作品思想内容的高度重视,这样的观念,人们无法认为只是想变革作家自身的文学理论,它还要撞击读者群固有的神经:让读者知道"革命文学"与此前一切文学相异之处,让读者接受他们全新的文学观念,让读者相信革命文学才是最前卫的创作。读者的无产阶级倾向化也是无产阶级倾向化革命文学的一项主要内容。

在"革命文学"诞生之初,它的普泛性是受到怀疑的:很多人认为革命文学家虽然自称是为无产阶级进行创作,但在当时中国的社会制度下,无产阶级根本没有受教育的权利,根本没有阅读革命文学作品的能力,故而认为作家们不了解读者。茅盾就曾经说:现在的革命文艺"只成为一部分青年学生的读物,离群众更远"②。这种批评有其道理,但并没有击中"革命文学"家的要害。在革命文学争取"生存权"的时期,他们就是在为青年学生进行创作,就是想影响青年学生的思想,而且他们也非常清楚自己也只能在这些人中建立影响。

无产阶级革命思想在中国传播的过程,在很大程度上就是经由知识分子向工人、农民传播的过程。中国共产党最初是一个由知识分子建立的政党,党的各级领导人很长时间内主要由知识分子担任,在党的核心领导层更是遍布由苏联回国的革命理论家们。中国共产党的思想传播并不是由这些理论家直接面对工人农民的,而是先培训青年学生,然后由青年学生在基层进行工作,使革命理论影响到工人农民的。据阳翰笙回忆,从苏联回国的、满腹经

---

① 蒋光慈:《卷头语》,《太阳月刊》1 月号,1928 年 1 月。
② 茅盾:《从牯岭到东京》,《小说月报》第 19 卷第 10 号,1928 年 10 月。

纶的理论家们在上海工人运动中的成绩非常尴尬，对工人组织的影响力远不如工人领袖刘华，而工人领袖刘华却只是一个纱厂工人。但刘华并非文盲，他是在上海大学学习了一些文化知识、接受了一些革命思想之后才由一个普通工人成长为工人领袖的。[①]这种传播现实使革命作家对自己的作品所能产生的影响非常清楚。蒋光慈在自己的作品中对文学作品的影响做出了记录。在《菊芬》中，蒋光慈描写了从四川逃亡到武汉的一对革命姐妹，其中的妹妹名叫菊芬，她告诉作家，她是在他的作品的影响下走上革命道路的。"我诚然与你现在才见面，可是我在精神上久已见着你的面了。""我将你的诗集仔细地读了一遍，越读越有趣，不禁不自觉地发生了一种新的情感，我的思想也就因之慢慢地变化起来了。江霞同志，你晓得吗？说起来，你倒与我的思想有很深切的关系呢。你给了我新的情感，你给了我新的思想，总而言之，我之所以有今日，你实在有很大的功劳呢！""从这时起，我的思想就渐渐地完全改变了。后来我又读了许多关于社会革命的书籍，我的知识又更增加了一点，……于是我就这样慢慢地慢慢地变成为一个很激烈的革命党人了。"[②] 在《野祭》中陈季侠也是以革命作家的面目出现，因为偶然的原因，女主人公、小学教师章淑君得知房客陈雨春就是革命作家陈季侠后，他们有这样一段对话："你怎么知道陈季侠是一个文学家呢？""难道你读过我的书吗？""自然啰！我读过了你的大作，我不但知道你是一个文学家，并且知道你是一个革——命——党——人！"[③] 淑君后来参加了宣传等革命活动，最终为革命英勇牺牲。在《纪念碑》中，宋若瑜曾在信中告知

---

① 阳翰笙：《回忆上海大学》，《新文学史料》1984 年第 2 期。

② 蒋光慈：《菊芬》，《蒋光慈文集》第 1 卷，上海文艺出版社 1982 年版，第 395—396 页。

③ 蒋光慈：《野祭》，《蒋光慈文集》第 1 卷，上海文艺出版社 1982 年版，第 316 页。

蒋光慈，同校有一教师非常喜欢他的作品："二女师国文教员周仿溪君为人很忠诚，他很爱慕你，因为他时常见你的作品在报上。他想和你通信，你愿意吗？"① 这一切告诉我们，蒋光慈等人不可能对自己的作品会在工人、农民中产生影响抱有过多的希望。

因此，寄希望于读者的无产阶级倾向化，这才是革命文学家所关注的。"至少还有一部分迷途的青年仍然还没有觉醒，在跟着他们做着贵族文艺的好梦，正和他们做着幻想的政治好梦一样。批评家应该唤他们醒来，和革命党人在街头唤醒民众一样，以促进革命势力的进展。"② 这是钱杏邨针对批评家的文学批评而言的，同样适用于革命文学创作。让那些深受贵族文艺影响的"迷途的青年"接受革命文学，发生阶级转化，这是革命文学提倡者的最大愿望。

第二节 新写实主义

1928 年，太阳社同人使文坛获得了"无产阶级文学倾向"。但此时，连蒋光慈也不得不自谦地说只是一种"倾向"，"中国还没有成熟的无产阶级文学。……所谓现在的无产阶级文学，是仅止有了这一种倾向，是很幼稚的。"③ 真正的无产阶级文学并未诞生。因为连他们自己也清楚，他们的作品多是一些带有文学气味的政治宣传品，艺术价值较低。如果说，获得"无产阶级文学倾向"为普罗文学争取了"生存权"，那么，紧接着，普罗文学为巩固已经获得的地位，便把发展的目标锁定在了文学形式的建设上。此时，他们策划的是"新写实主义"。

---

① 蒋光慈：《纪念碑》，《蒋光慈文集》第 1 卷，上海文艺出版社 1982 年版，第 119 页。

② 钱杏邨：《批评的建设》，《太阳月刊》5 月号，1928 年 5 月。

③ 蒋光慈：《停刊宣言》，《太阳月刊》停刊号，1928 年 7 月。

　　在前一时期，普罗文学虽然通过对既成作家进行批判的方式获得了自己的"生存权"，但是他们也一直面临着既成作家及部分读者的批判。这批判主要就是认为他们的作品是宣传品而不是文学作品。在太阳社，无论是蒋光慈还是钱杏邨都曾极力为此一现象进行正面的宣示、反面的反驳、侧面的辩解。由最初的坚持到无力的反击，再到最后的辩解，说明他们也非常怀疑自己作品的艺术价值。太阳社因此决定了自己新的方向。在《太阳月刊》《停刊宣言》中，蒋光慈表明了这样的态度："太阳的第二个阶段的创作，我们是要注意于无产阶级意识的把握及技巧的完成了。许有人以为中国已有了很好无产阶级文学，我们在目前所感到的却是一空，二空，三空。"① 值得注意的是，对创作技巧的重视与此同时拉开了帷幕。在《太阳月刊》停刊号上，林伯修翻译了藏原惟人的《走向新写实主义之路》，这是革命文学中第一篇对创作技巧加以重视的理论文章。也许生不逢时，藏原惟人的论文在最开始并没有受到重视。但在八个月之后的 1929 年 3 月，林伯修说："1929 年应该是它（指革命文学）开始确立它自己的理论和实际地解决当前的具体问题的年头。""普罗文学，在中国，应于现阶段客观的需要，依着作家主观的要求，在 1928 年的开头送出它的作品于读者社会了。因为初生的关系，内容未免粗杂些，技巧未免幼稚些，但是在现在看来，它已是确确实实地取得存在的权利，受到读者的欢迎了。"② 急需解决的问题之一就是技巧问题。

　　世界各国的无产阶级文学在发展的过程中，第一个阶段基本上都是革命的浪漫蒂克，这是一个共同的特征，而且都受到方方面面的攻击。革命浪漫蒂克的可能的出路是什么？

---

① 蒋光慈：《停刊宣言》，《太阳月刊》停刊号，1928 年 7 月。
② 林伯修：《1929 年急待解决的几个关于文艺的问题》，《海风周报》第 12 号。

　　如果从审美文学的角度来看，文坛出现文学的无产阶级倾向具有合理性，但审美文学一般会把这种倾向视作文学发展过程中出现的一个新的视角来消化，这个视角与资产阶级、小资产阶级、农民等视角相比，不会占有任何优势，都是作家思考人生的一个视角。在这种情况下，审美文学将会把无产阶级倾向消化为本身众多审美因素之一，审美文学世界也会因此而产生一些新的名作。但是，这并不是无产阶级文学所要考虑的文学发展方向。无产阶级文学在马克思主义思想的激励下，注定要开辟属于自己的道路。那就是在坚持无产阶级思想的同时，从创作方法上寻求突破，建立全新的无产阶级文学。这种迥异于审美文学道路的选择，在苏联是由"拉普"理论家做出的，他们高度重视"创作方法"概念，从而运用社会科学理论把文学分解为"思想内容"和"创作方法"两个组成部分[①]。在此前提下，坚持无产阶级思想，改进创作方法便成为无产阶级文学走出幼稚病困境的唯一正确的选择。藏原惟人最早把这一思想输入日本，林伯修最早把藏原惟人的文章介绍进国内，而且藏原惟人的文章在此后几乎都是在第一时间内由日文翻译成汉语，[②] 藏原惟人的新写实主义基本上被彻底吸收为太阳社的理论，并进而影响到了中国无产阶级文学的发展。因此，对藏原

---

　　① 　1926—1927 年，拉普中的文学岗位派强调，为了文化革命，文学必须是现实主义的。他们推荐的方法是"心理现实主义"。（见张秋华、彭克巽、雷光编选：《"拉普"资料汇编》，中国社会科学出版社 1981 年版，第 370 页）

　　② 　1928 年 5 月，日本《战旗》创刊号上刊登藏原惟人的《到无产阶级现实主义之路》，7 月林伯修在《太阳月刊》停刊号上发表译文《到新写实主义之路》；1929 年 3 月林伯修在《海风周报》第 10 号、第 11 号上发表了译文《艺术底内容与形式》；1929 年 8 月，藏原惟人发表《再论新写实主义》，次年 1 月，之本在《拓荒者》第 1 期上发表译文《再论新写实主义》；1930 年 5 月，之本在《拓荒者》第 4、5 期合刊上发表译文《关于艺术作品的评价》。1930 年 3 月许幸之在《大众文艺》第 9 期上发表译文《艺术理论的三四个问题》；1930 年，上海现代书局出版了之本译的《新写实主义论文集》，该文集收有藏原惟人此前的所有论文。

惟人的理论的分析，事实上也可以视作对太阳社的理论的分析。

一 从经验出发的理论

在《到新写实主义之路》一文中，藏原惟人提出了新写实主义。在日本，这是对福本和夫路线的反拨，对纠正福本和夫路线起到了一定的作用。但是它也没有彻底清除左的路线的影响。

藏原惟人表现得十分重视人类文学史上的经验。他在文章中，首先为文学的发展总结了这样一条规律：每一阶级在其没落之时，都会出现一个浪漫主义的文学潮流，而在每一个阶级的上升阶段，则会出现一个写实主义的文学潮流。他并以欧洲文学的发展为例进行说明："十九世纪文学的从浪漫主义向自然主义的转变的背后，也有着渐次没落的地主阶级和渐次勃兴的近代的布尔乔亚汜的阶级斗争。"① 认为19世纪欧洲的浪漫主义文学是地主阶级没落的结果，而19世纪出现欧洲写实主义文学则是源于资产阶级的上升。这样，浪漫主义被派给了没落阶级，而写实主义则属于了上升阶级。进一步地，他说："别一种是在抬头着的阶级而未执着主权方面的现实底的基础的时代的浪漫主义——在古代是希腊神话或旧约圣书的，在近代是布尔乔亚抬头初期和初期的普罗列塔利亚艺术的浪漫主义。"② 初期的普罗列塔利亚艺术就这样被划归了没落的资产阶级文学，初期的普罗作家则成为小资产阶级作家。在日本国内，"从在社会运动里的空想的社会主义，无政府工团主义到观念的福本主义时代的普罗列塔利亚艺术，特别在文学上现出了这很强烈的倾向。

---

① 藏原惟人著，林伯修译：《到新写实主义之路》，《太阳月刊》停刊号，1928年7月。

② 藏原惟人著，之本译：《再论新写实主义》，《拓荒者》第1期，1930年1月。

这在现实上固是我国普罗列塔利亚脱的缓慢，但不信赖坚实的×××觉醒，或是在对于这不能耐烦地跟着的小布尔乔亚知识阶级和在这影响之下的一部分的劳动者的性急的倾向'完成'的努力的艺术上的反映。"① 初期的普罗列塔利亚艺术不能适应当时的文学发展，代之而起的就应该是处在上升阶段的无产阶级文学，而无产阶级文学所用的方法就是无产阶级写实主义。这是他给文学上的浪漫主义、写实主义更替演变总结出来的第一条规律。

其次，他又对自然主义文学进行划分（他把自然主义与写实主义混为一谈），总结出第二条规律。他说，欧洲的自然主义文学分为两种，一种是福楼拜的在自然科学基础上的自然主义文学，他称为是布尔乔亚写实主义文学；一种是左拉等人的自然主义文学，他称之为小布尔乔亚写实主义文学。布尔乔亚写实主义文学是"找寻永远而绝对的东西于个人之中，而得到——人的生物的本性"② 的个人主义文学，小布尔乔亚写实主义文学是既有个人主义的观点、也有社会的立场的写实主义文学。但小布尔乔亚写实主义文学"在经济上，政治上比较多地是偏于阶级协调的；在思想上，道德上，则易成为博爱，正义，人道等的参加者"③。

在这两条规律的支持下，他提出了当时日本革命文坛所应尊奉的文学主张。既然革命浪漫主义存在诸多的问题，那么，就应该用无产阶级写实主义来代替革命浪漫主义，这是完全符合文学发展规律的。因此他提出了自己的无产阶级写实主义主张。认为应该用无产阶级写实主义来代替已经过时的初期的普

---

① 藏原惟人著，之本译：《再论新写实主义》，《拓荒者》第 1 期，1930 年 1 月。

② 藏原惟人著，林伯修译：《到新写实主义之路》，《太阳月刊》停刊号，1928 年 7 月。

③ 同上。

罗列塔利亚浪漫主义文学。

藏原惟人的理论有着致命的缺陷。第一，藏原惟人把阶级理论与浪漫主义及写实主义联系起来，并且在此基础上总结出文学发展的所谓规律。这种联系是相当牵强的。第二，藏原惟人把这些作为人类的经验来推广。尤其是在欧洲，浪漫主义与写实主义的更替是人所共知的常识，他因此把写实主义代替浪漫主义作为一条人类的经验，从革命浪漫主义的失败推导出作家应该实行无产阶级写实主义。

这是典型的经验论观点。

英国的休谟早在18世纪就已经指出，人类的知识分为两类，一种知识是"关于观念的知识"，包括几何、代数、三角等数学知识，这种知识是"必然的知识"；第二种知识是"关于事实的知识"，包括自然科学、自然哲学、历史学等知识，这种知识是"或然的知识"。① 或然的知识不论真理性有多大，也不如关于观念的知识的真理性明确。因为这类知识建立在经验的基础之上，经验依靠因果关系成立，而因果关系不具有普遍性和必然性，这类知识归根到底是或然的。藏原惟人的写实主义主张，从一开始就主观地把阶级性与文学样式的更替联系起来，其中的因果关系难以支撑他的理论，其真理性是相当可疑的。

同时，这种理论也与革命文学家的接受方式有关。杨占升在《中国左翼文学思潮探源·序》中谈及创造社接受福本主义路线的接受方式时说："创造社的接受方式更多地表现为比附式。""比附式的接受模式一定会把自我至少在主观上等同于接受对象中的某一方，这样在理论和斗争方式上也会更多地袭用外来的东西。""比附式的接受模式有它的优点，它因其简单易用而能迅速传播一种新的理论，而在中外固有客观情势完全或

---

① 张志伟主编：《西方哲学史》，中国人民大学出版社2002年版，第461—462页。

基本相同的时候，它有时候能事半功倍、立收奇效。""但这种比附式往往忽视研究对象的特殊性的方面，它一旦得到确立，又极易成为束缚性的力量。"① 藏原惟人在接受欧洲无产阶级理论上是采用比附式方式，而太阳社在接受藏原惟人的理论时采取了同样的接受方式。接受方式的简单化及缺乏独立的思考，这应该是左翼初期的一个共同特征吧。

在另一篇文章《艺术的内容与形式》中，藏原惟人论述了新写实主义的内容与形式问题，从而正式地把文学艺术划分为内容与形式两个分离的部分，虽然更多地强调了形式，但这个形式不再是与内容不可分割的一种因素，而是可以按照社会科学方法进行分离的组成部分。在这种情况下，无论如何强调形式的重要性，这种形式都必然地是为内容服务的，它只能产生形式是否要为内容服务、内容第一还是形式第一、形式是否做到了为内容服务的要求等这样的问题。这是在把内容与形式进行分离后必然出现的问题。文学已经不再是传统意义上的审美文学，而是认识—实践文学。

二　受到质疑的新写实主义

太阳社把新写实主义介绍进入中国文坛，在当时并未受到理论上的责难。但在日本，新写实主义还是受到了其他理论家的质疑。藏原惟人在《再论新写实主义》一文中透露出了这样的信息。

藏原惟人首先说明日本左翼文坛支持他的理论，然后说还有一部分人对这一理论持怀疑态度，这部分人是"没有理解所谓普罗列塔利亚写实主义是甚么的人"和"不希望要理解它的

---

① 杨占升：《中国左翼文学思潮探源·序》。见艾晓明《中国左翼文学思潮探源》，湖南文艺出版社 1991 年版。

人"。其中的代表人物是平林初之辅。平林氏质疑:"昨年来简易地被谈着的所谓普罗列塔利亚写实主义的描写法,以为说是可以走入普罗列塔利亚文学的唯一正确的道路,那样想的人是完全不尽然的。并且所谓写实主义这话,按历来的说法,那末不是被限于单纯的表相底描写法,是从一种世界观发生着的。照这样看,在一方拿着所谓唯物辩证法的武器的马克思主义作家,主张着仅在文学上的写实主义的,那文学观,是显示了从世界观游离着了。"① 藏原惟人并且说,这不是平林氏一人的观点。平林氏的观点在翻译后的文章中尤其难以理解,但是从藏原惟人的反批评中可以推及平林氏的观点。第一,平林氏首先否定了这是走入普罗列塔利亚文学的唯一正确的道路。也就是说,平林氏认为,普罗列塔利亚文学的正确道路应该还有其他方式,藏原惟人把自己的观点当作唯一正确的理论的想法是错误的。这对当时自命日本文坛最正确的理论家藏原惟人来说是一个不大不小的打击。第二,平林氏认为写实主义文学观也是一种世界观,因此,当一个作家既采用普罗列塔利亚世界观,又采用写实主义方法时,必然会出现两种世界观,而写实主义世界观往往会显得与普罗列塔利亚世界观相游离,出现不吻合的情况。当然,藏原惟人对他的观点进行了反批评,但他的反批评显得空洞无力。他并没有针对写实主义文学观是否也是一种世界观来对平林氏进行反批评。因此,难以服人。但是,19世纪的现实主义作家中提供了众多例子,证明平林氏的这个说法是正确的。而左翼在实行现实主义的过程中,最大的困惑恐怕就是坚持现实主义与坚守作家的世界观时所产生的冲突。人们在当时往往认为是作家的问题,其实,按平林氏的说法,实

---

① 藏原惟人著,之本译:《再论新写实主义》,《拓荒者》第 1 期,1930 年 1月。

在是写实主义本身就是一种世界观造成的吧。

三 新写实主义简述及简评

藏原惟人的文章从内容上看，无产阶级文学创作应该是从无产阶级意识出发的写实主义（新写实主义，即普罗列塔利亚写实主义），这应该有三方面的内容：第一，无产阶级文学创作要从阶级意识出发。第二，无产阶级文学创作应该是写实主义的。第三，新写实主义应该是二者的结合。但是藏原惟人对二者如何才能结合、如何结合就是新写实主义并没有详细的论述，大概觉得结合是很容易的事情，但二者在现实中是相当难以结合的。

这条道路注定是失败的。因为他把阶级意识放在最首要位置。在与反对者的论争中，反对者往往从阶级调和的立场出发，认为独立的无产阶级意识是不存在的，只有统治阶级意识①，并以此来讥讽革命文学作家。但事实上，无产阶级意识作为一个概念，是一个理念的东西、抽象的东西，它正如人、集体、阶级等名词一样都是虚构之物。无产阶级理论家在论证没有统一的人性的时候，本该认识到也同样没有统一的阶级意识、集体意识的。因此，与人性相对立的不是阶级性等名词，而是每个具体的人（个人）的特点；同样地，与阶级意识相对的也不应该是人性等普适性的概念，因为阶级意识本身也是一个普适性的概念。与阶级意识相对的应该是组成这个阶级的每个人的特点。也就是说，虽然很多人从经济理论上说都属于一个阶级，但是每个人的表现并不一致，甚至于截然相反。举个简单的例

---

① 周作人说："有产者在升官发财中而希望更升更发者也，无产者在希望将来升官发财者也，故生活上有两阶级，思想上只一阶级。"（见岂明《爆竹》，《语丝》第4卷第9期，1928年2月27日）

子，同是工人阶级，但接受资产阶级的阶级调和思想的人在马克思列宁主义看来是工贼，认为他们不是无产阶级，把他们排除在无产阶级之外，但他们不是无产阶级又能是什么阶级呢？他们即使是工贼也还是无产阶级。又如，对于革命斗争中有动摇、软弱思想的人斥为丧失了无产阶级立场，根本上排除了无产阶级中也会有人出现动摇、软弱可能的情况①。这些事实表明，无产阶级作为一个阶级并非一个整体，它本身就是充满着矛盾的东西，否则国际共运中不会有那么多的问题。在这里，20 世纪 80 年代（无产阶级掌握了政权以后）小说中曾描写过国有企业中的"大家拿"现象，而这就是实实在在的无产阶级成员的行为。可见，"无产阶级意识"从一开始就不是根据现实总结出来的，而是理论家根据实际斗争需要抽象出来的理念，是一种理想化的产物②。既然是理想化的产物，在革命文学中，也就难免出现革命浪漫主义的东西。

因此，坚持以无产阶级意识来指导写实主义，这本身就是一种认识—实践行为而非审美行为。以无产阶级意识来指导实际斗争是一回事，而指导文学创作，则必然会走入统一的模式。因为无产阶级意识并不是无产阶级的意识，而是马克思列宁主义的意识形态，它适合实际斗争，但并不完全适合于审美文学创作。审美文学创作在表现人的时候，是要表现个体意识的，即表现与集体意识藕断丝连的个体意识，而不能是仅仅体现集体意识的个人。

---

① 在蒋光慈的《最后的微笑》中，有对工贼的描写；在刘一梦的《车厂里》中，有对工人运动难以在工人中开展的情况的描写；在刘一梦的《失业之后》中，S 纱厂的罢工中有坚持罢工的工人与动摇的工人的矛盾，也有技术工人与普通工人之间的矛盾。但描写时都持批判态度。

② 赵珥曾指出"阶级意识"与"无产阶级的意识"的不同。（见《"革命文学"论争中的"异化"理论》，《中国现代文学研究丛刊》2005 年第 1 期）

写实主义可以做到这一点，但当阶级意识凌驾于其上的时候，阶级意识就成了写实的铁面无私的裁判官，它会把写实作品里面不属于阶级意识的内容一一剔除干净，让它完全符合阶级意识。因此，新写实主义只可能产生成熟的认识一实践文学，而不可能产生优秀的审美文学，反而会限制优秀的审美文学作品出现，使所有的文学作品全部成为一个模子里刻出来的，这是它的最终结果，也许与它在艺术上的本意不相符合，但却绝对与其政治上的本意相符合。这是一个方向性的转折，也是一个不可避免的转折。因为，当时的理论局限性太大，不仅仅是左翼的理论有局限性，反对者的理论也有很大的局限性。他们没有指出革命文学理论的方法问题，比如，梁实秋的反对意见只是从人性论的角度反对革命文学，而并不可能从虚构的集体等观念出发来反对革命文学。

第三节 普罗文学的大众化

革命文学理论在第三个阶段的发展目标被设定为"普罗文学的大众化"。这一时期的开始时间基本上与第二阶段相同，但持续时间要比第二阶段长。

1929 年 3 月，林伯修在《1929 年急待解决的几个关于文艺的问题》中除提出"新写实主义"之外，还提出了一个问题：普罗文艺的大众化问题。这个问题此后成为太阳社以至 20 世纪 30 年代整个左翼文坛的一个共同的课题。在太阳社时期，这个课题只是刚刚提出，并没有得到深入探讨。

一 普罗文学大众化提出的背景

从理论上说，普罗文学是要为无产阶级大众服务的，要求文学创作以工人、农民为描写对象和阅读对象进行文学创作的。

根据理论的要求，在现实中，它就应该是能够为大众所阅读、能够为大众所理解、能够为大众所爱护、能够结合大众思想感情并加以提高的文学作品。但在 1928 年革命文学运动实践中，以太阳社为主的作家的作品只能是主要以青年学生为描写对象、阅读对象的作品，而一些非无产阶级作家却先于革命文学作家提出了"大众文学"的口号，这使革命文学作家处于相当尴尬的位置。

第一，革命文学家最初没有从文学大众化的角度思考描写对象及阅读对象的问题，他们更多地是以无产阶级意识的启蒙者的姿态来倡导革命文学的。从太阳社来说，蒋光慈在《太阳月刊》《停刊宣言》中只是说："我们是要注意于无产阶级意识的把握及技巧的完成了。"[1] 一直到 1928 年 10 月，在《时代文艺》创刊号上，蒋光慈还是在说："在无产阶级的文学运动中，高喊着口号的时期是已经过去了。""现在我们应当好好地从事建设的工作。""我们应努力于无产阶级文艺的创作。"[2] 蒋光慈对于当时无产阶级文学建设重视的是阶级倾向的把握与技巧的完成这两点，对于文学大众化问题还没有思考，也没有做出具体的努力。林伯修因此对 1928 年革命文学理论工作做出了这样的评价："因为集中于革命文学底一般的性质底讨论及非普罗文学的谬论底指斥，很少讨论到具体的问题，尤其是普罗文学运动的理论。结果，只有因批判非普罗文学的谬误，揭破他们想把普罗文学'放逐到永远的彼岸'底处心，作为副产物而解决了普罗文学的作家问题。其他许多被提出着或暗示着的问题，都未经过详细的讨论及具体的解决。"[3] 当然，国内并非没有理

---

[1]　蒋光慈：《停刊宣言》，《太阳月刊》停刊号，1928 年 7 月。
[2]　蒋光慈：《卷头语》，《时代文艺》创刊号，1928 年 10 月。
[3]　林伯修：《1929 年急待解决的几个关于文艺的问题》，《海风周报》第 12 号，1929 年 3 月。

论家对革命文学的具体问题进行讨论，茅盾在《从牯岭到东京》等文章中已经对革命文学创作中具体问题进行了讨论："事实上是你对劳苦群众呼吁说'这是为你们而作'的作品，劳苦群众并不能读，不但不能读，即使你朗诵给他们听，他们还是不了解。""所以结果你的'为劳苦群众而作'的新文学是只有'不劳苦'的小资产阶级知识分子来阅读了。你的作品的对象是甲，而接受你的作品的不得不是乙；这便是最可痛心的矛盾现象！""我们应该承认：六七年来的'新文艺'运动虽然产生了若干作品，然而并未走进群众里去，还只是青年学生的读物；因为'新文艺'没有广大的群众基础为地盘，所以六七年来不能成为推动社会的势力。现在的'革命文艺'则地盘更小，只成为一部分青年学生的读物，离群众更远。"① 茅盾通过研究阅读对象得出的结论对革命文学作家是有很大的刺激的。当然并不是茅盾一个人进行这样的指责，事实上当时的文坛上时时会听到这样的指责之声。对茅盾等人的指责，林伯修是这样回答的："我们的革命文学底读者是些什么人呢？究竟有多少？我们相信决不会如茅盾所说的那么少，'只成为一部分青年学生的读物'，而绝无其他的读者。但是对于一切的读物底读者总数看来，那无疑地地盘是很狭小的。"② 林伯修是有保留地承认了茅盾对革命文学的这一质疑。茅盾解决问题的主张是，既然阅读对象是小资产阶级，那作家就应该让描写对象与阅读对象一致，去努力描写小资产阶级。这样，为服务对象写作的要求被置换为描写阅读对象。革命文学作家的观点显然与此有很大的差距。他们认为即使存在茅盾所说的问题，但是解决方法也不是茅盾的

---

① 茅盾：《从牯岭到东京》，《小说月报》第 19 卷第 10 号，1928 年 10 月。

② 林伯修：《1929 年急待解决的几个关于文艺的问题》，《海风周报》第 12 号，1929 年 3 月。

方法。作家们不仅应该避免在作品中写作小资产阶级形象，而是应该把主要精力投入对革命的工人、农民的描写，并应该想办法让自己的读者扩大到工人、农民中去。在这一方面进行探讨的理论才是无产阶级文学的理论。

第二，革命文学大众化的困境是世界左翼文坛面临的共同的难题。林伯修在文章中，通过日本《战旗》上藏原惟人等人的文章、美国傅利曼的文章、苏俄卢那察尔斯基的文章，向左翼文坛提供了充足的证据："这一现象，很普遍地在世界存在着，不单是我国特有的现象。"当然，世界各国的左翼作家也都在致力于这一方面的工作，卢那察尔斯基就认为："能使百万的大众感动的作家出现，就是依着初步的而且单纯的内容也好。"①

第三，中国文坛的文艺大众化工作已经开展。在革命文学作家为争取文坛的"生存权"及获得无产阶级意识、创作技巧而战的时候。中国文坛的文艺大众化工作已经在悄悄地运作了：

无政府主义派提出了"民众文学"的口号。无政府主义派在《现代文化》、《文化战线》、《民间文化》等报刊上针对无产阶级文学运动发表了他们的看法。他们从两个方面对无产阶级文学进行否定。第一，他们认为无产阶级文学仍然只是一个阶级的文学，并不是全国民众的文学；第二，他们认为无产阶级文学理论否定了文学本身。他们要建设的"民众文学"是包含多个阶级的文学，不是无产阶级一个阶级的文学，而且也没有否定文学本身。

郁达夫提出了"大众文艺"的口号。郁达夫主办的《大众文艺》于1928年9月20日出版创刊号。在创刊号上，他先是说明了"大众文艺"名称的由来。"大众文艺"这一名称取自

---

① 林伯修：《1929年急待解决的几个关于文艺的问题》，《海风周报》第12号，1929年3月。

日本正在流行的所谓"大众小说"。但那种小说是迎合一般社会心理的通俗恋爱或武侠小说，被广大群众所阅读。《大众文艺》则取其为普通大众服务的导向，但并不做那种通俗读物。"我们的意思，以为文艺应该是大众的东西，并不能如有些人之所说，应该将她局限于一个阶级的。""我们并没有政治上的野心，想利用文艺来做官。我们也没有名利上的虚荣，想转变无常的来欺骗青年而实收专卖的名声和利益。我们尤其不想以裁判官，天才者，或个人执政者 Dictator 自居，立在高高的一个地位，以坛下的大众作为群愚，而来发号施令，做那些总司令式的文章。我们只觉得文艺是大众的，文艺是为大众的，文艺也须是关于大众的。西洋人所说的 'By the people，for the people，of the people' 的这句话，我们到现在也承认是真的。"① 郁达夫的文学主张并不是全部针对革命文学而言的，但其中也有针对革命文学有感而发的原因在内。在《大众文艺》第二期《编辑余谈》中他提道："这一个年头，真是不毛之年，大家都因为被骂得怕了，所以屁也不敢放一个，结果弄得这一期，大半都是翻译，创作只有寥寥的几篇。"② 郁达夫是创造社批判的对象之一，被革命文学视为资产阶级文学的代表人物之一。比较郁达夫的理论与创造社的理论，创造社对他的批判并不全是个人意气之争，倒也有思想不同的原因。郁达夫的文学理论是排除了阶级观念的文学理论，他的大众文学概念与后来无产阶级文学家们所提出的"普罗文学大众化"存在着意识形态上的不同③。

---

① 达夫：《大众文艺释名》，《大众文艺》创刊号，1928 年 9 月。

② 达夫：《编辑余谈》，《大众文艺》第 1 卷第 2 期，1928 年 10 月。

③ 林韵然提出大众文学有两副面孔，一副是"普罗文学"，一副是"通俗文学"。（见林韵然《"普罗"还是"通俗"？——大众文学的两副面孔》，《中国现代文学研究丛刊》2006 年第 1 期）其实，"大众文学"还应该有第三副面孔，那就是郁达夫提倡的审美文学的大众化。

在这样的文学环境下，革命文学理论家及革命文学作家当然会对"大众文学"这个词重新认识，并重新命名。

二 太阳社成员的"普罗文学大众化"理论

在太阳社中，林伯修最早关注"普罗文学的大众化"理论。

林伯修在《1929年急待解决的几个关于文艺的问题》一文中，对"普罗文艺的大众化"理论的建设提出了自己的一些并不成熟的设想。他在论述自己的设想之前阐明了理论探讨的必要性："这一问题的解决，主要的自然要由普罗文学作家实际上底作品行动及艺术运动底技术的行动今后的奋斗和发展来解决，决不能单靠一般抽象的理论解决。可是理论上的探讨是一切实践的前提和方针，所以，我们觉得有提出这一问题来请大家讨论底必要。"① 林伯修的态度这样紧张，大概与蒋光慈、钱杏邨对理论问题的态度有关。蒋光慈曾说过："说也惭愧！我本是专门从事革命文学工作的人，而至今却没曾发表过一篇关于革命文学的论文；……这一方面是因为我惰性太深，而一方面也是因为我不爱空谈理论，——我以为与其空谈什么空空洞洞的理论，不如为事实的表现，因为革命文学是实际的艺术的创作，而不是几篇不可捉摸的论文所能建设出来的。"② 对理论建设明显采取漠视态度。钱杏邨则在《批评与抄书》中与创造社发生了"理论与行动"的争论，批评创造社的只知教条主义地对待列宁的"没有革命的理论，没有革命的行动"思想，忽视革命实践的错误。

在文章中，林伯修提出了在普罗文学大众化的过程中需要

---

① 林伯修：《1929年急待解决的几个关于文艺的问题》，《海风周报》第12号。

② 蒋光慈：《关于革命文学》，《太阳月刊》2月号，1928年2月。

研究八个具体问题。（1）注意到现阶段的客观要求及条件；
（2）普罗文学应"接近大众"；（3）大众的定义，既包括"劳苦的工农大众"，也包括"兵士、小有产者"等，应科学分析；
（4）坚持普罗文学的阶级意识；（5）不能一味地讨好一般的没有觉醒的大众；（6）应该对大众所喜欢的文艺形式进行研究；
（7）正确对待大众化的普罗文艺的价值；（8）普罗作家的生活大众化。这八个具体问题，可以说是较早地为普罗文学走向大众化提供了努力方向。林伯修对这八个方面的问题都有自己的简明扼要的论述，其中很多论述都在后来的无产阶级文学实践中得到证实。

1930 年陶晶孙接手《大众文艺》，对推动普罗文艺大众化起到了促进作用。陶晶孙策划了"文艺大众化"笔谈、"文艺大众化问题座谈会"、"我希望于大众文艺的"征文等活动，这些活动有助于了解 1930 年初作家、理论家们对普罗文艺开展大众化工作的努力。巧合的是，参加"文艺大众化"笔谈的人有许多是原创造社的成员，原太阳社的主要成员参加的是"文艺大众化问题座谈会"，对于"我希望于大众文艺的"征文活动，则有多方面人员参加，原两社成员及不属于两社的青年都有参加。

蒋光慈、洪灵菲、孟超参加了"文艺大众化问题座谈会"。就大众的定义，许幸之、陶晶孙以有无"产业"来划分，认为大众指国内八成以上的人口，郑伯奇认为是生产大众；蒋光慈提出大众指站在阶级立场所说的"无产大众"，事实上是排除了包括小资产阶级等的劳苦大众。因此，大众文艺被他们界定为是"大众的文艺"。蒋光慈把通俗文艺划出了大众文艺的范围，他说"通俗小说，它在内容是有闲阶级的，自然我们要个正确的意识，内容和外形，由此来的。"这是从内容上规定了大众文艺不能为有闲阶级服务，坚持阶级意识的内容，但他没有对大众文艺的具体形式做出说明；洪灵菲认为普罗文艺还没有组织工人，工人还不懂普罗文学，文学的大众化建设需要引入大众参加讨论，吸收、采纳他们的建议，使大众能够阅读普罗文艺。洪灵菲的结论是："大众化的内容，就是普罗文学，一方面利用旧的、大众所理解的形式，以后不断地进行发展新的，写进步的意识，和斗争的生活，不为享乐而著作，要鼓励并组织群众。"洪灵菲的发言在补充了蒋光慈的思想外，提出了利用旧形式、创造新形式的看法。关于大众化的形式，郑伯奇提出大众小说要比通俗小说更通俗，"加插画，用易于理解的笔调、言语。"对此，蒋光慈认为"五四运动以来，白话运动还不成功，听不懂的根本不是白话，讲不到接近大众了"。孟超为解决"白话是文言的白话"的问题，提出两个解决办法，一是采用大众熟悉的形式，"五更调是大众的形式"；一是作家必须到群众中去，"提高他们的文化水平"。这事实上是两个问题，前一个认为作家应该接近大众，后一个认为要使大众能够接近作家的水平。此外，蒋光慈还提出刊物应该向日本的报刊学习，在刊物编辑中增加插画。①

洪灵菲、孟超、钱杏邨都为"我希望于大众文艺的"撰写了文章。洪灵菲、孟超的建议基本与座谈会上的相同。钱杏邨说了六点希望。其中，与上述诸人有所不同的是后两点。他提出大众文艺的读者对象必然是工农大众，不能把重心建筑在知识分子的群众上；并贡献一个意见：《大众文艺》应该减少每期的分量，减少定价，使大众有购买的经济能力。②

钱杏邨在《大众文艺与文艺大众化》中对"文艺大众化"笔谈的各种观点进行了介绍、批评，并形成了自己的完整表述："一方面利用旧的，大众所理解的形式，一面不断的发展代替它

---

①　《文艺大众化问题座谈会》，《大众文艺》第 2 卷第 3 期，1930 年 3 月。

②　《我希望于大众文艺的》，《大众文艺》第 2 卷第 4 期，1930 年 5 月。

的新的形式，在新旧的各样的形式之中，去描写斗争的生活，发扬大众的阶级意识，唤醒他们起来革命，要利用一切他们所能理解的形式，去完成宣传，鼓动，以及组织群众的任务。"①这是太阳社成员中对文艺大众化最为简洁的表述了。

普罗文学的大众化，在左联成立以前只是个开端，大量的实践及理论工作都是在左联成立以后完成的。太阳社成员的普罗文学大众化工作坚持了以下几点：第一，以无产阶级意识指导文学创作；第二，从形式上进行突破，力求接近普罗大众。形式上的突破最初是集中在语言形式的突破上，要求作家们或者采用简明易懂的语言进行创作，或者学习劳苦群众的文艺形式。但他们在文学上还主张更多地采用一些文艺的视觉形式，如插画等。这些探索延续了太阳社成员在文学创作方面的艺术追求，对后来的左翼文学的大众化工作也做出了一定的贡献。

在左联时代，文学大众化既吸收了革命文学派的主张，也吸收了茅盾等人的主张。读者既有小资产阶级知识分子大众，也有劳苦大众。他们在这方面没有失去应有的文学思想。在为劳苦大众服务的文艺中，他们积极寻找大众喜爱的文艺样式，最后形成侧重以视觉形式艺术及听觉形式艺术（或二者的混合）来表现新的内容。具体来说，他们主张采用电影、传统戏剧、漫画书、组织演剧团等等文艺样式，实现了由阅读到"看和听"的转变，在一定程度上克服了文字载体对传播左翼思想造成的局限性。这种转变还直接地影响到作家的职业选择，太阳社的主要成员钱杏邨、孟超等都在此时选择了从事戏剧艺术之路，实践了他们的普罗文学大众化的文学主张。

---

① 钱杏邨：《大众文艺与文艺大众化》，《拓荒者》第 1 卷第 3 期，1930 年 3月。

第三章 "太阳社式"的文学批评

太阳社成员的文学批评方式具有自己的特色。鲁迅曾说："今年文坛的战术，有几手是恢复了五六年前的太阳社式。"① 鲁迅所指的是太阳社成员与自己进行论争时采用的批评方式，如果把视野扩大，在与太阳社成员有关的所有的文学论争中，从他们对革命文学理论的运用、政治派别意识的体现、文学批评的态度等方面归纳出他们的文学批评方式，有助于加深对太阳社的认识。

第一节 夹杂意气之争的理论之争

研究者在论述革命文学的发展时，常常把创造社与太阳社捆绑在一起论述，把他们视为相互补充、相互支持的社团。这种认识基本上是正确的，但是由于无视两个社团理论主张的不同，导致把两个社团的论争仅仅看成是意气之争，忽视了被意气之争遮蔽的理论之争。事实上，他们的争论既有意气之争的成分，更是理论取向不同的争论。

冯乃超曾说："其实，创造社和太阳社之间是有分歧的，李

---

① 鲁迅：《六论"文人相轻"——二卖》，《且介亭杂文二集》，《鲁迅杂文全集》，河南人民出版社 1994 年版，第 826 页。

初梨和钱杏邨之间有过争论。"① 冯乃超的记忆不太完整：创造
社中与太阳社有过争论的不仅仅是李初梨，成仿吾也与太阳社
有过争论。争论的源头是蒋光慈在《太阳月刊》创刊号上发表
的《现代中国文学与社会生活》。围绕这篇文章，李初梨在《文
化批判》第 2 号（1928 年 2 月 15 日）上发表《怎样地建设革
命文学》，对蒋光慈的部分观点提出质疑，成仿吾在《创造月
刊》第 1 卷第 10 期（1928 年 3 月 1 日）上发表《全部的批判之
必要——如何才能转换方向的考察》一文，其中也对蒋光慈的
观点进行了批判。针对李初梨、成仿吾二人的文章，钱杏邨在
《太阳月刊》3 月号上发表《关于"现代中国文学"》，并在当期
《编后》上批评创造社是"留学生包办的文学团体"②；在《太
阳月刊》4 月号上钱杏邨再次发表文章《批评与抄书》批评创
造社，杨邨人也在同期杂志上发表文章《读成仿吾的〈全部的
批判之必要〉》，批评了成仿吾。李初梨在《文化批判》第 3 号
上发表《一封公开信的回答》，对太阳社成员的批判进行"回
答"；在《读者的回声》栏目中发表了一个读者对太阳社的文学
创作的意见。钱杏邨在《太阳月刊》5 月号上发表《批评的建
设》，不点名地批判了创造社。这是两个社团之间的主要的论争
文字③。

　　两个社团虽然针锋相对、连讥带讽、运用春秋笔法进行论
争，甚至于存在着为了争夺"革命文学"口号发明权的问题，
但总的看来，双方的态度都还比较克制。钱杏邨在《关于"现
代中国文学"》中说："我们觉得在主张上并没有不同的地方，

---

① 冯乃超：《革命文学论争·鲁迅·左翼作家联盟》，《新文学史料》1986 年
第 3 期。
② 钱杏邨：《编后》，《太阳月刊》3 月号，1928 年 3 月。
③ 据杨邨人回忆，创造社与太阳社还有一些面对面的言语争论，但争论内容
不详。（见《太阳社与蒋光慈》，载《现代》第 3 卷第 4 期）

何以你读光慈论文时有如许的误解呢？我们实在寻不出主要原因来！""自然我们深知你对于光慈并没有丝毫恶意，我们也不会以 to turn their pockets inside out, and see what is in them and where it come from.（Mammonart，p. 8）的态度来猜度你批驳光慈论文的背景，不过我们总觉得有些'断章取义'的痕迹，我们想读者们读《怎样地建设革命文学》到这一段时，也许是不作如此想。"① 李初梨在《一封公开信的回答》中表明他的批评是在进行堂堂正正的"理论斗争"后，认为："我所有的一切议论，自然是不会违背这种态度，就是对于光慈，也是一样的。你能承认我'对于光慈，并没有丝毫的恶意'，这是我表示十二分的满足的。"在文章最后，还表示："虽不知道'太阳'诸君，对于我们如何，然而我们始终是把'太阳'认作自己的同志，所以'太阳'有了好的作品，我们负有介绍的义务，而'太阳'有了错误，我们是负有指摘的责任。""最后，希望钱先生仍能承认我这篇文章，对于你及'太阳'诸君，是没有丝毫的恶意。兹祝贵志的发展。"② 其中颇有亚里士多德的"吾爱吾师，吾更爱真理"的意味。但对于他们的论争，人们多着眼于"革命文学"口号发明权的争论，认为是一场争名争利的内讧，这样，一场发生在同志间的论争的意义被遮蔽了。

钱杏邨对李初梨居然会批判蒋光慈感到十分意外。因为李初梨与蒋光慈相识，且双方并无恶感，因此，对于李初梨批判蒋光慈，钱杏邨归之于"误解"、"断章取义"等原因，除此之外，他想不到还有什么原因。但是，李初梨并不认同这一解释，他坚持认为蒋光慈的理论存在着错误。在这种情况下，李初梨、成仿吾的批判如果真的像钱杏邨所说是"误解"、"断章取义"

---

① 钱杏邨：《关于"现代中国文学"》，《太阳月刊》3 月号，1928 年 3 月。

② 李初梨：《一封公开信的回答》，《文化批判》第 3 号，1928 年 3 月。

的话，那么，他们的指责就是不合法的"偏见"，没有任何讨论的价值，只是宗派主义、小团体主义思想的体现；如果李初梨、成仿吾真像他们所说的是在进行堂堂正正的"理论斗争"，那么，钱杏邨所指出的"误解"、"断章取义"之处其实应该是"合法的偏见"。

"合法的偏见"是伽达默尔解释学理论中的一个重要观点。他非常强调"理解的历史性"，认为历史性是人类生存的基本事实，人类无法消除历史特殊性和历史局限性。他的"理解的历史性"包含三方面的因素：其一，是理解之前已存在的社会历史因素；其二，理解对象的构成；其三，由社会实践决定的价值观[①]。正是理解的历史性构成了人的偏见。人在理解过程中，受前理解的影响，无法站在一个特殊的客观立场，超越历史时空的现实境遇去对文本加以"客观"的理解。人的理解总是因此与文本产生偏差。承认"合法的偏见"的存在，等于承认人的前理解因人而异。

既然李初梨、成仿吾不认为自己是"误解"、"断章取义"，那么，就应该尊重他们的解释，从"偏见"中分析出他们的"前理解"，即整理出他们在阅读蒋光慈文章时所信仰的理论，梳理出他们与蒋光慈的在理论方面的分歧。

一 是"无产阶级作家"还是"小资产阶级作家"

蒋光慈在《现代中国文学与社会生活》中说："革命的步骤实在太快了，使得许多人追赶不上，文学虽然是社会生活的表现，但是因为我们的社会生活被革命的浪潮推动得太激烈了，因之起了非常迅速的变化，这弄得我们的文学来不及表现——我们的文学家虽然将笔运得如何灵敏，但当他这一件事情还未

---

① 王岳川：《现象学与解释学文论》，山东教育出版社 1999 年版，第 208 页。

描写完时，而别一件事情却早已发生了，文学家要表现社会生活时，有意识地或无意识地，必定要经过相当的思考的过程，但是我们的社会生活之变化，却没有这样从容的顺序的态度，我们的文学就不得不落后了。"① 这段话，是引起轩然大波的论述。李初梨、成仿吾都对这段话进行了批评，认为蒋光慈的论点是："蒋君好像在此地大发牢骚，以为我们的文学的落后却是因为'革命的步骤实在太快'！"②

　　单独地从这一段话来说，可以认为李初梨、成仿吾的结论是正确的。但从蒋光慈的全文来看，他在开篇之后就掉转了话题，首先把作家分为了三类：反革命的作家、不革命的作家、革命的作家。在对作家分类之后，他认为反革命的作家当然不会描写革命的生活，而不革命的作家由于没有革命的实感，只能感慨革命的步骤实在太快了，而不能对革命有所描写。只有革命的青年作家即太阳社的作家才能紧跟革命的步骤，成为时代生活的表现者。他的结论很显然是认为只有太阳社的作家是革命作家，因为他们都是从革命前线撤退回来的战士。钱杏邨、杨邨人对此当然毫无异议，而且理直气壮地认为这就是事实。

　　李初梨想必也能从文章中看出这一点。但创造社的成员明显地不是这样认为的。他们创办《文化批判》的目的，就是认为大革命的失败原因在于国内真正懂得马克思列宁主义的知识分子太少。那些自认为自己已经是无产阶级的知识分子，其实大部分是小资产阶级知识分子，并没有真正掌握马克思列宁主义。他们回国就是要向国内输送马克思列宁主义的。国内的所有的知识分子都需要"转向"，从原来的资产阶级思想转向马克思列宁主义思想。包括蒋光慈在内的太阳社成员，虽然曾经参

---

① 蒋光慈：《现代中国文学与社会生活》，《太阳月刊》1 月号，1928 年 1 月。
② 李初梨：《怎样地建设革命文学》，《文化批判》第 2 号，1928 年 2 月。

加过大革命,但并不能表明他们就已经是无产阶级知识分子了,他们同样需要"转向"。因此,李初梨认定蒋光慈的说法"至少是非马克思列宁主义的说法"。他的理由是:

第一,光慈在他的文章里,完全忽略了社会的阶级关系。

第二,光慈忽略了文学的阶级背景,尤重要的是他忽略了作家的实践的要求。

第三,光慈未曾注意在这样阶级对立,意识分裂的时代,就是对于同一的社会事象,阶级背景及实践的要求是不同的时候——即有产者与无产者的见解,完全是不同的。……①

这事实上就是说,蒋光慈本人没有以马克思列宁主义来分析文学与社会的关系,因此,才会得出错误的结论。当然,不能运用马克思列宁主义分析问题的原因,是因为他还只是个小资产阶级作家,而不是一个无产阶级作家。无产阶级作家不仅能够迅速地反映社会生活,而且是以无产阶级意识来反映社会生活的。

成仿吾在《全部的批判之必要》中,表达了基本相同的结论。他在分析中国革命为什么得到了迅速发展之后,认为中国革命已经由布尔乔亚汜的革命进入了"普罗列搭利亚特自然而然成为革命的指导者"的时代。不能认识这一点,是革命文学落后于革命现实的原因。这样,他提出:"我们的新文学在最近半年以前已经发展无余了么?创造社在十五年(即1926年)春已经高唱革命文学的口号,但是就能成为一种运动么?"② 他直

---

① 李初梨:《一封公开信的回答》,《文化批判》第3号,1928年3月。

② 成仿吾:《全部的批判之必要》,《创造月刊》第1卷第10号,1928年3月。

陈此前的革命文学并非为无产阶级思想所指导，因此，不是无产阶级文学运动；只有1928年在创造社提出"转向"、作家实现思想转变之后的革命文学才是无产阶级文学。

　　创造社的这一思想对文坛的影响是相当巨大的。从此之后，革命文学阵营中的作家，无论是创造社作家还是太阳社作家，无论他们是共产党员还是非共产党员，都被认为是小资产阶级作家，都是需要进行思想转变的作家。直到1930年在"文艺大众化问题"笔谈中，郑伯奇还是认为知识阶级出身的作家并不能具有"大众的意识，大众的思想感情"，"大众文学的作家，应该是由大众中间出身的：至少这是原则"[①]。在知识分子的思想与大众的思想之间划出了一道界限。蒋光慈更惨，死去之后，还被称作"小资产阶级作家"[②]。

　　与创造社强调"阶级意识"不同的是，蒋光慈强调的是"革命情绪"[③]。强调"革命情绪"是浪漫主义文学共同的特点。郭沫若在1925年以前就一直是"革命情绪"论的倡导者。蒋光慈等人认为自己是无产阶级作家，其革命情绪当然是指无产阶级革命情绪，但在成仿吾、李初梨看来，没有阶级意识指导的"革命情绪"不可能是无产阶级革命情绪，"这种人，老实说，既不曾究明什么是革命，也不曾了解什么是情绪。一个无政府主义者可以很激昂地说这样的话，他说："我要不把人当人。在这种人的见解，这大约也是革命的情绪的结晶吧。"[④] 因此，成仿吾认为有全部的批判的必要性。让一切不重视阶级意识的人

---

　　① 《文艺大众化问题》，《大众文艺》第2卷第3期，1930年3月。

　　② 方英：《在发展的浪潮中生长，在发展的浪潮中死亡》，《文艺新闻》追悼号，第2版，1931年9月15日。

　　③ 蒋光慈：《现代中国文学与社会生活》，《太阳月刊》1月号，1928年1月。

　　④ 成仿吾：《全部的批判之必要》，《创造月刊》第1卷第10号，1928年3月。

在表达自己的社会认识、文学观点的时候必须首先表明自己的阶级观点。李初梨认为："无产者未曾从有产者意识解放以前，他写出来的，仍是一些有产者文学。"[①] 明确否认了无产者天生就具有无产阶级意识的认识，指出即使无产者也要经过马克思列宁主义的教育才能获得无产阶级意识。

因此，创造社成员强调革命文学作家在具有"阶级意识"以后才能转变为无产阶级作家，才能正确地反映社会生活，而没有阶级意识的作家都是非无产阶级作家，都需要思想转向，创造社作家也不例外，他们也需要从小资产阶级思想向无产阶级思想转变[②]，他们所自豪的是他们是最早转向的小资产阶级作家；太阳社作家认为经过革命实践的、具有革命情绪的作家就已经是无产阶级作家，就能反映急速变化的社会生活。这样，"阶级意识"的有无成为二者的分界线。

与强调作家的"转向"相联系的，创造社强调"没有革命的理论，就没有革命的行动"。这是列宁指导革命的格言。钱杏邨、杨邨人对创造社的教条主义多有非议，尤其是钱杏邨更是针锋相对地提出革命行动中可以总结出革命理论，甚至可以修正革命理论。虽然双方的观点各有侧重，在理论与行动孰先孰后上争执不下，但是，成仿吾、李初梨的观点更占优势[③]。蒋光慈、钱杏邨此时对成、李的这一看法并不以为然，不过，太阳社的成员此后也加强了理论的研讨，林伯修引进藏原惟人的"新写实主义"就是一个很好的例子。钱杏邨1929年以后也逐

---

① 李初梨：《怎样地建设革命文学》，《文化批判》第2号，1928年2月。

② 同上。

③ 据郑超麟回忆，"一次，蒋光赤找到我，向我控告《文化批判》对于《太阳月刊》的攻击。蒋光赤写了一篇文章，似乎说：一切知识出于经验。《文化批判》便批评他不对。我一听就知道蒋光赤是错的。他没有读过列宁反对马赫主义的著作。蒋光赤向我控告，无非要我以党的权威制止这个攻击，但我不管。"（见郑超麟《谁领导了中央文化工作委员会?》，《新文学史料》1989年第1期）

渐地接受了创造社的"阶级意识"论，在他的批评文章中大量运用"阶级意识"进行文学批评活动。

二　革命文学的实践意义

李初梨在《怎样地建设革命文学》中还提出蒋光慈的革命文学创作不注重"实践"。钱杏邨在《关于现代文学》中对此非常不理解："光慈仅止于说文学的目的是表现社会生活？他没有说及文学的社会的使命么？在全文里无论说老作家新作家，处处都露出了文学对于社会的关系，难道作者竟没有留心么？"并拿出蒋光慈《关于革命文学》中的论述来反驳李初梨："革命的作家不但要表现时代，并且要在忙乱的斗争的生活中，寻出创造新生活的原素，而向着这种原素表示充分的同情，并对之有深切的希望和信赖。""革命的作家不但一方面要暴露旧势力的罪恶，攻击旧社会的破产，而并且要促进新势力的发展，视这种发展为文学的生命。""革命文学是要认识现代的生活，而指示一条改造社会的新路径。"[①]

李初梨对钱杏邨的回答是："在这几段文章里面，除了'促进'带了几分暧昧的实践的意思而外，其余可惜我发见不着一点实践的意义来。你以为'同情'，'希望'，'信赖'，'认识'、'指示'是实践吗？"[②] 在这里，李初梨明确指出，钱杏邨对"实践"的含义并不理解。抛开李初梨以理论家自居的态度后，可以知道，两人对革命文学的实践意义内涵的认识并不相同。

钱杏邨的"实践"指革命文学的社会使命（参看上述引语）。

李初梨对"实践"的界定是在《怎样地建设革命文学》一

---

① 钱杏邨：《关于现代文学》，《太阳月刊》3月号，1928 年 3 月。
② 李初梨：《一封公开信的回答》，《文化批判》第 3 号，1928 年 3 月。

文中表达的，是指作家在掌握了无产阶级的阶级意识之后，为本阶级服务的社会实践。李初梨首先从宏观来立论："因为无论什么文学，从它自身说来，有它的阶级背景，从社会上看来，有它的阶级的实践的任务。""文学为意德沃罗基的一种，所以文学的社会任务，在它的组织能力。""所以支配阶级的文学，总是为它自己的阶级宣传，组织。对于被支配的阶级，总是欺瞒，麻醉。"因此，"我们的文学家，应该同时是一个革命家。他不是仅在观照地'表现社会生活'，而且实践地在变革'社会生活'。他的'艺术的武器'同时就是无产阶级的'武器的艺术'。所以我们的作品，不是象甘人君所说的，是什么血，什么泪，而是机关枪，迫击炮。"① 在这里，革命文学的实践意义，是指作家在具有阶级意识之后，主动地为本阶级的社会实践服务的思想。与这样的实践的意义相比，蒋光慈的实践观点当然"只是一般的文艺实践"的观点，不能被创造社同人所认可，当然要受到他们的批判。

可见，太阳社与创造社之间的分歧并不仅仅是一种意气之争，更是理论不同所致。这理论的不同被表面的意气之争所遮蔽了。人们在嘲笑双方"内讧"的同时，缺乏对他们理论分歧的细致考察。

第二节 文学手法的学理之争

太阳社与鲁迅之间的争论是革命文学论争中一个重要的组成部分。他们的争论主要是学理之争，同时伴随着太多的文学手法，而且这些文学手法往往轻易地遮蔽了学理之争的价值。但是，即使他们大量运用文学手法进行学理之争，研究者也不

---

① 李初梨：《怎样地建设革命文学》，《文化批判》第 2 号，1928 年 2 月。

能轻易地否定论争的价值：由于鲁迅的存在及其奋起抗争，这场并非理想的论争态势具有了"公共空间"的色彩。

这里，应该说明的是，太阳社中，蒋光慈与钱杏邨相继发表过专门针对鲁迅或者其作品的批判文章，而鲁迅却未曾发表过单独批判太阳社成员的文章。这并不是鲁迅不重视太阳社，而是从鲁迅的角度来看，创造社与太阳社是一个战壕的战友。所以他的批判文章一般都是把两个社团人物的观点综合在一起进行批判的。因此，讨论太阳社与鲁迅的论争，便只能是从太阳社的角度出发，一方面理出他们对鲁迅的批判，另一方面，按照他们对鲁迅的批判，对号入座，从鲁迅的文章中寻绎出鲁迅的批判观点。讨论他们之间的论争，应力争挖掘双方论争中所体现的学理色彩，兼及太阳社式批评的文学色彩。

一　时代落伍者与"超时代"

钱杏邨曾发表过四篇关于鲁迅的文章：《死去了的阿 Q 时代》、《死去了的鲁迅》、《朦胧之后》、《鲁迅》。前三篇合称为"鲁迅三论"，最后一篇称为"鲁迅史论"。这四篇文章，分别从鲁迅的文、鲁迅的人、论争中的鲁迅、文学史上的鲁迅考察了鲁迅。

《死去了的阿 Q 时代》是太阳社同人发表的第一篇批判鲁迅的文章。由于这篇文章发表在冯乃超的《艺术与社会生活》之后，很容易让人认为这是太阳社与创造社联手"围剿"鲁迅，并进而认为这篇文章是依据创造社的观点来对鲁迅进行批判的。这其实都是误解。《死去了的阿 Q 时代》是蒋光慈的《现代中国文学与社会生活》一文的具体化（另外三篇也是如此，第五章将具体论述）。在这篇文章中，钱杏邨首先建立了一种崭新的对五四运动以来的社会思潮史的叙述线索：那就是"从个人主义的反抗到民族的反抗、从民族的反抗再到阶级的反抗"这样一个社会思潮史的叙述线索，这是钱杏邨文学批评理论的最重要的阐述，是全文最重要的部分。在文章的第二部分，钱杏邨对鲁迅《呐喊》、《彷徨》、《野草》三部作品集进行了分析，论点是："他始终没有找到一条出路，始终的在呐喊，始终的在彷徨，始终的如一束丛生的野草不能变成一棵乔木！"文章的第三部分，"这一篇（《阿Q正传》）的好处不但是代表了病态的国民性，同时还解剖了在辛亥革命初期的农村里一部分人物的思想，我们扩大点说，阿Q的思想也代表那时都市里一部分民众的思想"。"于是乎阿Q死，《阿Q正传》也就完成了他的时代的记载！""《阿Q正传》虽有这么多的好处，在表现与意义两方面虽值得我们称赞，然而究竟不能说是代表十年来的中国现代文坛的时代的力作；十年来的中国农民是早已不像那时的农村民众的幼稚了。所以根据文艺思潮的变迁的形式去看，阿Q是不能放在五四时代的，也不能放在五卅时代的，更不能放到现在的大革命时代的，……"结论便是"阿Q时代是已经死去了"[1]。这篇文章是钱杏邨发生重要影响的论文，带有明显的三段论的痕迹。钱杏邨的结论其实在理论准备阶段——三段论的大前提阶段已经是非常清楚的了。用业已建立的"正确的"理论思潮的线索来检验作家的创作，只能是得出"符合"或"不符合"的结论。鲁迅的创作"不符合"理论，自然就是落伍的。

《死去了的鲁迅》是钱杏邨关于鲁迅的第二篇批判文章。通过对鲁迅的一些杂感、演说的分析，对鲁迅的《"醉眼"中的朦胧》的观点进行批评。对于《小杂感》里的"革命，革革命，革革革命，革革……"[2]钱杏邨说："文学在过去的形式上，似乎与政治不发生关系，所以文艺作家与政治思想常常的隔绝，这一

---

① 钱杏邨：《死去了的阿Q时代》，《太阳月刊》3月号，1928年3月。
② 鲁迅：《小杂感》，《而已集》，《鲁迅杂文全集》，河南人民出版社1994年版，第298页。

点完全是忽略文学时代性的结果。文艺思潮跟随着政治经济以及一切的社会关系而变动，闭了眼不看社会经济和政治情形的作家，焉有能表现之理？所以鲁迅结果只能写出这样单弱的政治见解来了。"他进而认为鲁迅"对革命是谈不上什么认识，革命文学在他看来，仿佛是一种幼稚病"，等等。鲁迅没有阶级的观点，没有革命的情绪，对时代的认识当然不能符合钱杏邨所说的"世界政治思想"，对时代的表现当然不能与钱杏邨所说的"阶级反抗的时代"相符合。在这样的现实面前，鲁迅要么抱残守缺，那只能是"死去了的鲁迅"；要么醒来，走向阶级之路，那才是"新生的鲁迅"。鲁迅作为"时代落伍者"的地位被钱杏邨确定了。文章最后说："鲁迅先生，你就不为自己设想，我们也希望你为后进青年们留一条生路！"① 希望"被读者称为大作家的"鲁迅能够转变到革命文学之路的想法还是相当清楚的。

第三篇《"朦胧"以后》"是对于《语丝》十六至十八三期里鲁迅的通信与杂感的考察。"钱杏邨通过对鲁迅的杂文的分析，以鲁迅写作的原因是"因为我欢喜"而得出结论：鲁迅的"出发点，不是集体，而是个人，他的反抗，只是为他个人的反抗。……他始终是一个个人主义者。""他是忘不了阶级背景及其特性的一个彻头彻尾的小资产阶级者。"鲁迅的革命是"只有'呐喊'式的革命，只有'彷徨'式的革命"②，是没有阶级性的革命，没有认识到五四以后的革命与一般的革命的区别。针对鲁迅的"革命文学家往往特别畏惧黑暗，掩藏黑暗"③ 观点，

---

① 钱杏邨：《死去了的鲁迅》，原载《现代中国文学作家》第1卷，上海泰东书局1928年版。（见李富根、刘洪编《恩怨录·鲁迅和他的论敌文选》，今日中国出版社1996年版，第467、469页）

② 钱杏邨：《"朦胧"以后》，《我们月刊》创刊号，1928年5月。

③ 鲁迅：《太平歌诀》，《三闲集》，《鲁迅杂文全集》，河南人民出版社1994年版，第347页。

钱杏邨一方面表明了革命文学家并不反对暴露社会黑暗，另一方面指出："一个伟大的作家他看到社会的黑暗，也应该看到社会的光明。鲁迅的出路只有坟墓，鲁迅的眼光仅及于黑暗。"而革命文学家不仅对于黑暗的描写和鲁迅所说的不同的，最重要的是"他又要创造光明，自己不得不站在时代前面"①。在文章的结尾，钱杏邨表明：鲁迅在革命文学出现后，仍然是一个不能具有阶级意识的作家，仍然是一个对时代、对革命"朦胧"的作家。他希望鲁迅能够幡然悔悟，认清时代，最终参加革命文艺的战线。

《鲁迅》是钱杏邨发表在《拓荒者》上的一篇评价鲁迅及其创作的历史地位的文章。这篇文章很少被人提及。也许是因为这篇文章给予鲁迅的评价相当高有关吧。文章起始，钱杏邨说："只要一提及五四时代的文学，大概谁个也不会把鲁迅忘掉吧。我们首先忆及的就应该是这一位英勇的、不断的和当时封建势力作战的鲁迅。在这一点上，鲁迅将永远的不会被人们忘记。"② 在随后的对鲁迅《呐喊》、《彷徨》的分析中，他指出鲁迅以资产阶级人道主义的立场，不遗余力地和一切旧势力作殊死决斗，表现出了毫不妥协的精神，是反封建的最有力的创作。也许有人受王富仁的《中国反封建思想革命的一面镜子：〈呐喊〉〈彷徨〉综述》的影响，会认为两人的观点是相同的。其实，两者的差距相当大。同样是承认鲁迅的作品具有反封建的力量，钱杏邨是从"反映时代精神"的观点出发，认为鲁迅的作品是反封建的作品，但同时认为："反封建以后所应该产生的是怎样的必然而合理的前途，从他的创作中看去，他是不能完全理解的。""在革命的现阶段，同样的需要强有力的反封建的

---

① 钱杏邨：《"朦胧"以后》，《我们月刊》创刊号，1928年5月。
② 钱杏邨：《鲁迅》，《拓荒者》第2期，1930年2月。

创作，但这种反封建的创作，必然的要去进一步的取得无产阶级的立场。"① 事实上，从社会实践方面判定鲁迅的创作是"落伍的"创作，把鲁迅创作的反封建的意义局限在了文学史意义上。王富仁的著作则是建立在对 20 世纪中国社会现实中浓厚的封建主义思想的认识的基础上提出的，认为鲁迅的反封建思想具有当下性意义，绝对不是只具有文学史价值。

综合四篇文章的观点看，其中的含义是一致的，那就是"鲁迅作品中的人物是落后于时代的人物，已不能再反映新时代"，"鲁迅的思想已落后于时代，已不能再创造出新时代的作品"，"经历被批判的鲁迅思想仍是似是而非的，没有接受正确的思想"，"鲁迅的作品是相当成功地反映了辛亥革命的时代的伟大作品（隐含着时代落伍者的意思）"。这是钱杏邨关于鲁迅的"时代落伍者"的论调。

针对钱杏邨的"时代落伍者"的论调，鲁迅显然认为自己与时代的距离更加接近一些。在《铲共大观》等文章中，鲁迅认为中国的社会从主要组成部分来看，仍然是以封建思想为主，这是他们所处时代的真实面貌，他并不认为"五卅"等事件能够代表中国社会的整个现状。从这样的观点出发，鲁迅自然认为自己并不是一个时代落伍者，相反地，革命文学家们倒是"超时代"的人物，"超时代其实就是逃避，倘自己没有正视现实的勇气，又要持革命的招牌，便自觉地或不自觉地必然地要走入那一条路的。身在现世，怎么离去？这是和说自己用手提着耳朵，就可以离开地球者一样地欺人。社会停滞着，文艺决不能独自飞跃。"②

---

① 钱杏邨：《鲁迅》，《拓荒者》第 2 期，1930 年 2 月。
② 鲁迅：《文艺与革命》，《三闲集》，《鲁迅杂文全集》，河南人民出版社 1994 年版，第 341 页。

他们的观点其实各有道理，但应该说并不是一个层面的道理。革命文学家们考察的是政治思潮，而鲁迅考察的是文化思潮。一种政治思潮的运作可能受到多种因素的影响，甚至于一个领导人的个人才能的影响而在短时间内发生变化；但文化思潮的变化却是相当缓慢的，也许只有在经济基础发生变化之后才能有所变化，它是不以任何人的主观意志为转移的。

二　"斗争"和"情绪"的意识形态差异

鲁迅对于"斗争"是有自己的看法的："斗争呢，我倒以为是对的。人被压迫了，为什么不斗争？正人君子者流深怕这一着，于是大骂'偏激'之可恶，以为人人应该相爱，现在被一班坏东西教坏了。"① 鲁迅的这一斗争观点，仍然是他的反封建的观点，在太阳社成员看来是没有阶级意识的一般斗争观点，是落后于"时代"的斗争观点。无产阶级的反封建应该是"暴露封建势力的罪恶，指出这种力量怎样的与帝国主义以及资产阶级相勾结和妥协作了他们的工具，怎样的凭借旧宗法社会的观念去利用落后的民众，以阻碍革命的发展，同时也要指出封建势力必然崩溃的最近的特征，盘据在农村的封建基础不摧残是革命的最大的障碍，以及封建势力肃清后必然产生的社会主义的前途；……这样的反封建的创作才是革命的现阶段所需要的创作。""鲁迅的创作的反封建的题材和思想，和这样要求的距离，是如何的远法，大概是谁个也能理解的事吧。"②

钱杏邨不仅指明鲁迅的斗争观念在意识形态上与太阳社的观念是相冲突的，而且进一步说明鲁迅的反封建的创作，在感

① 鲁迅：《文艺与革命》，《三闲集》，《鲁迅杂文全集》，河南人民出版社1994年版，第341页。
② 钱杏邨：《鲁迅》，《拓荒者》第2期，1930年2月。

觉情绪上也与太阳社的观念相冲突："他的反封建的精神，同样的也反映了他的伤感主义的情绪。""他的伤感主义的气氛的创作，对于无产阶级的反封建的斗争，怎样能担负起巨大的推动的责任呢？这样的伤感情绪也能够执着，激发，火一般茶一般的革命的现阶段的人们的斗争情绪么？"①

钱杏邨把描写斗争与革命的宣传结合起来，从激发群众如火如荼般的斗争情绪出发，对文学作品反映的情绪提出具体要求，否定具有伤感情绪的创作。钱杏邨这样做，是从现实政治的需要出发，从读者接受的角度区分了文艺对群众的影响，认为文艺作品既可以具有正面的宣传作用，也可以具有负面的宣传作用，坚持认为文艺应该对革命的群众发挥正面的影响力。因此，他要求文艺成为政治的附属品，文艺的宣传方向只能是政治的目的，应该剔除一切不利于现实生活中政治运动的社会情绪的表现。因为伤感的情绪对革命斗争的深入可能造成伤害，会影响革命工作的开展。蒋光慈在《菊芬》、《野祭》中各自塑造了一个革命文学家的形象。在那里，革命文学家也深感自己的作品在对敌斗争中的无力，但却阐明了革命文学在革命阵营中的巨大力量，具有正面的宣传作用。

鲁迅从文艺的特性出发，并不认为文艺具有旋乾转坤的力量，也就是说鲁迅不相信文艺会对现实政治产生巨大的威力，即文艺不具有消灭敌人的能力，敌人不会因为革命文学的产生而消灭，应该说，这是文艺家的共同的感觉。"我是不相信文艺的旋乾转坤的力量的，但倘有人要在别方面应用他，我以为也可以。譬如'宣传'就是。"② 承认文艺客观上具有宣传作用，

---

① 钱杏邨：《鲁迅》，《拓荒者》第 2 期，1930 年 2 月。
② 鲁迅：《文艺与革命》，《三闲集》，《鲁迅杂文全集》，河南人民出版社 1994 年版，第 341 页。

并不是说鲁迅将放弃文艺的特征。鲁迅坚持的是文艺反映世界的全面性。"近来的革命文学家往往特别畏惧黑暗，掩藏黑暗，但市民却毫不客气，自己表现了。那小巧的机灵和这厚重的麻木相撞，便使革命文学家不敢正视社会现象，变成婆婆妈妈，欢迎喜鹊，憎厌枭鸣，只检一点吉祥之兆来陶醉自己，于是就算超出了时代。"① 钱杏邨是不承认革命文学家们只描写吉祥之兆而不描写社会黑暗的。但认为鲁迅是从个人主义的角度暴露社会黑暗，而革命文学家除了不仅暴露黑暗、也抒写光明之外，革命文学家的暴露黑暗，不是盲目的暴露黑暗，不是以个人为出发点的暴露，选择暴露与不暴露，完全是出发于集体的需要。这种暴露观可以说是以政治需要为转移的，必然不以文学艺术为目的。鲁迅在这里与太阳社产生了重大的区别。

三　文学批评的环境

文学批评需要适合的环境。革命文学家对鲁迅的批评在很多时候除了说理之外，似乎更注重一些非理论的方法，或者说理论文章的文学色彩，如使用"死去了的"等字眼来表达"过时的"含义，并使用在文章标题上。在论争文字里面运用文学色彩的文字，可读性加强了，但论争者的态度问题就暴露出来了。因为，态度问题所显示的不仅仅是批评者的论争态度，更重要的是，在由所有的论争者组成的文学论坛上，论争者的态度体现出的就是这个论坛的环境。

在革命文学的论争中，论争态度最为恶劣的是创造社的成员。他们的文章很多是不讲道理的上纲上线，也就是说，他们的"唯我独革"的思想相当严重，动辄对鲁迅进行挖苦、讽刺，

---

① 鲁迅：《太平歌诀》，《三闲集》，《鲁迅杂文全集》，河南人民出版社1994年版，第347页。

对鲁迅的否定也是彻底的。而太阳社在对鲁迅进行批评之时，相对地还是比较注意这一点。一方面在对鲁迅展开批评之时，也肯定鲁迅的文学成就，对鲁迅转变寄予极大的希望；另一方面，还比较能够从理论出发，以理论来评价鲁迅，较少地牵涉私人的恩怨。

在《我的态度气量和年纪》一文中，鲁迅指出革命文学家们不是在是非上做文章，而是纠缠自己的"态度、气量和年纪"①，从自己的文章的"态度、气量、年纪"三方面来否定自己的观点。文章中并没有对太阳社点名批评。太阳社在鲁迅心目中是采取了哪些非常手段呢？1935 年 10 月《文学》上的《六论"文人相轻"——二卖》一文的开头，鲁迅说："今年文坛的战术，有几手是恢复了五六年前的太阳社式，年纪大又成为一种罪状了，叫作'倚老卖老'。"②可见，1928 年《我的态度气量和年纪》中的年纪虽说是直接对"弱水"而言，但以"年纪"问题进行论战，鲁迅倒是认为是太阳社的战术。

钱杏邨、蒋光慈都曾经用"年纪"问题与鲁迅论争。

钱杏邨用"年纪"问题来阐明鲁迅是时代落伍者的观点。在《死去了的阿 Q 时代》中，钱杏邨指出："我们目击政治思想一次一次的从崭新变为陈旧，我们看见许多的政治中心人物抓不住时代，一个一个的被时代的怒涛卷没；最近两年来政治上的屡次分化，和不革命阶级的背叛革命，在在都可以证明这个特性。文坛上的现象也是如此。在几个老作家看来，中国文坛似乎仍然是他们的'幽默'的势力，'趣味'的势力，'个人主义思潮'的势力，实际上，中心的力量早已暗暗的转移了方

---

① 鲁迅：《我的态度气量和年纪》，《三闲集》，《鲁迅杂文全集》，河南人民出版社 1994 年版，第 348 页。

② 鲁迅：《六论"文人相轻"——二卖》，《且介亭杂文二集》，《鲁迅杂文全集》，河南人民出版社 1994 年版，第 826 页。

向，走上了革命文学的路了。"在批评鲁迅的创作落后于时代时："老年人的记性真长久，科举时代的事件，辛亥革命时代的事件，他都能津津不倦的，不知有汉，无论魏晋的叙述出来，来装点'现代'文坛的局面。……他不过是如天宝宫女，在追述着当年皇朝的盛事而已；站在时代的观点上，我们是不需要这种东西的。"① 钱杏邨在这里是以鲁迅的年纪来做文章，以20世纪初几个最著名的人物如康有为等人的历史来暗喻鲁迅，暗示鲁迅有走康有为的路的危险，这是文学的笔法，并非说理的方法。但由于康有为的行为确实是由改良走上保皇这条落后于时代之路的，很容易地会使读者联想到鲁迅的路，会得出鲁迅也将是落后于时代的人物的结论。

太阳社的成员并不能理解鲁迅《我的态度气量和年纪》一文的苦心。在蒋光慈的《鲁迅先生》一文中，仍然以鲁迅的"年纪"来做文章。"所以我自来也就没做文章来骂过他——这固然因为我素来不好骂人，但我实在为他惋惜。偌大的年纪，何苦来要这般生气！未免太小孩子脾气了！以德高望重的鲁迅先生应多向理性方面探讨，而不应任着感情做事。""如果社会还需要鲁迅先生，那鲁迅先生的地位任谁个也动摇不了；若社会已经不需要鲁迅先生了，那鲁迅先生又何苦这般劳而无益呢？"② 蒋光慈的文章表明，他们认为鲁迅是凭借自己的"老资格"在为自己的现代文坛"第一把交椅"而战。这种情况说明，鲁迅对他们的批判是没有起到任何的作用的，而且，鲁迅所热望的一个良好的论争环境（注重学理性的论争而不进行无谓的论争）也不可能出现。因为大家都是文坛中人，在言论之间，

---

① 钱杏邨：《死去了的阿Q时代》，《太阳月刊》3月号，1928年3月。

② 光慈：《鲁迅先生》，原载《海眉》（半月刊）第1期，1929年1月。（见《恩怨录·鲁迅和他的论敌文选》，今日中国出版社1996年版，第475页）

总是想借助文学性的语言来达成论争胜利的目标。这里面，不仅是革命文学家们是这样，鲁迅也不能置身事外。

他们的论争既有学理性，也有许多无谓的意气之争。但毕竟只是文字之争，没有人想到借助文字之外的力量来实现自己的目的。这应该是一个最好的论争环境吧。革命文学家们自恃革命理论在握，以时代的名义君临文坛，向作家们发出"转向"的呼喊以及声色俱厉的批判。但正因为有鲁迅这样的"硬骨头"起来应战，一定程度上消解了革命文学家们的攻势。文坛呈现出一种狂欢化状态。革命文学家与既成作家互相攻讦，互不服输，而双方又都不能使对方失去话语权，也不能逼迫对方接受自己的话语，双方只能在论争中生存，这就造就了一个文坛的论争环境。这样的环境，由于双方势均力敌而成为一种最佳环境。后人也许不应该指责双方的任何一方，他们都有自己的存在理由，他们都是在为自己的存在权而论争。值得期望的是，如果双方能够不断地从对方的理论中吸取一些有价值的东西，双方也许都会从论争中得益。①

杂文家房向东说："彼此骂来骂去，……虽然也有'骂人'的'不雅'，而惟其'不雅'才更真实，更有生气。"② 陈平原对当年的社团论争发表自己的看法时说："如此百家争鸣、互相砥砺的局面，至今仍令人怀念不已。"③ 革命文学论争中，虽有一些难尽人意之处，但各人毕竟是畅所欲言，鲁迅不会为革命

---

① 据郑超麟回忆，江苏省委制止太阳社、创造社攻击鲁迅："不是出于是非，而是出于利害，即出于现在说的'统战需要'。鲁迅是共产党的朋友，……不应当攻击他。"（见郑超麟《谁领导了中央文化工作委员会》，《新文学史料》1989年第1期）

② 房向东：《鲁迅与他"骂"过的人·导言》，上海书店出版社1996年版，第13页。

③ 陈平原：《二十世纪中国文学纪事（上篇）》，《茱萸集》，春风文艺出版社2001年版，第133页。

文学家的宏大理论所屈服，革命文学家也没有被鲁迅的成就所吓倒。双方是在进行一种有着缺憾的论争，虽有缺憾，但其争鸣的态势是让人艳羡不已的。

第三节　从温和的创作理论探讨到　严厉的立场批判

1927 年 9 月，茅盾开始文学创作。他从事文学创作的时间虽然说与革命文学开始的时间几乎重合，但长期以来，茅盾的文学创作并不被认为属于革命文学创作，这是很令人感到奇怪的事情。

太阳社与茅盾的论争是从茅盾发表《欢迎〈太阳〉》一文开始的。1928 年 1 月《太阳月刊》出版，茅盾很快在《文学周报》上发表《欢迎〈太阳〉》一文。在这篇文章中，茅盾首先对《太阳月刊》的创刊表达了欢迎的态度。然后，以较多的篇幅针对《太阳月刊》创刊号上的理论文章及作品发表了自己的一些看法。第一，针对蒋光慈的《现代中国文学与社会生活》一文中的"文学落后于时代的原因是文学家跟不上迅速变化的时代"的观点，他在表示"大体是对的"后，补充了一个重大的原因，"便是文艺的创造者与时代的创造者没有极亲密的关系"。文艺家没有生活的实感，只是在闭门造车；有生活实感的人又没有文艺修养。第二，他认为生活实感的获得可以是本身的经验，也可以是"在圈子里亲切地体认，虽然他不一定也动手"。因此，新作家可以创作反映新时代的作品，旧作家也可以通过观察产生反映新时代的作品。第三，题材并不能决定文学作品是否成功，关键在于作者能否从题材中有"新的发现、新的启示"。因此，新作家不能自恃题材优势，而应该从自己掌握的题材中"细细咀嚼，从那里边榨出些精英、灵魂"。茅盾因此认为《太阳》一月号中的几个作品都不能让人满意。第四，提出文学作品对社会生活的反映应该是多方面的。[1]

蒋光慈在《太阳月刊》4 月号上以华希理的笔名发表了《论新旧作家与革命文学》，对茅盾的文章逐条进行了答辩。答辩文章的态度相当理智，没有人身攻击。第一，蒋光慈认为作家应该"把自己的文艺的工作，当做创造时代的工作的一部分"。应该主动地走出象牙塔，做拿笔的时代的创造者。新作家了解自己的这一使命，因此，"唯有他们才真正地能表现现代中国社会的生活，捉住时代的心灵"。第二，旧作家对时代生活没有亲近感，不可能担负表现时代生活的责任。第三，蒋光慈认为新作家在题材把握中对"新的发现、新的启示"的理解是"他能代表多数人说话，能把旧社会的黑暗痛快地指责出来，同时他指示人们应走哪一条道路"。第四，认为自己本来就是持"文学作品应该多方面地反映社会生活的观点"的，不理解茅盾为什么会认为自己"只承认描写第四阶级的文学"[2]。

阅读这两篇文章，有一点是非常值得肯定的，那就是，双方都是在针对革命文学的相关问题进行积极的探讨，意见虽然往往并不相同，但是态度都是相当理智的，没有过激的言语，更没有在革命文学论争中常常发生的人身攻击性言论。相反的，双方在很多地方倒是表现了一种友好的态度。比如，茅盾的文章题目《欢迎〈太阳〉》表达了对《太阳月刊》的一种认同；提出意见的方式明白地说明是在"大体是对的"情况下的"补充"；全文结束后，又用"附录"的方式向读者推介《太阳月刊》。蒋光慈在答辩文章之初，也首先表明："我们固然很感激方君有许多对于我们的诚意，但是当我们觉着方君有

---

① 方璧：《欢迎〈太阳〉》，《文学周报》第 5 卷第 23 期，1928 年 1 月 8 日。

② 华希理：《论新旧作家与革命文学》，《太阳月刊》4 月号，1928 年 4 月。

许多意见是谬误的时候,为着实现真理起见,我们应当有所讨论,或者这种讨论,方君也以为是必要的。方君是我们的友人,当不会以我们的答辩为多事。""方君是我们的友人,在友人的面前,不应有什么虚假的掩饰,或者方君也以为这种意见是对的。"①

在茅盾发表《欢迎〈太阳〉》之后,钱杏邨发表多篇文章对茅盾的《幻灭》、《动摇》、《追求》进行逐一评点。茅盾又发表《从牯岭到东京》、《野蔷薇》、《读倪焕之》等对太阳社、创造社的观点反驳。钱杏邨此后还发表了一系列文章对茅盾进行批评。应该说,太阳社与茅盾的理论分歧主要是在钱杏邨与茅盾之间展开的。在他们的论争中,太阳社方面从最初的在创作理论方面进行探讨,到后来转化为从立场角度对茅盾进行批判,完全失去了应有的学理性,暴露了太阳社文学批评简单、粗暴的倾向。

一 重视创作技巧的茅盾与技巧"幼稚"的革命文学家

对于无产阶级文学创作,茅盾应该是一个比较早的提倡者,但对于无产阶级文学的创作,茅盾是有一个不断认识发展的过程的。在1927年9月从事文学创作之前,茅盾是初期无产阶级文学创作难免幼稚论的提出者之一。1927年3月,在武汉任《中央日报》主编时,他曾为顾仲起的《红光》做序。在《序》中,他这样为顾仲起的诗辩护:"《红光》本身是慷慨的呼号,悲愤的呓语,或者可说是'标语'的集合体。也许有些'行不由径'的文学批评家,要说这不是诗,是宣传的标语,根本不是文学。但是在这里——空气极端紧张的这里,反是这样奇突

---

① 华希理:《论新旧作家与革命文学》,《太阳月刊》4月号,1928年4月。

的呼喊，口号式的新诗，才可算是环境产生的真文学。"① 茅盾
还用十月革命后俄国的马雅可夫斯基的创作、托洛茨基的理论
来说明这是世界范围的文学发展趋势，是时代的产物。

从《红光·序》中可以约略看出茅盾支持"标语口号"文
学的最主要原因是政治的需要，认为只有这样的作品才是时代
的产物，符合时代需要的作品。但仅仅半年多时间以后，当茅
盾自己开始从事文学创作之时，他分析文学作品的角度发生了
变化，不再是政治需要的角度，而是文学的角度。到 1928 年下
半年，他更是从读者的角度来看待革命文学，"被许为最有革命
性的作品却正是并不反对革命文艺的人们所叹息摇头了"②。面
对读者的否定，茅盾没有指责读者为"不革命"的人，而是勇
敢地承认这是事实，承认这是失败，承认革命文艺有改进的必
要。为政治服务还是为读者服务，这是双方产生分歧的起点。

走出"标语口号"文学误区后的茅盾，其主要精力是从事
文学创作。在他的《幻灭》、《动摇》、《追求》创作中，他走出
的是一条审美文学路线。他不仅描写了大革命前后两湖地区的
革命现实，而且着重剖析了小资产阶级的追求、幻灭、动摇、
再追求、再幻灭的心理，刻画出了各具特色的小资产阶级女性
的性格，塑造出了一个"时代新女性"群像，使《蚀》三部曲
成为 1927—1928 年的文坛上相当出色的创作。

当茅盾已经走出误区的时候，正是"革命文学"在现代文
坛为自己争取生存权的时候。在 1928 年上半年，茅盾与太阳社
虽然有一些不同意见，但总体上大家都互相承认对方是革命文
学作家，双方在有一点上是一致的，那就是都还没有"阶级意

---

① 沈雁冰：《〈红光〉序》，原载《中央日报》副刊星期特别号《上游》第 6
期，1927 年 3 月 27 日。（见《茅盾全集》第 19 卷，人民文学出版社 1991 年版，第
112 页）

② 茅盾：《从牯岭到东京》，《小说月报》第 19 卷第 10 号，1928 年 10 月。

识"。因此，钱杏邨在最初考察《幻灭》、《动摇》时还认为两
部作品都是表现了时代精神的创作。但双方都受到了来自创造
社的批判。受到批判的茅盾没有改变自己的初衷，仍然坚持自
己重视创作技巧的主张。太阳社则发生了一些变化，钱杏邨在
批评文章里逐渐强调作品的思想内容，而极力为技巧"幼稚"
的革命文学家进行辩护。

到1930年，在《中国新兴文学中的几个具体的问题》中，
钱杏邨提到茅盾对"标语口号"文学进行批评时，首先是说：
"在理论上没有方法镇压，只得逃避到技术的一方面来讽刺，布
尔乔亚的作家是惯于扮演这种角色的；在苏联是如此，在日本
也是如此，在一九二八年，是轮到中国的布尔乔亚的作家了。"[1]
这样，把茅盾对于革命文学创作"幼稚"的批评归为是资产阶
级作家的批评。其逻辑十分明显，既然是资产阶级作家的批评，
当然是先天错误的，只有被摆在被批判的舞台上的可能，而不
再有丝毫被重视的价值。事实上，这篇文章的其余部分都是对
茅盾的观点的批判，而不再是"商榷"。为给革命文学家的创作
提供理论依据，钱杏邨引用了日本理论家片上申的论述来证明
"任何阶级新兴时，初创期的文学都难免有内容胜于形式，形式
不免幼稚"的观点；又引用青野季吉的话，说明（日本）无产
阶级文学在成长初期难免幼稚，更何况无产阶级文学从诞生到
引起争论仅仅十年的时间，绝对不可能发展成熟，并认为无产
阶级文学的真正发展成熟将是在无产阶级执掌政权以后。钱杏
邨联系中国国内实际，认为在中国党禁严酷的环境下，革命文
学更是难以避免技巧幼稚。他说："普罗列搭利亚文学初期的幼
稚是历史的必然；普罗列搭利亚文学在普罗列搭利亚未获得政

---

① 钱杏邨：《中国新兴文学中的几个具体的问题》，《拓荒者》第1卷第1期，
1930年1月。

权之前不能充分的成长起来，也是必然的事实；但这种种事实丝毫也不妨碍它的存在与生长，它是必然的会在幼稚与不充实之中，慢慢的发展到完成的地步的。"①

钱杏邨还进一步地从创作方面寻找了革命文学创作幼稚的原因。第一，注重内容的煽动力量。由于煽动对象——接受大众的文学接受水平所限，文字简易而内容充实且具有煽动力量的文学的持续出现成为一种正常现象。第二，取材的狭隘。1928 年的革命文学集中在三种材料："一种是描写了一九二七年八月以后的普罗列搭利亚的对统治阶级的抗斗，一种是暴露了布尔乔亚统治的罪恶，再一种就是关于'白怖'与'反帝'了。"② 这样，由于取材范围的相对集中，革命文学的面孔就显得相对一致，给人以千人一面的印象。钱杏邨也因此得出结论：茅盾改变了《幻灭》、《动摇》以前对标语口号文学善意的解释的态度，现在是在恶意地抨击革命文学。

二 多数人的"现实"与反映时代精神的"现实"

茅盾在《欢迎〈太阳〉》、《从牯岭到东京》、《读〈倪焕之〉》、《写在〈野蔷薇〉的前面》四篇文章中，都强调了一个问题，那就是被革命文学作家忽略的一种中国社会的现实。

在《欢迎〈太阳〉》中，茅盾说："我们不能说，惟有描写第四阶级生活的文学才是革命文学，犹之我们不能说只有农工群众的生活才是现代生活。也犹之战争文学不一定是描写战壕生活。而那些描写被战云笼罩的后方的文学也是战争文学。所以革命的后方也是好题材。所谓革命的后方，就是老社会受了

---

① 钱杏邨：《中国新兴文学中的几个具体的问题》，《拓荒者》第 1 卷第 1 期，1930 年 1 月。

② 同上。

革命的壮潮摧激后所起的变化。蒋光慈的论文，似乎不承认非农工群众对于革命高潮的感应——许竟是反革命的感应，也是革命文学的题材。"① 在这里，茅盾独辟蹊径地走出了革命文学狭隘的取材范围，从革命的后方，也即非农工群众中来表现革命。在革命文学那里，是在不经意间把题材范围限制在了钱杏邨后来所总结出的"三种题材"上。茅盾从读者阅读欣赏的角度出发，敏锐地发现了可以有其他的角度，并在创作中加以实践。茅盾的发现在太阳社那里并没有遇到什么障碍，但却受到了创造社成员克兴等的批判。因此，茅盾在《从牯岭到东京》等三篇文章中都在极力地为自己的这种发现进行介绍与辩护。

从《红光·序》到《欢迎〈太阳〉》之间发生的变化，不能不提到茅盾在创作《幻灭》、《动摇》的同时写作的《鲁迅论》。在《鲁迅论》中，茅盾较早地对鲁迅做出了一个比较恰当的评价。他指出，《呐喊》、《彷徨》大都是描写"老中国的儿女"的思想和生活。"这一切人物的思想生活所激起于我们的情绪上的反映，是憎是爱是怜，都混为一片，分不明白。我们只觉得这是中国的，这正是中国现在百分之九十九的人们的思想和生活，这正是围绕在我们的'小世界'外的大中国的人生！"② 可以说，正是在与鲁迅的认同上，他找到了自己的文学创作之路。使他从原来对标语口号文学的热衷转移到了对自己阅读兴趣的尊重上来，使他自觉地找到了小资产阶级这一描写对象。

在《从牯岭到东京》中，茅盾说："我以为现在的'新作品'在题材方面太不顾到小资产阶级了。现在差不多有这么一种倾向：你做一篇小说为劳苦群众的工农诉苦，那就不问如何

① 方璧：《欢迎〈太阳〉》，《文学周报》第 5 卷第 23 期，1928 年 1 月 8 日。
② 方璧：《鲁迅论》，《小说月报》第 18 卷第 11 号，1927 年 11 月。

大家齐声称你是革命的作家；假如你为小资产阶级诉苦，便几乎罪同反革命。这是一种很不合理的事！""曾有什么作品描写小商人，中小农，破落的书香人家……所受到的痛苦么？没有呢？绝对没有！几乎全国十分之六，是属于小资产阶级的中国，然而它的文坛上没有表现小资产阶级的作品，这不能不说是怪现象罢！这仿佛证明了我们的作家一向只忙于追逐世界文艺的新潮，几乎成为东施效颦，而对于自己家内有什么主要材料这问题，好像是从未有过一度的考量。"① 茅盾一方面批评"新作品"在题材方面没有照顾到小资产阶级，另一方面，他认为小资产阶级从数量上占到中国社会的十分之六。以此作为论据来证明自己并企图说服论争对手。最后又暗示出新作品是东施效颦，缺乏对中国社会现实的认识。

　　在《读〈倪焕之〉》中，他一方面坚持了自己在《鲁迅论》中的观点，"我还是以为《呐喊》所表现者，确是现代中国的人生，不过只是躲在暗陬里的难得变动的中国乡村的人生；……我们也应该承认即在现今，中国境内也还存在着不少《呐喊》中的乡村和那些老中国的儿女们。"另一方面，"时代给与人们的影响，在倪焕之身上也有了鲜明的表现。谁也不能否认倪焕之是受了时代潮流的激荡而始从教育到群众运动，从自由主义到集团主义的。但是倪焕之究竟是脆弱的小资产阶级知识分子，时代推动他前进，他却并不能很坚实地成为推进时代的社会活力的一点滴。""在近十年中，像'倪焕之'那样的人，大概很不少罢。"茅盾表明倪焕之本来是在乡村中从事教育事业的老中国的小资产阶级知识分子，正是时代的浪潮使之发生了变化，走向了新生。但茅盾在文章中对自己的观点有一个很重要的表白："《从牯岭到东京》这篇随笔里，我表示了应该以小资产阶

---

　　① 茅盾：《从牯岭到东京》，《小说月报》第19卷第10号，1928年10月。

级生活为描写的对象那样的意见。这句话平常得很，无非就是上文所说一个作者'应该拣自己最熟习的事来描写'的同样的意义。再详细点说，就是要使此后的文艺能够在尚能跟上时代的小资产阶级广大群众间有一些儿作用。"[1] 茅盾在经历了革命文学家的批判之后，为自己所坚持的观点找到了一个理论基础，当然，这个理论基础已经与以前强调读者的重要性有了一定的不同。

钱杏邨在《茅盾与现实》中，把茅盾的关于"老中国儿女"、"小资产阶级"题材问题归纳为"现实"问题。他认为茅盾"否认许多描写英勇的革命的战争的创作的事件不是事实，他把这些比作纸上的勇敢；他只认定他自己所写的《幻灭》、《动摇》的事件是现实，是很忠实的描写"。钱杏邨承认茅盾《关于〈野蔷薇〉》有些变化，但是认为："在实际上，茅盾已经承认'现实'是有两方面了，一种是'大勇者，真正的革命者'，一种是'幻灭动摇的没落人物'，不过因为'幻灭动摇的没落人物'是'更多'，所以他承认这是主要的'现实'，真正能代表这个时代的作家应该抓住这种现实。"钱杏邨运用普列汉诺夫的理论说明前一种"现实"中的人物才是"代表着有着前途、有着希望的向上的人类，他们是创造着新的时代的脚色"。后一种"现实"中的人物"所代表的只是追不上时代的车轮的脚色，只是担负不起新的时代的创造者或推进者的责任的证明，只是为时代所丢弃的没落阶级的象征，他们是没有前途，没有希望，只有毁灭"[2]。这种认识还是在学理上进行的讨论，但到

---

① 茅盾：《读〈倪焕之〉》，原载《文学周报》第 8 卷第 20 号，1929 年 5 月 12 日。（见《茅盾全集》第 19 卷，人民文学出版社 1991 年版，第 199、210、206、214 页）

② 钱杏邨：《茅盾与现实——读了他的〈野蔷薇〉以后》，《新流月报》第 4 期，1929 年 12 月。

《中国新兴文学中的几个具体的问题》时，钱杏邨进一步说明推进社会向前的"现实"才是普罗作家所应描写的"现实"。认为茅盾描写的"现实"是暴露黑暗的现实，"不过是表现着作家不满意于'现实'，而又没有力量去正面反抗的一种消极的憎恶而已，这种积极，只是一种逃避的积极，骗人的积极，自己为自己的'幻灭'掩饰的积极——假使这就是茅盾的积极，那么，这种积极真是太可怜了"。否认茅盾所描写的"现实"对革命有任何的积极意义。最后，钱杏邨认为应该用马克思主义的社会科学方法去观察世界、描写世界。"一个普罗列搭利亚作家要想在一切方面都坚强起来，他一定要能够把握得普罗列搭利亚的人生观与世界观。他应该懂得普罗列搭利亚的唯物论辩证法，他应该应用着这种方法去观察，去取材，去分析，去描写，普罗列搭利亚作家必然的要先有坚强的意识，然后才会有良好的创作产生出来。"[1] 钱杏邨对茅盾的批评开始进入了一种简单化、粗暴化阶段。

第四节　无声的批评

在 1928—1929 年的现代文坛，还有一些作家通过各种途径表达了自己对革命文学的观点，他们的观点常常带有灰色色彩，由于太阳社成员并没有对他们的观点大加挞伐，呈现出一种难得的无声状态。

在《一般》上有岂凡（章克标笔名）《读革命文学论诸作》的文章对蒋光慈的一些文章表达了自己的看法。"（2 月号上的《关于革命文学》）又是一篇十分抽象，尽是玩弄概念的说

---

① 　钱杏邨：《中国新兴文学中的几个具体的问题》，《拓荒者》第 1 卷第 1 期，1930 年 1 月。

话，……几次三番地说，一般旧式的作家没有一个敢公然起来反对革命文学。……第一号的文章里他却说，在我们的文坛上显然有许多作家滚入反动的怀抱里去了，他们在行动方面，极力提倡不良的俗恶的欧洲资产阶级的文化，处处与现代革命的潮流相背驰；而在思想方面，极力走入反动的陈旧的反社会生活的个人主义的道路。我不知道蒋君是怎样地去显然看出来的？倘使可以有显然看出来的地方，不知为什么一个月后又会消灭了这些现象。……一切反革命思想所有者都已回身来拜伏在革命文学大神的宝座下么？""这样说来仿佛有点是文人因为要得到他最后的胜利所以去做革命的文学。他（指新派文人）将歌咏革命，因为革命能创造出自由和幸福来，到底是我们为了要成功要得到然后去考究如何做法才能得利的，还是由时代思潮的激动，不得不这般做，而这般做去便当然要达到那结果的呢？"并把革命文学者与国民党员的为做官而"信仰"三民主义并列后，说："看见有利可图的地方就过去参加。那么革命的文学倘若是因为革命文学有成功的必然性然后去讲的，那不就是成了投机文学么？"① 这是对"革命文学家"的目的产生的怀疑。另外，章克标还认为小资产阶级作家不能获得无产阶级意识，因此，他们创作的文学不可能是无产阶级文学，而只能是小资产阶级文学。这是来自非左翼作家对革命文学家身份的质疑。

无独有偶，在《北新》第2卷第18号杂谈栏目中有一篇文章《无产文学家的气概》。这篇文章的作者自述是一个穷困的青年学生，记录了他去太阳社的春野书店购书的一次经历。他叙述了春野书店店员对待读者的冷漠和粗鲁，记录了自己亲眼看

---

① 岂凡（章克标笔名）：《读革命文学论诸作》，《一般》第4卷第4号，1928年4月。

到的春野书店一名成员蔑视、谩骂黄包车夫的全过程。他的结论是这些"自命为无产阶级革命的文学家，挂着金字招牌，弄得一部分理解力薄弱的青年，不知所措"。"这班无产阶级文学家所描写的人力车夫之类的叫苦，大约是由他们自己对待车夫得来的经验吧！"①（对革命文学者发出同样的疑问的，还有鲁迅对成仿吾到日本高级温泉旅游的质疑。）并在随后的答辩文章中直接地称太阳社作家为小资产阶级作家。也就是说，把革命文学作家视为小资产阶级作家，不仅是后来左联成员的观点，同时，也是正宗的小资产阶级作家的观点，他们并不认为革命文学家与自己之间有太大的区别。

《北新》第 2 卷第 21 号上有振扬的文章《自动停刊》："在第四阶级文学勃兴的现在，革命刊物委实像雨后春笋一般，不知产生了多少！许多盲目的青年，也非拿着一本革命刊物不能算是二十世纪——伟大的时代——的青年，如果你在看旧出版物，甚至《北新》和《语丝》，也要被认为时代的落伍者、学究、古董……有的还要骂你几声反革命、不革命的份子！""但是，出版固然是很快，就是停刊也不能不算是迅速。至于内中的底蕴，局外的人大都未能明了，看他在报纸上的声明，多是出乎'自动'。""实际，这也是理所当然，自动发刊，自动停刊。"②

《北新》第 2 卷第 13 号"通信"栏目有一个北京学生的来信。他在三年的社会生活中，对中国国内阶级的存在给予了认可，自己也努力创作关于第四阶级的文学，承认阶级与艺术有密切的关系，但同时认为"第三阶级不能感觉第四阶级"。在他

---

① 振扬：《无产文学家的气概》，《北新》（半月刊）第 2 卷第 18 号，1928 年 8 月 1 日。

② 振扬：《自动停刊》，《北新》第 2 卷第 21 号，1928 年 9 月 16 日。

的信件中，记录了自己与同人的一次活动结束后，偶遇一个青年车夫，这个青年车夫唱出一首歌谣。这位学生从这简单的歌谣中，体会到"洋车夫的生活苦状，活现的流露出来，引起我一种无名之感——怜悯而且凄怆！那几句短歌，情感自然流露的短歌，恐怕就是文学家——是指以革命文学自命的文学家——绞干了脑汁，搜尽了枯肠，也不会写得那样亲切罢！至于那般自命的、无聊的诗人，所挤压出的那什么花呀，月呀，爱呀，连篇累牍的歪句，更不能同日而语了。"① 这是作者以民间文学观对革命文学做出的否定的结论。

侍桁的一篇文章或许能说明为什么一般的文学家不愿参与论争。"我寄了两篇批评创造社的革命文学后，有一位朋友忠实地告诉我，说我太傻气了，人家是在谈主义，而我是在谈文学，结果恐怕是风马牛不相及。我听了这话之后，再证之以《文化批判》上的论文，果然我知道我以前所争之点，是与他们走入了歧途了。他们以文艺为第二义的，把文艺看成为作旁的工作的一种手段，而我偏要不明世故地争论'为文艺而文艺'，这将来不免有落伍之概。"② 侍桁所说的那位"朋友"的态度可以说是一般的文艺分子对待革命文学的一个态度。他们喜欢文艺，但并不愿意文艺与政治结缘。在文艺与革命关系的争论上，他们采取了一种回避的态度。这也许是"老中国儿女"的态度吧。

太阳社的成员没有专文对他们展开过批评，这种无声的批评是一种漠视，还是一种无奈？这是一个无法回答的问题。

---

① 禹亭：《北新》第 2 卷第 13 号"通信"栏目，1928 年 5 月 16 日。

② 侍桁：《又是个 Don Quixote 的乱舞》，《北新》第 2 卷第 15 号，1928 年 6 月 16 日。

第四章　情绪化革命话语书写：
蒋光慈的小说创作

蒋光慈的文学创作，在太阳社时期有这样几部小说：《野祭》、《菊芬》、《最后的微笑》、《丽莎的哀怨》、《冲出云围的月亮》，另外还有一些日记等。太阳社解散后，还有一部小说《咆哮了的土地》。

当时文坛对蒋光慈小说的评价主要有两种：一种是肯定的态度；一种是否定的态度。

肯定的态度主要来自当时的读者。记载这种肯定态度的文章相当多，在蒋光慈的小说中、在吴似鸿的回忆录中、在后世成名的一些读者的回忆录中、在出版商的回忆录中、在钱杏邨和冯宪章的文学批评文章中，这样的记录在在皆是。郁达夫的回忆非常客观："在一九二八，一九二九以后，普罗文学就执了中国文学的牛耳，光赤的读者崇拜者，也在这两年里突然增加了起来。""他的那部《冲出云围的月亮》，在出版的当年，就重版到了六次。""蒋光慈的小说，接连又出了五六种之多，销路的迅速，依旧和一九二九年末期一样。……我听见说，他的小说译成俄文了。"① 称赞者是这样认识他的作品的："这部小说

---

① 　郁达夫：《光慈的晚年》（见方铭编《蒋光慈研究资料》，宁夏人民出版社1983年版，第108页）。

（指《野祭》）高出于其他恋爱小说的最重要点，就是作者没有忘却他的时代，同时主人公们也不是放在任何时代都适宜的人物。"①"所以《丽莎的哀怨》表现了俄罗斯贵族阶级怎么的没落，为什么没落；并且暗示了俄罗斯新阶级的振起！""《丽莎的哀怨》如一切社会科学一样，在告诉我们，旧的阶级必然的要没落，新的阶级必然的要起来！它在阐明社会进化的过程！它的作用，与布哈林的××主义的 ABC 一些也没有两样！""如果所谓艺术的价值，是在使明明目的宣传，而要令读者感不到自己是在被宣传的话，那末，《丽莎的哀怨》是值得相当高评的作品了。""《丽莎的哀怨》是采取反面的表现方法。""它将使读者，宣传于不知不觉之中。不会象其他的初期的普罗列塔利亚文学制作，就宛如标语口号一样，使一般的读者一见生厌；或者在那里显然地，感觉着有人在对自己说教。""与其说《丽莎的哀怨》是一部小说，无宁说它是一部散文的诗，诗的散文。"②

当然，批评的态度在小说流行的当时就存在着，这中间公开发表文章的有茅盾、王任叔、阳翰笙、瞿秋白等。批评文章中茅盾的意见很有代表性："一九二八年到一九三〇年这一时期的作品，现在差不多公认是失败。""概要地说，其所以失败的根因，不外乎（一）缺乏社会现象全面的非片面的认识，（二）缺乏感情地去影响读者的艺术手腕。关于前者，蒋光慈君的作品是一个现成的例子。蒋君的作品，我曾称它为'脸谱主义'。这，无非说蒋君所写的革命者和反革命者总是一套；他的作品中的许多革命者只有一张面孔，——这是革命者的'脸谱'，许多反革命者也只有一张面孔，——这是反革命者的'脸

---

①　钱杏邨：《野祭》（书评），《太阳月刊》2 月号，1928 年 2 月。

②　冯宪章：《〈丽莎的哀怨〉与〈冲出云围的月亮〉》，《拓荒者》第 1 卷第 3 期。

谱'。""这又是很严重的拗曲现实，很严重地使得读者不能得到正确的对于革命者的认识和理解。""蒋君又常常把革命者和反革命者中间的界限划分得非常机械，两面的阵营中都不见有动摇不定的分子。这又是多么严重的拗曲现实！蒋君并没有写到革命进行中在革命者的阵营中时常发生叛徒，也没写到反革命者在压迫革命一致而外，他们时时刻刻在互相冲突，在分崩，在瓦解。这又是很严重的不能全部的非片面的认识社会现象了。"①

1949—1980 年前后，国内的文学史对蒋光慈的评价比较一致，一方面肯定他的文学创作的时代价值，另一方面则否定了他的文学创作的艺术价值。这种评价方法倒是与钱杏邨对鲁迅的文学批评态度比较相似：把文学的时代精神与文学史价值分开论述。

20 世纪 80 年代以后，研究者摆脱了或肯定或否定的态度，把蒋光慈的小说作为一种文学现象来进行研究。张大明在提供了蒋光慈小说备受读者欢迎的论据后，指出蒋光慈的秘密就在于写了革命，就在于写了恋爱，"这是他的作品拥有大量读者的原因。""革命加恋爱的公式，是通过蒋光慈的小说首先带入文坛的，一时间成了普遍的创作倾向。这种公式，是成功还是失败，是好现象还是坏现象，文学史家、文艺理论批评家可以各有各的评价，但首先大家都得承认有这种现象存在；而这种普遍现象又是因为蒋光慈的创作而出现的。一个作家的创作能产生这么大的影响，他在文学史上的地位就是显而易见的。"② 这种态度为蒋光慈研究开辟了一个好的方向。近年来研究者多是

①　茅盾：《〈地泉〉读后感》，《茅盾全集》第 19 卷，人民出版社 1991 年版，第 332—333 页。
②　张大明：《蒋光慈》（见方铭编《蒋光慈研究资料》，宁夏人民出版社 1983 年版，第 471 页）。

把蒋光慈的创作当作一种文学现象，从不同的角度进行研究。

在当今的文学批评中，有人提出国内的文学批评始终是一种"跨元批评"，即用现实主义的理论来评价非现实主义的创作。蒋光慈已被公认为是非现实主义的作家，那么，茅盾以现实主义作家的身份、以现实主义文学的理论对蒋光慈现象所进行的批评是否值得深思？对蒋光慈现象是否可以运用经典浪漫主义的文学理论来进行评价？

把蒋光慈的文学创作现象放在经典浪漫主义文学维度中进行考察，也许会得出一些有价值的结论。

第一节　革命话语对日常生活话语的主导

把蒋光慈的文学话语概括为"革命加恋爱"的提法，指出了蒋光慈文学话语中两种重要成分：革命话语与恋爱话语，因此，具有相当的准确性。但也有一定的不足。其一，不能涵盖蒋光慈的所有作品，如《最后的微笑》写了革命，并没有写恋爱。其二，"革命加恋爱"具有一种简单化倾向，给人以蒋光慈的作品是"革命"和"恋爱"的简单相加、作家没有才力的印象。其三，"革命话语"与"恋爱话语"的关系是什么？是"革命话语"中加入了"恋爱话语"？还是"恋爱话语"中加入了"革命话语"？在革命文学中，有许多革命加恋爱的作品，如：孟超的《冲突》、《梦醒后》，钱杏邨《那个罗索的女人》，罗澜的《丁雄》，戴万叶的《交给伟大的革命事业》，冯宪章的《游移》等，这些作品都是把恋爱作为革命的调料来对待的。从两类话语的关系来看，蒋光慈的作品是在恋爱话语中加入了革命话语，这与探讨革命活动中的恋爱作品并不相同。

一　现代都市日常生活的表现者

提到革命文学，人们直觉地会想到毛泽东的名言："革命不是请客吃饭，不是做文章，不是绘画绣花，不能那样雅致，那样从容不迫，文质彬彬，那样温良恭俭让。革命是暴动，是一个阶级推翻一个阶级的暴烈的行动。"[①] 但在蒋光慈的文学作品中并非如此，他的作品中几乎不存在暴动活动，他的革命话语主要地是由日常生活话语来表现的。所谓日常生活话语，就是关于人们日常生活中的生老病死、婚丧嫁娶、休闲娱乐、吃喝拉撒的话语，以其烦琐零碎、不可或缺、日复一日、重复再现呈现在人类的生活之中。

从故事发生的空间、叙述的故事、记述的时间这三个方面细读蒋光慈的作品，可以看出蒋光慈的作品是对日常生活的描写。

故事基本上都是发生在一些日常生活空间，只有个别作品出现了敌我斗争的场景。《野祭》的故事发生在淑君家的饭厅、陈季侠的卧室兼书房、酒店的大堂及客房、陈季侠女友郑玉弦的学校等。《菊芬》的故事发生在江霞寄居的房间、朋友林君家的书房、菊芬在汉口的房间、马路上、事变后菊芬居住的房间。《最后的微笑》的故事发生在工人王阿贵的家、革命党人张应生的租屋、饭馆、黄色工会成员张金魁的家、旅馆。《丽莎的哀怨》的故事发生在丽莎的家庭、舞蹈场所，没有与革命者正面冲突的场所。《冲出云围的月亮》的故事发生在武汉的军校、转战中的军队、王曼英在上海的住所、上海的旅馆。这些生活空间主要是大都市的各种生活娱乐空间。

---

① 毛泽东：《湖南农民运动考察报告》，《毛泽东选集》第 1 卷，人民出版社1991 年版，第 17 页。

作品叙述的故事也都是日常生活的事件。《野祭》所叙述的事件基本上是日常生活的事件：男女对话、家庭生活，等等。唯一的例外是淑君在马路上散传单时的情景。这一革命活动，由于是陈季侠偶然路遇，两人没有过多的交流，就被"巡警"冲散，在作品中也是一闪而过，没有过多着墨。对淑君参加革命后的情况及淑君为革命牺牲的事迹，作品中也没有渲染。《菊芬》中主人公们的活动主要是聊天，并没有从事革命行动的具体描写。菊芬最后的复仇行动是江霞通过报纸的报道猜测的，作品中没有进行正面的描写。《最后的微笑》中叙述的是阿贵在失业后一天时间内的流浪生活。与其他作品不同的是，作品记述了阿贵暴力复仇的经历，但作者并没有渲染暴力活动，而侧重于对阿贵的复仇心理进行描写。《丽莎的哀怨》叙述的是上海白俄贵族妇女丽莎的日常生活。《冲出云围的月亮》叙述的是王曼英作为革命时期一个游离在革命队伍之外的追求进步的女性的日常生活。

由于故事发生的地点基本上都是日常生活空间，记述的事件基本上都是日常生活事件，故事发生的时间因此只能是非革命工作时间。《野祭》的时间是主人公在从事革命工作之外的"业余时间"。《菊芬》的时间是"非革命时间"，主人公虽然都是革命者，但是作者记述的时间都是他们各自在"革命活动时间"之外的时间。《最后的微笑》记述的大部分时间是一个失业工人彷徨无着的时间。《丽莎的哀怨》中丽莎作为一个非革命党人，记述她的时间也只能是"非革命时间"。《冲出云围的月亮》中记述的时间也是"非革命时间"：即使是在军校，王曼英等革命军人的训练时间也基本上没有得到记述，而是描写非训练时间；跟随军队的转战时间，也只是从一个女兵的角度描写非作战时间，作战时间基本没有。

其实，在非太阳社时期，蒋光慈的作品也具有这样的特点。

前太阳社时期，蒋光慈的著名小说《少年飘泊者》描写的是汪中参加黄埔军校前的流浪生活，同样没有描写汪中参加革命后的革命生活。而汪中在战场上牺牲的消息则是维嘉辗转听来的。在太阳社解散以后创作的《咆哮了的土地》中，虽然是描写暴力革命，但基本上没有对革命者与反革命者面对面的斗争进行描写。

唯一的例外是《短裤党》。这篇小说是蒋光慈与瞿秋白合作的产物，其中基本没有蒋光慈的生活经验，不能算是蒋光慈的独立创作。而且从体裁上看，《短裤党》一般被视为报告文学，不能算是一部真正意义上的小说。

因此，在蒋光慈小说中，大多数作品并没有人们通常所说的革命场景，有的只是日常生活场景：作品描写的空间主要以家庭、旅馆客房等私人空间为主。记述的时间基本上以"非革命时间"为主：如果主人公是一个革命者，像菊芬，她的"非革命时间"是在革命工作时间之外的时间；如果主人公是一个向革命者转变的非革命者，他们的"非革命时间"是在转变为革命者之前的时间，如阿贵、丽莎；如果主人公是一个掉队者，她的"非革命时间"是在掉队之后、归队之前的时间，如王曼英。作品所表现的生活基本上以主人公的日常生活为主，而关于敌我斗争的激烈场面和事迹，要么是在介绍性的话语中出现，要么表现得非常简略。时间、空间、故事三者之间互相制约，使作品具有浓厚的日常生活话语气息。

从分类学的角度来看蒋光慈的日常生活话语，男女之间的感情生活体验、生存体验是这些日常生活话语中两种基本的类型。

《野祭》、《菊芬》是感情生活体验的代表作。在这两部作品中，困扰故事叙事者陈季侠、江霞的是恋爱问题。《最后的微笑》是生存体验的代表作。作品描写了工人王阿贵从被开除到复仇成功及最后自杀的整个过程。王阿贵要解决的问题就是如何才能生存的问题。《冲出云围的月亮》、《丽莎的哀怨》则是感情生活体验与生存体验混合的代表作。《冲出云围的月亮》中，既有王曼英与恋人的感情纠葛，也有她的生存体验。王曼英是在恋人柳遇秋的鼓动下走上革命道路的，在她的生命活动中，恋爱生活始终是一个主要的方面；同时，生存体验也是其中的重要内容：王曼英重新归队的起点不是革命理论的教导，而是在对自己近于堕落的反抗生活的质疑后开始的，吴阿莲的贞洁思想才是她开始怀疑自己反抗生活方式的价值的起点。《丽莎的哀怨》描写白俄贵族妇女丽莎的生活，丽莎觉醒的起点是对自己在上海避难的生活方式感到羞辱，是对自己生存质量的反思，这是对丽莎生存体验的表现。同时，作品也表现了她对美好感情生活的渴盼，她幻想自己能够与木匠伊万结合，幸福地生活在苏俄的国土上。

　　可见，现代都市日常生活是蒋光慈文学之笔的活动舞台，"普罗文学和现代主义文学都是一种复杂的共生现象，它们是典型的现代城市文学，是上海资本主义发展的产物"[①]。而都市中的知识分子与工人是蒋光慈的两类描写对象。这是蒋光慈所体验的革命现实。蒋光慈的夫人吴似鸿在得知洪灵菲家的女佣人是共产党员时曾有这样的想法："当时我的思想非常幼稚，以为共产党员都是知识分子，或是教员、学生，不料共产党员竟在工人阶级中。啊！那她该是多末被人尊敬哟！""她的功绩，不比一般知识分子差，真是令人起敬！"[②]吴似鸿的惊叹提示我们注意这样一个史实：在1927年前，中国共产党中央对中国革命

---

　　①　旷新年：《1928：革命文学》，山东教育出版社1998年版，第88页。

　　②　吴似鸿：《蒋光慈回忆录》（见方铭编《蒋光慈研究资料》，宁夏人民出版社1983年版，第131页）。

的认识并不是农村包围城市的革命，而是革命首先在城市取得成功的思想。因此，革命首先不是暴力革命，而是在知识分子当中开展的思想革命。这种思想革命是在生活方式的改变中体现出来的，即由资产阶级、小资产阶级的生活方式转变到无产阶级的生活方式。蒋光慈把自己的文学舞台建立在现代都市日常生活之上，这是他的作品获得上海这样的现代都市里的读者的欢迎的原因之一。夏志清说："（蒋光慈）是最早一个卖文为生的共产党作家，同时也是那时期的一个最多产的作家。"① 夏志清从作品销售方面指出了蒋光慈作品与现代都市生活的密切关系。蒋光慈不仅是革命文学作家中最早注意到现代都市生活的作家，而且也是现代文学史上较早注意到现代都市生活的作家。

二　革命话语对日常生活话语的主导

关注现代都市的日常生活仅仅为蒋光慈的文学创作提供了一个文学舞台。蒋光慈毕竟是个革命文学作家，描写革命、宣传革命才是他的本来目的。因此，正确处理革命话语与日常生活话语之间的关系，体现革命价值观，是蒋光慈创作的追求目标。

在蒋光慈小说中，日常生活话语主要地是由小资知识分子语言来承担的。作品中的小资知识分子语言从词汇的雅俗意义上可以被认为知识分子的语言，但是，从体现都市生活的角度来看，作品中的知识分子语言作为日常生活话语，并不能起到结构小说的作用，这是因为这些日常生活话语对"日常性"是否定的。所谓"日常性"，是"作品在使用日常题材时，遵循日常立场而得到的符合日常逻辑的判断。日常性也是一种现代性，

---

① 夏志清：《中国现代小说史》，复旦大学出版社 2005 年版，第 184 页。

产生于现代市民社会，与英国经验主义中追求'直接的有限价值'的世俗化传统有关"①。缺乏日常性的日常生活话语当然不能起到结构小说的作用，取而代之的是革命话语。此时，日常生活话语只是被革命话语阉割的小资知识分子语言，是被掐头去尾的小资话语，是小资价值观被否定的话语。正是采取了以革命话语主导日常生活话语的方式，蒋光慈才得以使日常生活话语失去日常性，这是蒋光慈在革命话语与日常生活话语之间的选择。

体现小资日常生活情趣的是这样的语言：

> "呵，原来是江霞同志！真是久仰得很呢，我来了一个多月了，难道你不晓得吗？"……
>
> ……
>
> 菊芬说话时的这种毫不客气的，天真的，亲热的神情态度，简直将我惊异住了。她似乎并未把我当成一个生人，就同我们之间很久就相熟了的样子。这使我一方面虽发生惊异的心理，但是一方面又感觉得非常的愉快。她的目光，她的微笑，以及她的温柔而尖嫩的语音，简直完全征服了我，不知为什么，这时我的一颗心竟莫明其妙地跳动起来。②

这是江霞初次与菊芬见面的感受，其中自然是充盈着小资情趣。江霞的小资恋爱话语虽然有所表现，但是纵观全书，却始终处在无力状态。在作品中，每当江霞想向菊芬表达充斥小资情调

---

① 张鸿声：《当代文学中日常性叙事的消亡》，《中国现代文学研究丛刊》2005 年第 5 期。

② 蒋光慈：《菊芬》，《蒋光慈文集》第 1 卷，上海文艺出版社 1982 年版，第386 页。

的爱恋之情时，总会被一些事情延宕：或者是菊芬的姐姐出现打断了他们的交谈，或者是自己的自卑心理阻止了他，或者是对菊芬与薛映冰的爱情关系的认可造成了自己的退却。总之，小资恋爱话语没有施展的余地。因为作者通过预设的革命话语否定了日常生活话语的正当性，使日常生活话语失去了活力。在作品中，江霞对菊芬的一见钟情，仅只源于对她的性格的喜爱，对她的思想状况并不了解，也不想去了解。菊芬在四川时就是一个革命青年，为躲避四川军阀的清共而逃到武汉，在武汉时她在江岸的劳动学校执教，房间面对着林祥谦就义时的电线杆。菊芬的所有这些经历，都没有引起江霞的注意，江霞的注意力始终集中在菊芬的可爱上。当菊芬讲述自己的故事时，他未发一言；当菊芬为林祥谦的牺牲而落泪时，他"感觉得菊芬是一个多情而好悲伤的女子"。他始终没有对菊芬的革命思想进行评价。只是当菊芬最终表现出激烈的革命行动时，他对菊芬的认识才得到升华：她不仅是一个可爱的女子，而且是一个可敬的革命青年。可以说，江霞的恋爱观作为日常生活话语并不是一种革命的恋爱观，而只是一种非革命的恋爱观，是一种需要用革命的恋爱观纠正的错误的恋爱观。江霞是以一个并不掌握革命话语的革命积极分子的形象出现在作品中，他因此被革命话语剥夺了爱恋菊芬的资格。这种情况表明，日常生活话语如果不向革命话语靠拢，将失去自身存在的理由。

革命积极分子的恋爱话语虽然被否定，但还可以得到体现，而非革命积极分子的恋爱话语则根本得不到体现，他们往往处于失语状态。郑玉弦（《野祭》）是一个虽然长相漂亮但思想模糊的女性，在作品中被设计为一个不善于表达自己感情的女性，其有限的语言也得不到有效记录，也就是说被剥夺了表达自己感情的权力：在陈季侠与郑玉弦明确恋爱关系后，郑玉弦曾经冒雨来访，这本是表现郑玉弦恋爱话语的一个极好的机会，但是在作品中并没有记叙郑玉弦的话语，而是通过介绍陈季侠对她的评价来表现：

> （她）问起我的生活的情形，我告诉她，我是一个穷苦的，流浪的文人，生活是不大安定的。她听了似乎很漠然，无所注意。我很希望她对于我的作品，我的思想，我的生活情形，有所评判，但她对于我所说的一些话，只令我感觉得她的思想很蒙混，而且对于时事也很少知道。论她的常识，那她不如淑君远甚了。她的谈话只表明她是一个很不大有学识的，蒙混的，不关心外事的小学教师，一个普通的姑娘。①

淑君（《野祭》）也对陈、郑两人的恋爱关系发出一些感慨：

> 男子所要求于女子的，是女子生得漂亮，女子所要求于男子的，是男子要有金钱势力……②

这样，郑玉弦的思想感情因为缺乏明确的革命思想的支撑，不再能够得到具体的表现，在陈季侠的评价里、在淑君的感叹中，郑玉弦的恋爱话语成为一个空洞的能指，没有任何实际的内容，只剩下别人的否定话语。在《野祭》中，最终得到肯定的是淑君的恋爱话语——革命的恋爱观：革命者的恋爱才是真正的恋爱。

---

① 蒋光慈：《野祭》，《蒋光慈文集》第 1 卷，上海文艺出版社 1982 年版，第 344 页。

② 同上书，第 348 页。

　　到《丽莎的哀怨》、《冲出云围的月亮》时发生了一些变化，日常生活话语得到了一定的体现。《丽莎的哀怨》中描写了丽莎的转变，从她昔日优越的贵族生活、十月革命后的流浪生活、对苏俄的仇恨感情、恢复沙俄的思想，到对流浪生活产生怀疑、对信念的反叛，都充斥着一个贵族妇女的日常生活话语；但革命话语仍然是结构小说形态的话语。《冲出云围的月亮》描写了王曼英极端反抗的方式及其思想，但结构小说形态的也是革命话语。这两部作品与前面的作品不同的是对日常生活话语的描写增加了，也更详细了，相应的，革命话语则相对显得薄弱。《丽莎的哀怨》中的革命话语是以丽莎的感悟、回忆、幻想来体现的。丽莎在国外流浪十年，痛切地感到："俄罗斯并没有灭亡，灭亡的是我们这些自称为俄罗斯的爱护者。如果说俄罗斯是灭亡了，那只是帝制的俄罗斯灭亡了，那只是地主的，贵族的，特权阶级的俄罗斯灭亡了。新的，苏维埃的，波尔雪维克的俄罗斯在生长着，违反我们的意志在生长着。"[①]丽莎回忆自己的姐姐薇娜参加革命党，想象薇娜在苏俄幸福地生活着。丽莎幻想着如果自己当年能够与木匠伊万结合，今天也能够幸福地生活在自己的国家。这些革命话语结构着整个小说，使作品虽然大量描写了日常生活话语，而仍然受革命话语的控制。《冲出云围的月亮》中的革命话语则显示出神秘色彩，李尚志是体现革命话语的人物，他在革命陷入低潮时期仍然忘我地坚持地下革命工作，他的革命精神为王曼英指明了革命的正确方向，控制了作品中日常生活话语的发展方向。

　　这样，日常生活话语呈现出两种生存状态：或者得不到真正的体现，成为被肢解的日常生活话语，被空洞化的日常生活

---

　　① 蒋光慈：《丽莎的哀怨》，《蒋光慈文集》第 3 卷，上海文艺出版社 1985 年版，第 6—7 页。

话语，小资的恋爱生活、工人的生存体验仅仅是一个符号，内里的日常逻辑早已被抽空，革命话语早已对这种话语做出了否定的结论；或者虽然得到体现，也是被表现为庸俗、鄙陋、自私、怯懦、无价值等等的，成为一种需要转变的话语，是被革命话语否定的话语，它事实上是不宜存在的。革命话语则被设定为高尚、纯洁、勇敢、有价值等。在革命话语与日常生活话语的矛盾状态中，革命话语居于无可争议的主导地位。

在蒋光慈的作品中，不仅有革命话语与日常生活话语处于矛盾状态的情况，还有革命话语与日常生活话语处于和谐状态的情况。在后一种情况下，日常生活话语可以称为革命化的日常生活话语。

最突出的例子当然是《菊芬》。这部作品最清晰地体现了革命话语与日常生活话语的理想关系。作品由革命话语与日常生活话语两套话语组成。其中的革命话语显而易见，菊芬、江霞的话语中都透露着革命的信息。但其中的日常生活话语却是以极其隐蔽的状态出现的。以江霞与菊芬的异性朋友关系为例，两人见面后，菊芬对江霞的革命文学创作大加称颂。随后，江霞主动到菊芬的住所与菊芬见面，见面之时，江霞向菊芬倾诉了自己的烦恼——应该继续文学创作还是应该参加武装斗争？很明显，这些谈话内容都是革命话语。但是，这只是作品的表层话语。如果运用现象学的"悬搁"方法，把革命话语悬搁之后，就会发现在表层话语之下潜伏着的正是日常生活话语逻辑：江霞之所以会主动造访菊芬，是因为他把菊芬对他的称赞误认为菊芬爱恋他；而他接近菊芬的方式是倾诉烦恼。无论夸赞的方式还是倾诉烦恼的方式，一旦去除夸赞的内容与烦恼的内容之后，它们就仅仅只是恋爱小说中男女之间接近心仪异性的方式。这时，作品的深层话语便呈现出来：日常生活话语中的恋爱话语。蒋光慈文学话语的表层是革命话语，深层则是日常生活话语。或者说，他的文学话语是以日常生活话语为载体、以革命话语为内容的文学话语。在这种"旧瓶装新酒"式的文学话语方式中，日常生活话语载体由于失去了自己的灵魂"日常性"，成为仅仅是满足都市读者阅读习惯的一种形式；而革命话语占据"日常性"的地位，成为日常生活话语的灵魂。这样，由革命话语主导的日常生活话语，一方面具备了迎合都市读者的阅读习惯的作用，另一方面又有利于传播革命思想，较好地处理了宣传形式与宣传内容的关系。蒋光慈在恋爱题材中开辟了认识一实践文学的书写规范。

由于江霞的单方面爱恋菊芬，所以从他们的对话中分离出日常生活话语与革命话语相对比较容易，但他们的关系并不是"标准的革命化恋爱"。真正表现出这一恋爱高度的是菊芬与薛映冰的恋爱。他们的恋爱既有小资恋爱的情趣，也有革命感情的标记。在《菊芬》中，江霞在菊芬租住处遇到薛映冰，薛映冰书包中有一封信的字迹颇像女子字迹，这引起菊芬的醋意，因此与薛映冰吵闹。当两人的误会解除后：

> 菊芬向薛映冰的旁边坐下，他俩的身子几乎是挨着了。薛映冰继续向她解释，他是如何地爱她……菊芬报之以安慰的甜蜜的微笑。①

整个事件从开始到结束，全部是日常生活中的恋爱话语。但是纵观全书，薛映冰不仅是恋人的身份，他还有"重庆有名的过激党"的身份，是菊芬的革命战友。在他们那里，革命话语与日常生活话语之间共存并置，没有任何冲突，达到了水乳

---

① 蒋光慈：《菊芬》，《蒋光慈文集》第1卷，上海文艺出版社1982年版，第402页。

交融的完美境界。这是蒋光慈最理想的革命化恋爱话语。这种革命化恋爱话语，是蒋光慈对革命化恋爱观的图解。早在《少年飘泊者》的《自序》中，他就表明自己的恋爱观："人们方沈醉于什么花呀，月呀，好哥哥，甜妹妹的软香巢中，我忽然跳出来做粗暴的叫喊，似觉得有点太不识趣了。""不过读者切勿误会我是一个完全粗暴的人！我爱美的心，或者比别人更甚一点；我也爱幻游于美的国度里。但是，现在我所耳闻目见的，都不能令我起美的快感，更哪能令我发美的歌声呢？"蒋光慈的这两段话，清楚地表明，他既对美的国度充满幻想，但又对唯美的观点进行排斥。在他的观念中，当且只当爱情与革命思想相融合时，恋爱才是有价值的，才是摆脱了低级趣味的爱情。《鸭绿江上》、《碎了的心》这些短篇都是对这种恋爱观的书写。可以说，这些小说与他的对恋爱生活的观念形成了语义循环。二者是互相印证的。

三 被压抑的焦虑及其意义

现代作家对一定的题材的选择往往深藏着他们的焦虑。但表现焦虑的方式则大不相同。20世纪初的中国先进知识分子虽然对革命的阶级性质、革命的目的有不同的理解，但是他们有一个共同之处，就是对自己的主张能够在多大程度上获得民众的支持心存疑虑。鲁迅在《呐喊》自序中表达了"我决不是一个振臂一呼应者云集的英雄"[1] 的焦虑，在三十年代的杂文《黄包车夫》中，也揭示了革命的服务对象对革命的冷漠的现象，这种焦虑在鲁迅的小说中也时时可见。茅盾在《蚀》三部曲中，通过对革命队伍内部矛盾的描写表达了自己对革命的焦虑。鲁

---

① 鲁迅：《呐喊·自序》，《鲁迅杂文全集》，河南人民出版社1994年版，第129页。

迅与茅盾都自觉地把焦虑指向了革命者或革命的服务对象，而不是革命的敌人。他们不是在焦虑敌人的强大，而是在焦虑自己阵营的弱小。并且，在鲁迅与茅盾那里，这种焦虑是不加掩饰的、直接显现出来的。把自己的焦虑艺术地叙述出来，这是鲁迅、茅盾对待焦虑的方法。这种方法，在重视宣传效果的革命文学作家看来，难免会使作品带有悲观的色彩。因此，往往不为革命作家所运用。

蒋光慈的作品中，对人物思想感情的焦虑被压抑在作品深处，呈现在读者视野内的是正面的引导。陈季侠、江霞分别从淑君、菊芬那里获得了正确的恋爱观，王阿贵从革命党人沈玉芳、李全发那里获得了革命的生存观；王曼英从李尚志那里获得了正确的革命观；丽莎从苏俄那里获得了正确的生活观。这些人物对革命话语并没有采取抵制情绪，而是一种追求情绪。也就是说，蒋光慈给他们设计的人生道路是一种"正在途中"的道路。但是，透过作者所精心设计的这种情况，人们依然可以捕捉到作者的焦虑：陈季侠、江霞的恋爱观是小资的恋爱观，王阿贵的生存观是传统的生存观，王曼英的革命观是个人主义的英雄观，丽莎的生活观是贵族的生活观。面对这些与革命观不相符合的观点，蒋光慈不可能不存在着焦虑，正如他在《少年飘泊者·序》中所表达的那样，他对这些情况充满了焦虑。只不过他的焦虑被压抑了，被深深地压抑在他改变世界的行动当中。马克思在批判旧的哲学时说："哲学家们只是用不同的方式解释世界，问题在于改变世界。"① 革命话语从来就是一种认识—实践话语，陈季侠、江霞虽然持小资的恋爱观，但是他们却是倾向革命的知识分子；王阿贵虽然受传统的生存观影响，

---

① 马克思：《关于费尔巴哈的提纲》，《马克思恩格斯选集》第1卷，人民出版社1995年版，第57页。

但是他却是接受过革命生存观教育的贫苦工人；王曼英虽然在行为上有所偏离，但是她并没有叛变革命，只不过是采取了不适当的行动，她完全具备接受革命行动观的条件；丽莎虽然是一个曾经的反动的贵族妇女，但是她并没有具体的反革命行为，只是习惯地接受旧俄罗斯给她带来的幸福生活，只要苏俄制度能够让她拥有幸福生活，她完全可能接受新的苏俄制度。也就是说，革命话语虽然对他们充满了焦虑，但是革命话语并没有把他们看成是革命的异路人，而是看成革命的后来人。只要对他们进行适当的引导，他们就会冲出云围，成为一个革命者。这样，蒋光慈通过压抑焦虑，改变了对黑暗社会可能存有的消极悲观的认识，突出了反抗黑暗社会的光明面，使反抗黑暗社会的光明势力以积极有为的面貌出现在读者面前。

　　对焦虑的压抑是对信仰的坚守，这表达了他的一种意愿：让革命话语向日常生活话语延伸，让革命话语成为整个社会生活话语的本原。这就是革命话语主导日常生活话语的原因。只有从对焦虑的压抑角度来理解这些作品，才能更好地理解蒋光慈，尤其是蒋光慈后期的作品。《冲出云围的月亮》、《丽莎的哀怨》长期被视为失败之作，原因都被归结到蒋光慈的政治思想的错误方面。钱杏邨说："在蒋光慈君的最近的几部创作中，斗争的气氛是非常的削弱了，而且也很少正面表现革命的地方。"[①]华汉感叹："我们读了《丽莎的哀怨》，……只能感到作者所传染给我们的感情，是在激动我们去同情丽莎的哀怨与悲愁，同情于俄罗斯亡国贵族的没落与沉沦，飘零与悲运。""《冲出云围的月亮》便必然的要减少它的斗争性。"[②]黄药眠认为，由于蒋光慈抱有文学脱离政治的倾向，所以写出了"当年为许多前

---

①　钱杏邨：《创作月评》，《拓荒者》第 1 卷第 2 期，1930 年 2 月。

②　华汉：《读了冯宪章的批评以后》，《拓荒者》第 1 卷第 4、5 期合刊。

进文人所诟病的《丽莎的哀怨》"①。范伯群、曾华鹏指出由于蒋光慈丧失了阶级立场，"这种小资产阶级的消极思想在革命低潮时期就以更浓重的色彩出现在作家的态度中"②。这些看法是简单地运用反映论理论分析作品的结果。其实，过多地描写"非无产阶级的思想情绪"，只是作家焦虑的体现。在蒋光慈的创作中，如果缺乏对焦虑的书写，他必然难以展开主导、拯救的动作。华汉、黄药眠等对蒋光慈的批评表明，他们虽然承认消沉的情绪存在于现实生活之中，但是却并不情愿让这些内容在文本中存在，因而对它们极力排斥。其结果必然会使作家的革命话语成为无源之水、无本之木，成为无所依凭的话语。

第二节　蒋光慈情绪化革命话语的特征

蒋光慈通过压抑焦虑，从心理上克服了焦虑过剩可能给自己带来的挫败感，并可以有效地阻止作品中的挫败感传染给读者。这是蒋光慈作品的重要特征，也是左翼文学的共性。但是，当焦虑被压抑后，留给革命作家的选择便只有建立具有自己特色的革命话语，使革命话语在与日常生活话语的搏斗中获得话语的主动权和话语的自信心。蒋光慈的革命话语是情绪化的，体现着青年浓郁的血性。需要指出的是，与之形成对照的是茅盾的理智化的革命话语书写。茅盾的理智化革命话语书写被称为"社会剖析小说"③ 得到了研究者的肯定。

---

① 黄药眠：《蒋光慈选集·序》（见方铭编《蒋光慈研究资料》，宁夏人民出版社1983年版，第380页）。

② 范伯群、曾华鹏：《蒋光赤论》（见方铭编《蒋光慈研究资料》，宁夏人民出版社1983年版，第408页）。

③ 严家炎：《中国现代小说流派史》第5章《社会剖析派小说》，人民文学出版社1989年版。

一　蒋光慈的人格：革命意志论者

蒋光慈的情绪化革命话语深受其人格的影响。

形式主义文论强调作家的创作与作家本人无关，只与传统有关。但作家的作品与作家人格的关系还是必须得到重视的，从人格角度来探讨蒋光慈的情绪化革命话语仍然具有很重要的价值。

高利克在他的著作中注意到蒋光慈的四种人格：他最早的笔名是"侠僧"；他的理想是做中国最伟大的诗人（此外还有做中国的普希金、中国的陀斯妥耶夫斯基等等）；他是个雄心勃勃、狂傲自大的人；他是个意志薄弱的人。① 高利克把它们放在一起，为读者塑造了蒋光慈的形象。但由于他把蒋光慈的人格进行了分割，没有把以上四种人格统一起来，使蒋光慈的形象仍然相当模糊。因此，有必要从高利克止步的地方起步，对这四种被分割的人格进行分析，把它们统一起来。

在这四种人格中，最难以整合的是笔名"侠僧"所代表的人格。高利克认为这个笔名源起于《三侠五义》中的"侠僧"欧阳春。侠，是疾恶如仇、率性而为的代名词。在中国传统文化中，"侠"是这样一种人：他们依自己的天性而为，本质上排斥社会恶势力的约束。他们不仅自己不受社会恶势力的制约，同时也致力于使受社会恶势力制约的其他人摆脱制约。这是他们的愿望。他们更相信自己一个人可以与社会恶势力进行对抗。"侠"的这种特点，与尼采"权力意志"的思想有相通之处。在尼采那里，"权力意志"是人的生命的一种冲动和创造力，一个不断自我表现、自我创造、自我扩张的活动过程。当生命意

① 高利克：《中国现代文学批评发生史》，社会科学文献出版社 1997 年版，第 137—140 页。

志是表现、释放、改善、增长内在生命力的意志时，它就是权力意志。这里的"权力"是广义的，并不是狭义的追求政治权力的意志。尼采指出，在不同等级的人当中，权力意志的表现是不同的：（1）在被压迫者和各种奴隶那里表现为争取"自由"的意志，目的似乎仅仅是解放，从道德和宗教意义上说，是仅仅对自己的良心负责、福音的自由等；（2）在比较有力、正在向权力迈进的人当中，是作为争取超等权力的意志；（3）在最有力、最雄厚、最独立和最有胆量的人当中，作为对"人类"、对"人民"、对"福音"、对"真理"和"上帝"的"爱"，作为同情、自我牺牲等，作为征服、俘虏、役使的活动，作为参与一种可以受自己指挥的巨大权力的本能活动：这是英雄、先知、恺撒、救世主、耶稣。① 尼采权力意志的第一点和第三点正是"侠"所要表达的意思。而"僧"则表达了与第二点相冲突的含义。这说明，蒋光慈是一个意志论者。如果把蒋光慈的意志论与尼采的生命意志论相区别的话，蒋光慈是一个革命意志论者。而带有中国文化特色的"侠僧"的名字，表明他的革命意志论思想与中国传统文化具有渊源关系，也说明中国传统文化中意志论的影响是相当强大的，它是一种民族通俗文化的主流。

革命意志论是蒋光慈看似矛盾的人格得到统一的基点。

做中国最伟大的诗人的人格是蒋光慈革命意志论的选择。既然立志成为"侠僧"，为什么不去从事暴力活动，而想做一个伟大的作家呢？这与蒋光慈对拯救中国的策略思考有关。蒋光慈在五四时期是安徽芜湖的学生运动领袖，曾领导学生积极开展各种社会活动。但五四运动以后，蒋光慈发生了一个巨大的

---

① 尼采：《权力意志——重估一切价值的尝试》，商务印书馆 1991 年版，第238 页。

变化，那就是对社会活动的兴趣日益淡漠，对文学的兴趣日益上升。蒋光慈在《少年飘泊者·序》中，把中国衰弱的原因归咎于国人崇尚唯美、意志力太过薄弱。因此，通过自己的文学创作来张扬意志的伟力，坚定国人的意志，是蒋光慈的志愿。在这种情况下，蒋光慈想做中国的拜伦、中国的陀斯妥耶夫斯基、东亚的歌者等，其实正是希望自己成为文学领域的"超人"，这是文学领域里革命意志的体现。

雄心勃勃、狂傲自大本就是"超人"的内涵，蒋光慈在日常生活中狂妄自大的言行，正好是"超人"思想的最好注脚，是"唯我独革"的最好写照。

意志薄弱看似与超人的人格相抵牾，但其实完全相合。"超人"往往具有意志薄弱的特性。所有的意志论者如果无限夸大他们的意志，不为他们的理论设置界限，则无情的现实会粉碎他们的超人思想，使其暴露出意志薄弱的面目。尼采是这样，其他人也是如此。意志论，仅仅从它的表达上，是相当具有诱惑力的思想。但是，意志论首先是对"环境论"、"性格论"等现实主义理论的否定。也就是说，意志论者在张扬其"意志"的伟力时，往往把客观环境、个人性格的影响摒除在外，而现实主义者则极力强调客观环境与个人性格对意志的限制作用。意志论者虽然在口头上对现实主义者的观点不屑一顾。但意志论者总是发现，客观环境与个人性格经常是他们实现自己意志的最大阻碍。在严酷现实的无情打击下，超人的意志显得脆弱如纸，不堪一击。意志论者不能超出他们的理论的界限，一旦越界，则会变成一个意志薄弱者。蒋光慈在作品中虽然多次鼓吹个人报仇，张扬超人的意志，但是，这并不等于说他真的相信个人复仇可以解决问题。他在《菊芬》中借菊芬之口表达了他的想法："我固然知道暗杀不是唯一的正当的手段，但是我现在所能做得到的，恐怕只有这个了。我实在因为再忍不下去了，所以才走到这一途。"①

因此，被高利克分割为四种人格的蒋光慈的人格，其实只是一种人格：他是一个革命意志论者。

二　革命意志论人格对社会现实的想象及其所影响的情绪化革命话语

蒋光慈称当时的社会是市侩社会，流行的文学是市侩文学②。这是蒋光慈在革命意志论影响下对社会现实的想象。20世纪上半叶的中国是半殖民地半封建社会，这是教材所传播的理论。这种理论的正确性无需怀疑，但接受这种理论并不意味着可以否认当时人们对社会存在着多样化的认识或想象。蒋光慈认为当时的中国社会是一个市侩社会是有道理的。马克思对19世纪中期德国社会的认识存在相似的看法。马克思在《德意志意识形态》中，把德国的市民性格与荷兰的市民性格做了对比："德国市民过于软弱，不能限制荷兰人的剥削。小小荷兰的资产阶级比人数众多的德国市民强大，荷兰资产阶级已有很发展的阶级利益，而德国市民却没有共同利益，只有分散的小眼小孔的利益。"③他把19世纪的德国社会称为"市侩社会"。马克思从政治经济学角度考察德国社会，得出市侩社会这个名词。有意思的是，尼采从生命意志的角度出发，同样把19世纪的德国描写为一个市侩社会。尼采敏锐地感到，由苏格拉底和基督

_____

① 蒋光慈：《菊芬》，《蒋光慈文集》第 1 卷，上海文艺出版社 1982 年版，第 418 页。

② 蒋光慈曾称中国的文学家多是市侩文学家，反映的人生是市侩的人生。并特别说明所谓"市侩"指一种在黑暗的社会中生活，不采取反抗态度的人生观（见光赤《现代中国社会与革命文学》，《蒋光慈文集》第 4 卷，上海文艺出版社 1989 年版，第 151 页）。

③ 马克思：《德意志意识形态》，《马克思恩格斯全集》第 3 卷，人民出版社 1960 年版，第 212—213 页。

教肇始的西方文明在 19 世纪导致了悲观主义，而悲观主义又发展为文化虚无主义，文化虚无主义已经站到了欧洲的大门口，这意味着人类的日益堕落和退化。真正富有创造性的文化一片凋零，市侩文化充斥一切场合，随之而来的是人的生命力和本能冲动被压抑和扼杀，人们处于一种麻木的、无目标、无标准的状态。于是，尼采呼唤像查拉图斯特拉这样的超人出现："一切天神皆已死去；如今我们希望超人长生。"①

市侩社会这个名词提供了这样的信息：这个社会的多数成员是怯懦的、安于现状的人格，作家也是如此。恩格斯批评弥漫在市民社会和一些作家思想中对大资产阶级势力抱有的幼稚幻想，"怯懦和愚蠢、妇人般的多情善感、可鄙的小资产阶级的庸俗气，这就是拨动诗人心弦的缪斯"②。蒋光慈对冰心、叶圣陶的创作的评价也是"市侩文学"，原因就是他们描写的要么是妇人般的多情善感，要么是知识分子的怯懦和庸俗。

蒋光慈虽然斥责这个社会为市侩社会，但是并无意去表现这个市侩社会。他这样做，未必是因为他不熟悉社会，他不是生活在真空之中，对社会的最起码的知识还是具备的。革命意志论人格在其中发挥着更大的作用：如果他像现实主义作家那样去表现社会，不可避免地会暴露自己的焦虑，必然更多地强调"客观环境"与"个人性格"，从而忽略"革命意志"的作用。因此，他在作品中面对这个市侩社会的时候，只是强烈地表达对这个市侩社会的憎恨与不满，而疏于表现"客观环境"与"个人性格"。

对社会现实的不满在作品中表现为感情的狂热宣泄。江霞

---

① 尼采：《苏鲁支语录》，商务印书馆 1992 年版，第 76 页。

② 恩格斯：《诗歌和散文中的德国社会主义——卡尔·倍克〈穷人之歌〉，或"真正的社会主义"的诗歌》，《马克思恩格斯全集》第 4 卷，人民出版社 1958 年版，第 224 页。

痛感于敌人的疯狂，极力想亲自走上战场杀敌，"只有大家去拿起枪来一条路，靠着人家的力量总是不会成功的。若要达到我们的目的，除非我们自己去拿枪去；枪在别人的手里，我们无论怎么样宣传，怎么样组织，都是没有用处的"①。丽莎对自己丈夫白根的无能非常不满："这是我的白根吗？这是我的丈夫吗？这是我曾经在许多情敌的手中夺回来的爱人吗？这是我十年以前当做唯一的理想的那个人吗？"② 一连串的发问倾泄着丽莎心中的怒火。

这样，在文学作品中，蒋光慈把对社会现实的市侩化想象转化为了一种情绪化的话语。

三　革命意志论人格对英雄的想象及其所影响的情绪化革命话语

任何一个作家都有自己的期待读者。值得注意的是，蒋光慈把期待读者设计在了他的作品中。陈季侠、江霞、阿贵、丽莎、王曼英等人可以说就是他在作品中设计的期待读者。

蒋光慈的革命意志论人格一方面使他对社会的认识持否定的态度，另一方面，他也寄望于更多政治上激进的青年来参与破坏黑暗社会的行动。蒋光慈并不像一些人所说的那样不了解社会，他当然知道在当时的社会上，革命成功所依赖的激进青年是比较少量的资源，而他的任务就是大量培养激进的青年，让他们成为这个社会展现新气象的重要力量。因此，在蒋光慈的想象中，他的期待读者虽然不是英雄，但是都有强烈的学习英雄的情结（不是崇拜英雄的情结）。陈季侠、江霞学习的英雄

---

① 蒋光慈：《菊芬》，《蒋光慈文集》第 1 卷，上海文艺出版社 1982 年版，第408 页。

② 蒋光慈：《丽莎的哀怨》，《蒋光慈文集》第 3 卷，上海文艺出版社 1985 年版，第62 页。

分别是淑君、菊芬；阿贵学习的英雄是共产党员沈玉芳、李全发；丽莎学习的英雄是自己的姐姐薇娜；王曼英学习的英雄是李尚志。

为了强化期待读者学习英雄的情结，蒋光慈主要做出了两方面的努力。第一方面，蒋光慈把期待读者设计为准英雄，而把英雄们设计为准英雄们的学习榜样。这里牵涉这样一个问题："文学作品中的英雄对读者的作用是什么？"考察我国传统文学作品中的英雄形象，如《三国演义》中的刘备、关羽、张飞，《水浒传》中的一百单八将等，可以得出这样的结论：文学作品中的英雄是让读者崇拜的。这种崇拜与当今社会的娱乐明星一样，是让读者（观众）追捧的。很明显，追星一族的心理是相当复杂的，有些追星族只是为了丰富自己的日常生活，有些追星族只是为了实现心理补偿，有些追星族则把明星当作自己的学习榜样。同样的，英雄崇拜心理对读者的影响也是多层次的，有些读者崇拜英雄只是为了让平凡的生活充满传奇，有些读者崇拜英雄只是为了补偿自己无法实现成为英雄的心理缺憾，而有些读者崇拜英雄就是为了学习英雄，成为像英雄那样的人物。因此，学习英雄只是崇拜英雄的表现方式之一，而崇拜英雄则有多种表现方式。摒除英雄崇拜的多层意蕴，导致英雄崇拜只残留"学习英雄"这唯一的一种含义，也许是由以蒋光慈为代表的革命文学肇始的一种文学行动。[①] 第二方面，当英雄们被设计为学习的榜样时，蒋光慈必然把英雄的人格设计为自己所认

---

① 在此后的无产阶级文学中，学习英雄成为崇拜英雄的唯一含义。1953年，周扬明确提出："创造正面的英雄人物"，"以这种人物去做人民的榜样，以这种积极的、先进的力量去和一切阻碍社会前进的反动的和落后的事物作斗争"，是"文艺创作的最崇高任务"（《为创造更多的优秀的文学艺术作品而奋斗》，《文艺报》1953年第19号，第13页，1953年10月15日）。在这里，周扬清晰地表明"正面的英雄人物"作用就是"做人民的榜样"，是供人民学习的。这是对此前无产阶级文学英雄人物作用理论的一个最准确的总结。

为的最完美的人格。菊芬作为一个值得江霞学习的英雄，她既有坚定的革命精神，也有浪漫的恋爱生活，革命恋爱互不冲突，革命是薛映冰与菊芬相爱的基础，恋爱是二人革命生活的升华。菊芬与薛映冰这对革命恋人是蒋光慈作品所塑造的最完美的英雄。在菊芬与薛映冰之外，还有其他不同形态的英雄人物。王阿贵心中的英雄人物，是敢于反抗、不畏强暴的李全发、沈玉芳，是可以生活在天堂中的人物，是值得阿贵效仿的英雄。丽莎的姐姐薇娜是个叛逆的贵族女子，她公然违背父母的意志，走上了与贵族阶级的道路完全相背的道路，并与平民结婚。多年后，丽莎终于发现姐姐的行为是符合俄国历史动向的选择，薇娜因此成为丽莎心目中的英雄，是丽莎学习的榜样。淑君在单相思的情况下，以参加革命来排遣心中的郁闷，提升自己的思想境界，是精神完美的英雄，同样成为陈季侠学习的英雄。李尚志始终是王曼英的追求者之一，但是他从不以言词去讨好王曼英，也从不为恋爱去牺牲革命生活，他的生活虽然已经带上了神秘化的色彩，但是，他最终被王曼英认为是这一时代的英雄，是她学习的榜样。这些英雄的人格是蒋光慈所认为最完美的人格。之所以说这些英雄的人格仅仅是蒋光慈所认为最完美的人格，是因为这些英雄的人格在后世的革命者看来可能还不够完美。比如，菊芬的人格，作为革命恋人，她是一个最完美的英雄，但是，她表现自己革命情绪的方式，是奋不顾身地与敌人同归于尽，这种方式在蒋光慈看来并不影响菊芬成为英雄人物，反而是她具有坚定的革命精神的反映。但在后世的革命者看来，却是十足的个人英雄主义，是盲动主义。因此，在后世的革命文学作者的作品中，英雄人物身上类似菊芬的这一特点就会被视为缺点而极力地删除。只有这样，英雄人物在被人民学习的时候才具有更完美的人格，那些有可能被认为不值得学习的人格则相应地减少。可见，当文学作品中的英雄人物被塑造成学习榜样的时候，就是英雄人物失去自身个性的时候，失去他日常生活特征的时候。一代代作家不断地删除前一代作家所塑造的英雄人物的"缺陷"，必将使英雄人物走向公式化、概念化。尤其是在强烈的政治氛围中，描写英雄成为一种价值书写，英雄成为一种政治语言的代言物，英雄因此不再是生动活泼的人物，而成为一种僵死的人物，一种标本型的人物。既然是标本型的人物，那么，这种人物在文学文本中，就必然会被要求排除各种与政治话语相违背的特点。英雄人物被作家的一个个框框所限制，他的所作所为必须全部是革命的，那些有可能是非革命的思想与情绪都必须与英雄绝缘。以《冲出云围的月亮》为例，为了恋爱而分心的行为是不革命的行为，所以作为英雄人物，李尚志没有这方面的毛病；遇到挫折就灰心丧气是不革命的行为，所以李尚志没有这方面的毛病，等等。仅仅是这些特点已经使李尚志成为一个无个性的人物，但是，这还只是蒋光慈所认为的革命英雄所不应该具备的特点，并不能证明李尚志在后人眼中仍然能保持革命英雄的形象。随着英雄被学习的范围逐渐扩大，人们对英雄作为一个学习对象的要求不断地提高，对英雄的要求也越来越苛刻，而英雄也越来越不像正常生活中的人。一代代作家努力地为人民塑造"供学习的英雄"的结果，只能是使这种供学习的英雄最终走向不食人间烟火的英雄人物，成为一种高大全式的英雄人物。也只有到此时，这种供学习的英雄人物的塑造才会终止。

期待读者学习英雄的情结往往促使作者书写狂热的情绪化革命话语。

这是《野祭》的开头：

> 淑君呵！我真对不起你！我应当在你的魂灵前忏悔，请你宽恕我对于你的薄情，请你赦免我的罪过……我现在

想恳切地在你的墓前痛哭一番，一则凭吊你的侠魂——你的魂真可称为侠魂呵！一则吐泄我的悲愤。……你的死是极壮烈的，然而又是极悲惨的，我每一想象到你被难时的情形，不禁肝肠痛断，心胆皆裂。但是我的令人敬爱的淑君！我真是罪过，罪过，罪过呵！你生前的时候，我极力避免你施与我的爱，我从没曾起过爱你的念头，也许偶尔起过，但是总没爱过你。……是的，我对于你是太薄情了，你应当怨我，深深地怨我。我现在只有怀着无涯的悲痛，我只有深切的忏悔…

想起来，我真是有点辜负淑君了。但是现在她死了，我将如何对她呢？让我永远忆念她罢！让我永远将我的心房当她的坟墓罢！让我永远将她的芳名——淑君，刻在我的脑膜上罢！①

这是《菊芬》的结尾：

我的心火烧起来了，我的血沸腾起来了……我不为菊芬害怕，也不为菊芬可惜，我只感觉到菊芬的伟大，菊芬是人类的光荣。我立在她的面前是这样地卑怯，这样地渺小，这样地羞辱……我应当效法菊芬，崇拜菊芬！我应当永远地歌咏她是人类史上无上的光荣，光荣，光荣……倘若人类历史是污辱的，那么菊芬可以说是最光荣的现象了。②

---

① 蒋光慈：《野祭》，《蒋光慈文集》第 1 卷，上海文艺出版社 1982 年版，第305 页。

② 同上书，第 419 页。

在《最后的微笑》第一章，主人公阿贵目睹了小蚂蚁在受到大蚂蚁的欺负之后奋力抗争的情形，他忽然想到：

> 啊哈！我难道连这一个小蚂蚁都不如吗？喂！我还配做一个人吗？小蚂蚁被它的同类所欺侮了，还要拼命地抵抗一下，我是一个人，难道受人欺侮了，就这样乖乖地算了吗？报仇呵！报仇！①

情绪化的革命话语在学习英雄情结的召唤下沛然产生。

四　对蒋光慈情绪化革命话语的思考

长期以来，情绪化革命话语的存在被认为是浪漫主义小说的标志，这应该是以蒋光慈为代表的革命文学称作"革命的浪漫蒂克"的原因吧。但是，情绪化革命话语及其背后的内容就是浪漫主义小说吗？经典浪漫主义文学作家雨果的创作也许会给出一个合适的答案。

当代作家王安忆在探讨现实世界与心灵世界的关系方面苦苦追寻，她通过对雨果的《巴黎圣母院》的详细分析，认为："他告诉我们这世界上还有一个灵光照耀的世界，这是个永恒的世界。""和前两堂课讲的张炜、张承志的小说相比，雨果所描画的心灵世界显然要比《心灵史》和《九月寓言》都更复杂和丰富，他们那个心灵世界比较简单，而《巴黎圣母院》的则是复杂得多，他所使用的现实世界的材料，也要比他们丰富复杂得多。在张承志的小说里用了一个教史材料，在张炜的小说里用了当代政治和经济生活的一些零星材料。雨果的材料相当庞

---

① 蒋光慈：《最后的微笑》，《蒋光慈文集》第 1 卷，上海文艺出版社 1982 年版，第 427 页。

大，他几乎是用了法国几百年的历史、文化、宗教革命，来作材料，不是一砖一瓦，而是大块大块的巨石，所筑成的宫殿便要宏伟得多了。"① 王安忆对雨果的分析，提出了这样几个观点。第一，雨果的作品创造了一个心灵世界，这是公认的经典浪漫主义的特点。第二，他为了建造这个心灵世界，采用了法国几百年的历史、文化、宗教革命的生活来做材料。第二点往往被人们视而不见。作为浪漫主义作家的鼻祖，雨果从来就没有忽视过对社会现实的描写，他的作品中存在着数目庞大的、并不少于现实主义作家的对社会现实的描写的材料。这无异于宣布，描写现实并不是现实主义作家的专利，浪漫主义作家要成为一个经典作家，同样不能忽视对现实的描写。那种认为浪漫主义文学不需要对现实进行描写的认识，是一种以"是否需要对社会现实进行描写"来区分经典现实主义文学与经典浪漫主义文学的观点。雨果的《巴黎圣母院》证明这种观点是一种虚妄的观点。

是否描写现实并不是现实主义文学与浪漫主义文学的区别。那么，浪漫主义文学与现实主义文学的根本区别在哪里呢？现实主义与浪漫主义都具有理想与现实两个内容，所不同的应该是现实主义的文学持悲天悯人的态度，把"有价值的东西撕毁给人看"；而浪漫主义的文学则持乐观的态度，把"有价值的东西"战胜丑恶的东西给人看。没有理想指引的反映现实的文学作品极易流入为暴露而暴露的"黑幕小说"；而没有现实为基础的文学作品则极易成为宣泄感情的标语口号文学。因此，蒋光慈等人文学创作的不成功之处，不在于他描写的理想的内容是什么以及是否过时，而在于他忽视了对现实的描写，只偏重于

---

① 王安忆：《小说家的十三堂课》，上海文艺出版社 2005 年版，第 112—113 页。

对感情的宣泄。在实际创作中，浪漫主义文学不应该把忽视对现实的描写当作与现实主义文学的区别，相反地应该高度重视对现实的描写，甚至于对现实描写重视的程度丝毫不能亚于现实主义文学。

因此，茅盾对蒋光慈的只重视描写光明的批评是有局限性的，而对蒋光慈的人物描写呆板的批评则是有道理的。在人物塑造方面，《巴黎圣母院》并不是把理想的人物塑造成一个让人学习的英雄人物，而是塑造成让人崇拜的英雄，如对卡西莫多，雨果写道："假如是在埃及，人们可能把他奉为这座寺院的神祗了，但中世纪的人们却以为他是魔鬼，以为他是魔鬼的灵魂。"而艾思米拉达也是一个得到了人们的崇拜的英雄。连反面人物克罗德也是一个反派的精英。人物形象具有极其强烈的丰富性。

在中国现代文学史上，可以对比的是巴金的作品。《家》以前的巴金作品如《灭亡》、《新生》等，其艺术水平基本上与蒋光慈的作品处在一个层次。区别仅仅在于，由作品显示出两人的政治信仰有所不同。但是，巴金《家》的成就不仅超越了他本人此前的创作，也远远超越了同样描写革命的"革命文学"作家的作品。虽然同样是描写"革命"的文学作品，但巴金的《家》明显重视对现实的描写：《家》一直以来都被认为是描写大家族生活的成功之作，是对左拉作品的成功学习。但《家》并不是一部现实主义的作品或自然主义的作品，而是一部充满浪漫主义特质的作品，这是被文学史所公认的①。同时，《家》注重在现实生活中描写英雄人物。觉慧无疑是巴金心目中的英

---

① "《家》基本上仍然属于'青春型'的创作，那由真诚热烈的心里唱出的青春之歌，是特别能唤起青年人共鸣的。《家》很能代表巴金前期创作的风格。"这是对《家》浪漫主义特质的权威叙述。（见钱理群、温儒敏、吴福辉《中国现代文学三十年》，北京大学出版社 1998 年版，第 265 页）

雄，但是这个英雄却是生活中的英雄。作为英雄，他却需要大哥觉新的保护，没有大哥觉新的保护，他在大家庭中一天也待不下去；作为被保护对象，他本来应该感激大哥的保护，但是他不但不感激，反而在发现大哥的保护是对旧势力的一种妥协后，连大哥一块反对。这诚然是他革命性的表现，但是同时也是他的不通人情之表现，是他性格中让读者难以接受之处，是他思想不成熟的表现。但是也唯有这样，他才是一个英雄。也就是说，坚定的革命性必然以苛刻为代价；而成熟则必然以姑息为代价。老谋深算必然以自保为前提；而勇敢无畏必然与莽撞自大相伴随。在没有附加条件之时，任何人包括英雄也只有特点，特点并无优劣之分，优点未必永远都是优点，缺点未必永远都是缺点。不加条件地学习人物的所谓优点，只能走入人生的误区。

第三节　准英雄的转变——蒋光慈革命话语叙事模式探析

茅盾曾就蒋光慈作品的人物转变问题批评道："作品中人物的转变，在蒋光慈笔下每每好像睡在床上翻一个身，又好像是凭空掉下一个'革命'来到人物的身上；于是那人物就由不革命而革命。"[①] 后来的研究者举例认为："《冲出云围的月亮》中王曼英的转变，就显得简单而突兀。在生活中迷茫、挣扎，又因绝望之极而欲求速死以解脱的王曼英，只因'新鲜的田野的空气，刺激了她的鼻腔'，'温和的春风如云拂一般，触在她的面孔上'，'朝阳射着温和的光辉，向曼英展着欢迎的微笑'……

---

　　① 朱璟（茅盾）：《关于"创作"》，《茅盾全集》第 19 卷，人民出版社 1991年版，第 278 页。

便立刻放弃了自杀的念头，积极投身到工厂的斗争中去。"① 茅盾等人的这些观点首先表明"转变"确实在蒋光慈的作品中大量存在，并已形成一种模式。对于这种"转变"模式，斥之为"革命的浪漫蒂克"，以缺乏文学性进行否定，当然最为简便。但是，简单化的批评并不能说明批评者的创作中就没有蒋光慈作品中的问题，也不能阻止蒋光慈的问题在经过改头换面之后不断出现于现当代文学作品之中，因此，有必要对"转变现象"进行详细的分析。

一　艰难的转变

蒋光慈的每一部小说都是一个准英雄的"观念"转变史。准英雄发生转变，是在思想观念领域发生的转变。江霞、陈季侠的转变是恋爱观念的转变；王阿贵的转变是生存观念（反抗还是顺从）的转变；王曼英的转变是革命观念的转变；丽莎的转变是人类社会发展方向观念的转变。蒋光慈相当重视观念，但这并不是蒋光慈个人的事情，重视"观念"本来就是国人的共同特点。长期以来，思想观念是区分不同人群的标准，是判断社会进步与否的标尺。革命文学作家更是把文学作品的思想内容与艺术形式相分离，使思想内容脱颖而出，占据了主导地位。

蒋光慈的每一部小说都是一个准英雄的观念"转变"史。既然观念是如此重要，在新旧观念交替的时代，观念转变当然是必须的。这与中国近代以来国人对转变观念的热衷有关。"从技艺的学习到政治经济体制的借鉴，进而又到文化思想的大规模输入，中国文化为更新自己的机制，摆脱封闭、僵化、危机

---

① 王智慧：《激情叙述下的革命言说——蒋光慈小说创作简论》，《中国现代文学研究丛刊》2002 年第 2 期。

的困境，开始了艰难痛苦的跋涉。"① 这种艰难痛苦的跋涉主要是必须转变思想观念造成的，因为，中国的仁人志士坚信只有转变观念才是拯救中国衰败命运的良方。"十月革命一声炮响，给中国送来了马克思列宁主义。"马克思列宁主义转变了国人对中国社会性质的认识，转变了国人对中国复兴道路的认识。蒋光慈传播共产主义观念，转变准英雄的观念正是这种思维方式的体现。"趋新"是这种思维方式的表现："尽管梁启超之'新'和陈独秀之'新'的含义并不相同，陈独秀之'新'和'五四'时期其他文学革命倡导者之'新'也不免相异，但大家对'新'的追求与迷恋则是共同的。趋新的心态反映出一代知识者的精神饥渴。"② 正因为这是中国现代知识分子的共有的思维方式，所以在创造社、太阳社对 20 世纪 20 年代中国文坛进行新一轮的新旧"排队"之时，郁达夫等人才会产生"落伍"的感觉，并在 1928 年这一年内居然不敢动笔写作。正因为转变观念是如此的重要，所以在蒋光慈的作品中，持有何种观念是区分人群的重要指标，同时也是判断个人是否进步的重要标准，而且准英雄们发生转变之时，往往以放弃旧观念、获得真理为标志。例如，江霞、陈季侠持有的是小资产阶级的恋爱观，属于旧的恋爱观，他们转变的标志就是在发现值得学习的英雄之后，放弃以往的旧观念，建立全新的革命恋爱观，以全新的革命恋爱观迎接生活。

蒋光慈的每一部小说都是一个准英雄的观念转变"史"。蒋光慈并不认为人的观念的转变可以轻易地实现。蒋光慈小说中准英雄们的观念转变并不像茅盾所说的那样是一个非常突兀的

---

① 任访秋主编：《中国近代文学史·绪论》，河南大学出版社 1988 年版，第 5 页。

② 刘增杰：《云起云飞》，河南大学出版社 1997 年版，第 4 页。

事情，而是一件非常艰难的事情。他的准英雄们往往是从故事开端便开始发生转变，直到故事的结束才真正完成转变，人物的观念转变呈现为一种"历时"状态。从观念形态来看，这些转变是从准英雄们的旧的思想观念起步，旧的思想观念与新的思想观念不断地发生争执，旧的思想观念以巨大的阻力，妨碍着新的思想观念的形成和发展，新的思想观念在经过剧烈的变化后，最终统一了准英雄的思想世界。换言之，蒋光慈运用小说形式，以虚构的现实世界的形象斗争表现发生在准英雄思想世界的抽象斗争。他曾经这样评价旧作家思想观念的转变："在情感方面，我们的作家与旧世界的关系太深了，无论如何，不能即时与旧世界脱离，虽然在理性方面，他们也时常向着旧世界诅咒几句，了解旧世界之不宜存在，但是倘若你教他们与旧世界完全脱离关系，或爽爽快快地宣布旧世界的罪恶，而努力新世界的实现，那他们可就要徘徊而迟疑了。"[①] 与旧世界千丝万缕的关系，被蒋光慈认为是旧作家实现思想观念转变的障碍。这种认识完全可以移植到准英雄们思想观念的转变中。在《菊芬》中，江霞在与菊芬的交往中，始终是以小资产阶级的思想感情来爱恋菊芬的，这使江霞对菊芬的革命言论视而不见，菊芬牺牲才使江霞的恋爱观得以转变。在《冲出云围的月亮》中，研究者多注意到了王曼英最后转变的那一刹那，但并没有注意到在第一章中出现的流浪小姑娘吴阿莲的作用。吴阿莲哭诉自己从姑妈家逃跑出来的原因是不愿意被卖做妓女时，王曼英深受刺激。"这一段话阿莲说得很平静，可是在曼英的脑海中却掀动一个大波。'那吃堂子的饭是最不好的事情……那卖身体是最下贱的事情……'这几句话从无辜的，纯洁的阿莲的口中发出来，好象棒锤一般，打得她的心痛。这个小姑娘是怕当妓女才

跑出来的，才求她搭救……而她，曼英，是怎样的人呢？是不是妓女？是不是在卖身体？"① 王曼英对自己的行为第一次产生了怀疑。她开始反思自己的行为是不是一种正确的选择，作品也由此开始了对王曼英观念转变的描写。她的转变过程就是从对自己的行为的怀疑开始，直致最后彻底否定而结束。在《丽莎的哀怨》中，丽莎的转变也并不是一蹴而就的。丽莎由坚信贵族优越论，对红色政权充满刻骨仇恨，到经历颠沛流离的生活，由较稳定的白俄生活到不得不靠卖身谋生，由健康幸福的生活到充满屈辱的生活，每一次屈辱的堕落都为丽莎的思想转变奠定着基础。忽视这些内容，或者仅仅把这些描写作为对现实生活的描写，而漠视这些现实生活对丽莎思想观念的刺激是错误的。蒋光慈的这种思想与孙中山的哲学思想有极大的联系。在中国传统思想中，一向是知易行难的。孙中山出于启蒙的难度提出了"知难行易"说。蒋光慈最崇拜孙中山，对孙中山的哲学思想应该是相当了解的。因此有理由说，他的准英雄艰难地在思想方面发生转变深受孙中山哲学思想的影响。这使得蒋光慈的人物在观念转变时必然是经历了一个漫长的阶段，构成自己的人生观转变"历史"。应该说明的是，《最后的微笑》并不是反映"知难"，而是反映"行易"的作品。"知难"是作为背景来描写的。王阿贵在工人夜校中受到过共产党人的思想教育，虽然没有成长为一个共产党人，但他已经开始自己的转变过程了。他的质的转变发生在他被工厂开除、失去生活依靠后。作品的重点放在了"知"后的"行"上。当王阿贵思想观念发生质变后，爆发出了巨大的能量。他一个人顺利地杀死了四个仇人。但唯其如此，蒋光慈才是在"知难行易"哲学影响下完成了自己的人物在观念"转变史"方面的叙述。

---

① 蒋光慈：《蒋光慈文集》第2卷，上海文艺出版社1983年版，第13页。

二　轻松的转变

茅盾等人认为蒋光慈的人物转变像从天而降那么轻松，虽然忽略了蒋光慈的人物转变只是观念的转变，但还是有启示作用的。他们注意到蒋光慈对准英雄发生质变的一刹那的描写，注意到了准英雄们发生质变的那一刹那的轻松。蒋光慈这样写作的原因与他对观念转变的看法有关。在他的意识中，准英雄的思想在转变前全部属于落后的思想，转变后的思想则全部属于先进的思想，转变前后的准英雄们的思想之间没有交错，是截然分开的，二者形成一种断裂的态势。茅盾曾说："蒋君又常常把革命者和反革命者中间的界限划分得非常机械。"① 这段评论运用到准英雄转变前后的思想状况同样是适用的。这一点无疑是蒋光慈作品的一个重大缺陷。

但同时，蒋光慈的轻松转变还与他所接受的中国古代文学的影响有关。中国的古代文章强调"悟"。以苏轼的《石钟山记》为例，《石钟山记》在游洞结束之后，得出一个哲理。这个哲理，是苏轼本人通过游历"悟"出来的。"格物致知"，所"格"之物必须是无限的才能"致知"，这种通过简单枚举法得出的哲理只能是一种缺乏时空条件限制的"假相"，是"悟"的产物，作为抒发作者胸臆的文字尚可，而作为指导人生的"知"，则远远不够。培根的"四假相说"从根本上否定了这种简单枚举法所得出的哲理的科学性。② 通过"悟"获得哲理当然呈现出一种相当轻松的局面。因此，有人说，中国的文章是做

---

①　茅盾：《〈地泉〉读后感》，《茅盾全集》第 19 卷，人民出版社 1991 年版，第 332—333 页。

②　培根的"四假相说"指"族类的假相"、"洞穴的假相"、"市场的假相"、"剧场的假相"（见张志伟主编《西方哲学史》，中国人民大学出版社 2002 年版，第 350—351 页）。

给聪明人看的，外国的文章是做给普通人看的，这种说法是对中国文学重"悟"轻"理"的很好的表述。

在蒋光慈的作品中，准英雄们思想观念的转变正是通过"悟"来实现的。蒋光慈所安排的准英雄思想转变，一方面受到原有思想的阻碍，因此呈现出一种艰难状态。但另一方面，蒋光慈又偏爱安排一个死亡的场景，以使准英雄们通过"悟"来实现思想观念的质变。在《菊芬》中，江霞从菊芬的牺牲"悟"出了菊芬最美丽的不是她天真可爱的情调，而是她崇高的品质，这促成了江霞的思想转变。在《野祭》中，陈季侠从淑君的牺牲中"悟"出了淑君最值得爱恋的是她的革命意志，这促成了陈季侠的思想转变。在《最后的微笑》中，王阿贵从小蚂蚁的拼死反抗中"悟"出了做"人"的真谛，这促成了王阿贵的思想转变。在《丽莎的哀怨》中，丽莎从自己即将死亡的命运中"悟"出了人类社会发展的方向，这促成了丽莎的思想转变。在《冲出云围的月亮》中，王曼英在准备结束自己的堕落生活（这是"旧我"的死亡）之时，从工人的清新生活中"悟"出了回归集体反抗的道路，这促成了王曼英的思想转变。培根的"剧场假相"告诉我们，这样的结论是从固有的哲学体系中出发，运用错误的论证方法（"悟"）移植过来的。因为，从特定的现实所"悟"出的特定哲理，是哲学体系本身先天固有的，任何例外的结论都是被排斥的。比如，菊芬的牺牲，在一个旁观者如江霞，为什么不可以"悟"出别的哲理，就像后人所评价的是一种盲动主义呢？而只能"悟"出"精神崇高"的哲理呢？显然，在作品中，"悟"出"盲动主义"的可能被固有的哲学体系所压制，而"悟"出"精神崇高"的可能则出之固有的哲学体系。哲理是先天的，它既是作者的自我立论，同时又是作者的自我阐释。因此，准英雄们的观念转变很难真正地与现实生活中人们的思虑相符合，难以触及读者的心灵，常常因此被读者视为轻松的转变。

蒋光慈的创作虽然被视为"革命的罗曼谛克"，但蒋光慈的通过"悟"来实现准英雄的观念转变的方法，在以后的无产阶级文学中，不仅没有得到纠正，相反地被不断地强化，如《青春之歌》中的林道静的思想转变，为了使她的思想观念转变看上去显得并不突兀，在故事情节方面一波三折，以生活中的多个男性来锻炼她的思想，并在修改本中，增加了她在农村生活的故事。但所有这一切，都是"剧场假相"。

不过，在十七年文学中，也有一些另类作品。有些作家的创作，如邓友梅的《在悬崖上》，表现的就是小资情调对革命者的冲击。在某种意义上说，邓友梅的创作更可以看作是对文学作品中的流行观点产生怀疑的一种反应。只有到新时期文学以后，这种依靠"悟"的方法实现转变的局面才得到了较彻底的纠正。

三　简单化的转变

蒋光慈小说中准英雄们的转变不仅是轻松的，而且是简单化的。这与蒋光慈对小说的时间与空间的控制有关。

蒋光慈小说的时间设计是逆序化规范控制。1949 年，胡风创作了《时间开始了》，在这首诗歌中，胡风把新中国的成立看作一个新的时间的开端。这是一种展望未来的时间观。胡风没有提到的是，"开端时间"不仅可以向未来延伸，展开一个全新的时间，而且还可以向过去追溯，逆序规范历史时间，使历史叙述成为一个接受开端时间控制的历史描述。

蒋光慈的小说充分运用了开端时间对历史时间的规约作用。《野祭》中，淑君的牺牲时间，诚然被赋予了时间开端的意义：陈季侠革命爱情观的开端。同时，这个具有开端意义的时间向陈季侠的历史追溯，使陈季侠原来的爱情观在淑君伟大的革命感情映照下显露出小资爱情观的本质。《菊芬》中，菊芬的牺牲同样具有开端时间的意义，江霞因此要永远地歌咏菊芬这"人类史上无上的光荣，光荣，光荣"，并且为自己定性"我立在她的面前是这样地卑怯，这样地渺小，这样地羞辱"，此时再回顾作品中的江霞，便会发现，在他与菊芬的交往中，他只是注意到了菊芬的可爱，对菊芬的革命精神视而不见，俨然一个小资情调的知识分子。《最后的微笑》中，主人公阿贵从小蚂蚁反抗大蚂蚁中获得了复仇的启示。获得复仇启示的时间是一个具有开端意义的时间，阿贵从这个时间出发，决心从今以后，自己要向小蚂蚁学习，要"拼命地抵抗一下"，"报仇呵！报仇！"同时，王阿贵还认识到过去的自己连一个小蚂蚁也不如，彻底否定了缺乏反抗精神的过去的自己。《冲出云围的月亮》中，以象征手法命名的"冲出云围的月亮"，也是一个开端时间。这一开端时间是王曼英对自己的未来的展望：当月亮冲出云围之后，"仍是这般地皎洁，仍是这般地明亮"。同时，这一开端时间还包含了王曼英对自己过去的评价：在它冲出云围之前，只是"一度被阴云所遮掩住了"，暂时失去自己的光彩而已。她的过去既是一个被乌云遮掩的被动过程，也是一个主动冲出乌云包围的过程。王曼英的掉队的经历由此被赋予了崭新的意义。

运用具有开端意义的时间使蒋光慈作品中准英雄们的转变显得极为简单。因为，在逆序控制的时间映射之下，"旧我"必然地被赋予否定的意义，成为一种必然退出历史舞台的形象，而在革命话语的影响下生成的开端时间观，轻松地主导着日常生活话语未来的走向，"新我"被赋予了肯定的意义。"旧我"的未来走向只能是被革命话语所规定的"新我"，别无他途。

简单化的转变不仅体现在逆序时间控制方面，而且体现在交往空间的安排方面。在蒋光慈的小说中，准英雄们几乎不再受到与他们思想感情相近的人的影响。江霞的身边没有与他完

全相同的持有小资恋爱观的青年;陈季侠虽然有一个基本确定
了恋爱关系的女朋友郑玉弦,但郑玉弦却被作者设计为一个沉
默寡言的女性,难以对陈季侠产生影响力;王阿贵身处不具备
反抗性的工人之中,但在思想观念转变之后,这些工人(包括
他的父母)都被打入了另册,成为被王阿贵否定的人群,不再
对阿贵具有影响力;王曼英身边的非革命人物,不是革命的叛
徒,就是企图玩弄女性的品行恶劣的男性,没有一个品行端正
的非革命男性,这些人物也不可能以非革命的思想观念对王曼
英产生影响;丽莎身边的白俄(包括她的丈夫)都是一些失去
了精神支柱的流浪贵族,他们恢复帝俄、回归帝俄的雄心壮志
早已被生活的重负所压垮,没有任何一个白俄能够指导丽莎寻
找到幸福的生活。同时,蒋光慈的准英雄们都是一些失去家园
的人物,是流浪在外、漂泊无依的人物。"有些人说,革命者一
定要脱离家庭,可是我,在实际上虽然脱离家庭已经快要有十
年了,并不觉得我的家庭讨厌。"① 蒋光慈虽然有不同的想法,
但他本人能够参加革命正是脱离家庭的原因造成的。对江霞、
陈季侠,蒋光慈没有提及他们的家庭;对王阿贵、王曼英,蒋
光慈虽然提及了他们的家庭,但他们都是离家出走、脱离家庭
束缚的人物;对丽莎,蒋光慈始终给她保留了一个完整的小家
庭,但是丽莎丈夫整天无所事事,精神早已崩溃,家庭对丽莎
已没有任何留恋的价值。可见,蒋光慈在文本中把准英雄们的
生活空间真空化了。毕竟,在正常的日常生活中,准英雄们不
可能不与生活观念完全相同的非革命人物接触,不可能每个人
都摆脱掉家庭的束缚,因此,也不可能完全拒绝非革命人物的
影响。蒋光慈为他的准英雄们创造了一个革命化的小环境,准

---

① 蒋光慈:《异邦与故国》,《蒋光慈文集》第 2 卷,上海文艺出版社 1983 年
版,第 446 页。

英雄们的转变是在脱离日常生活环境的情况下发生的转变。准英雄们的观念转变被简单化了，失去了丰富多彩的可能。

第四节 孤独的文学探索之路

一 文学探索之路

蒋光慈的文学创作生涯相当短暂，仅仅十多年时间。蒋光慈的文学成就并不高，但并不意味着他就是一个非常平庸的作家。作为左翼文学初创期最重要的作家，蒋光慈奋力探索，在无产阶级文学创作领域做出了巨大贡献，并以其创作实绩与其他革命文学作家一起，共同使无产阶级文学在现代文坛取得了生存权，为后世的无产阶级文学作家提供了宝贵的创作经验和教训。

"读蒋光慈的作品应有历史的眼光，还要有发展的眼光。"[①] 蒋光慈最值得重视的就是他在文学创作方面的探索性。仅以文学体裁论，蒋光慈是以诗歌创作步入文坛的。"《新梦》集（1925 年出版）开创了无产阶级革命诗歌。无产阶级诗歌把'五四'新诗'平民化'的趋向发展到极端，纳入了无产阶级的轨道。"[②] 蒋光慈是无产阶级诗学的重要奠基者。但是，他并没有把自己的文学创作局限在诗歌创作领域。从 1925 年创作《少年飘泊者》起，他的创作重心逐渐转移到了小说创作。他的诗歌创作在左翼作家、读者中虽然占有一定地位，但在当时的文坛并不具备太大的影响力，朱自清编选的《中国新文学大

---

① 钱理群、温儒敏、吴福辉：《中国现代文学三十年》，北京大学出版社 1998 年版，第 296 页。

② 同上书，第 140 页。

系·诗集》中就没有选入蒋光慈的任何一首诗歌。但由于《少年飘泊者》的成功，蒋光慈的小说创作才能却得到了郁达夫、周作人一定程度的认可。郁达夫对蒋光慈的评价众所周知，周作人对蒋光慈的小说创作也有一个较好的评价。"我近来因为要执行白木先生（即鲁迅先生的令弟周作人先生）对我的劝告，所以什么论文都没有做，只满脑子想一些如何创作的事情。承白木先生不弃，说我还可以做小说，应好好做将下去，不愁无成就之日。……那我小子虽不才，又何敢白木先生的这一番褒奖？近来计划了许多部长篇小说，虽然不知何年何月才能写将出来，但这在表面上来看，的确与白木先生的期望相符合。也许我近来专门想做小说，而无心思去写些什么论文，还有别的根本的原因，但我现在很愿意说，这原因是由于要执行白木先生的劝告。"① 从蒋光慈这一段略带讽刺的争论文字中，可以看到，周作人认为蒋光慈在小说创作方面可以做出成就，但在其他方面（如诗歌创作、理论文章创作）不会取得太大成就。蒋光慈虽然并不痛快，但也明确表明了自己的态度，接受了周作人的建议，把自己的几乎全部的精力投入了小说创作：蒋光慈在太阳社时期，虽然还有诗歌创作，但仅是偶尔为之；虽然在太阳社初期有几篇理论文章，但从 1928 年后半年开始，蒋光慈已经基本上放弃了理论文章的写作。

在小说创作方面，蒋光慈积极探索，在无产阶级文学创作方面提供了一些可资借鉴的内容。在太阳社成立之前，他的《少年飘泊者》既是一部典型的成长小说，还是一部典型的流浪汉小说，这对革命文学时期大量的流亡小说的出现是具有先导作用的。他的《鸭绿江上》中的短篇小说在爱国主义主题、国

---

① 光慈：《鲁迅先生》（见富根、刘洪编《恩怨录·鲁迅和他的论敌文选》，今日中国出版社 1996 年版，第 473 页）。

外生活题材等方面均对革命文学具有示范意义。他的《短裤党》在描写革命群像方面、记述重大革命事件方面都做出了有益的尝试。

太阳社时期，蒋光慈在小说创作方面表现出了更加突出的尝试精神。他的革命文学创作至少在恋爱题材、创作题材多样化、人物塑造、创作手法、纠正初期革命文学弊病方面都有自己的探索。

在恋爱题材方面，研究者们都倾向于认为蒋光慈是"革命加恋爱"小说创作的始作俑者。事实上，以"革命加恋爱"这个概念来认识蒋光慈的创作并不十分准确，换作"恋爱革命化"也许比较合适。蒋光慈以其创作使革命话语向日常生活话语进军，为革命文学开掘了一片新的天地，使作家、读者认识到革命文学不仅是对革命斗争生活的描写，而且可以是对革命化的日常生活的描写，拓宽了革命文学的创作领域。在蒋光慈的影响下，其他革命文学作家热衷于在"恋爱"与"革命"制造矛盾、化解矛盾，创作了一大批"革命加恋爱"的文学作品。但这不应该由蒋光慈负责。蒋光慈从不认为自己的创作是"革命加恋爱"的创作。"他们俩（指宪章、森堡——引者注）告诉了我一件新闻：最近中国某作家写信给他的东京友人说，'你若要出名，则必须描写恋爱加革命的线索。如此则销路广，销路广则出名矣。……'我的天哪，这简直是什么话！这是一个作家所能说得出口的话吗？这是著作呢，还是投机呢？这是在干文学呢，还是在做野鸡呢？然而野鸡式的文学家在中国是可以出名的！"[1] 当然没有人认真地对待蒋光慈的这句话，大家都以书商的眼光来看待他的创作，并不理会蒋光慈的创作本意。但

---

[1]　蒋光慈：《异邦与故国》，《蒋光慈文集》第 2 卷，上海文艺出版社 1983 年版，第 456 页。

是不管人们如何理解蒋光慈关于恋爱题材的创作，他毕竟是把日常生活与革命生活联系起来，在日常生活中发掘革命意义的最早的作家。

在创作题材多样化方面，蒋光慈也做出了一定的努力。太阳社时期的五部主要作品中，《野祭》、《菊芬》属于恋爱题材，《最后的微笑》则属于描写工人反抗生活的题材，《冲出云围的月亮》属于描写大革命失败后掉队的革命党人生活的题材，《丽莎的哀怨》则是描写上海的白俄贵族生活的题材。蒋光慈曾批评初期革命文学创作有"抱着柱子固定的转"的毛病，推崇从侧面进行描写的方法①。他在创作上的求新应该与这种思想有关。

在人物塑造方面，蒋光慈继《短裤党》中创作群像人物之后，在其后的作品中塑造了一些供学习的英雄形象，学习英雄的准英雄形象。这两类形象在以后的无产阶级文学中将长期存在，为无产阶级文学创作提供了书写规范。

在创作手法上，蒋光慈最为研究者称道的就是他在革命文学创作中，采用心理描写手法。如对王曼英的心理描写、对丽莎的心理描写，都具有一定的价值，是革命文学中不可多得的较成功之作。在心理描写中，他还向陀斯妥耶夫斯基学习，对变态时段的人物心理给予描写。如，《最后的微笑》中王阿贵在复仇之前，预见到自己不能再保护妹妹，为了避免妹妹遭受不可预见的不幸，狂躁发怒中要杀害妹妹的心理活动。虽然缺乏真实感，但蒋光慈积极探索的精神是相当可贵的。

在纠正初期革命文学创作的弊病方面，蒋光慈也做出了一些可贵的努力。王任叔曾针对他的《短裤党》指出他的创作存在着这样一些问题：（一）没有特别侧重的人物。（二）缺少个性的描

---

① 蒋光慈：《编后》，《新流月报》第 1 期，1929 年 3 月 1 日。

写。（三）缺乏横断面的描写。（四）结构的散漫。（五）议论与插入的小故事太多。① 王任叔的观点虽然遭到了钱杏邨的批驳，但蒋光慈本人在具体的文学创作中，还是吸收了王任叔的部分观点的。比如，蒋光慈在《短裤党》之后，便没有再创作过群像人物的作品，作品中的人物逐渐由"扁平人物"走向"圆形人物"，作品的结构也比《短裤党》严整一些。

尤其是在被左翼文学界批评为"革命的浪漫蒂克"后，他在太阳社解散以后创作了《咆哮了的土地》，思想与艺术水平都有一定的提高，"对于蒋光慈自己来说，也是一个不小的突破，是革命现实主义对'革命浪漫蒂克'的一次攻克"②。

二　孤独的文学之路

蒋光慈虽然是一个在文学创作方面具有探索精神的作家，但他却是一个孤独的前行者。

作为一个为信仰服务的作家，蒋光慈基本上得不到政治家的支持。他所处的时期，中共中央还没有把文艺事业作为一项重要工作来做，中共中央连专门的领导文艺事业的机构也没有，他的创作纯粹是出于信仰而进行的创作。因此，在政治上，他是一个孤独者。

作为革命文学作家，他也是一个孤独者。

蒋光慈首先是受到了来自非左翼作家和评论家的批评。这些批评主要是否认蒋光慈等人的革命文学观点，认为为政治服务的文字不是文学，只是宣传品。郁达夫、侍桁、1928 年的鲁迅等都持有这样的观点。对来自他们的批评，蒋光慈等人是不

---

① 王任叔：《评〈短裤党〉》，原载《生路》月刊第 1 卷第 1 期，1928 年 1 月（见方铭编《蒋光慈研究资料》，宁夏人民出版社 1983 年版，第 315—316 页）。

② 钱理群、温儒敏、吴福辉：《中国现代文学三十年》，北京大学出版社 1998 年版，第 297 页。

太理会的，因为这些作家、理论家都是被革命文学作家视为旧
作家、旧理论批评家的范围的。

其次，蒋光慈还受到了来自左翼作家的批评。1930年以前
的王任叔、茅盾都对蒋光慈进行过批评。他们承认革命文学，
但从各个方面指出了蒋光慈创作中的具体问题。茅盾更是指出
其作品中存在的"标语口号文学"的不良倾向。他们的批评在
蒋光慈等人看来，是革命文学的艺术方法问题，蒋光慈等人在
这方面与他们是有争议的，但同时，也吸收了他们的一些观点，
在艺术追求上有所进步。

对蒋光慈最具杀伤力的是来自更加左倾的左翼作家的批评。
当蒋光慈的《丽莎的哀怨》、《冲出云围的月亮》出版后，得到
了冯宪章的高度评价。但华汉很快就发表了《读了冯宪章的批
评以后》的文章，对蒋光慈的这两部作品进行批判。"《丽莎的
哀怨》已经在客观上把光慈主观上的计划缴械了。光慈应该拿
出他自己无产阶级的精神来，承认他这部作品的严重的失败！"
"《冲出云围的月亮》的最大缺点，在我看来是：第一，光慈对
于曼英的浪漫行动（占全书十分之八的描写）太观照的去表现
了，一点儿也没有加以阶级的敌视的态度。""第二，光慈对于
幻灭后的小资产阶级的转变的分析，完全是革命的小资产阶级
的观点而不是无产阶级的观点。""有了这两大缺点，于是，《冲
出云围的月亮》便必然的要减少它的斗争性。"① 这是在要求文
学作品赤裸裸地为政治服务，取消了文学作品独立存在的价值，
忽略了作家在为政治服务的基础上，在艺术上所做出的可贵的
探索。但很不幸，这种思想正是20世纪30年代左翼文坛的主流
思想。他在左翼文坛也是孤独的。

---

① 华汉：《读了冯宪章的批评以后》，《拓荒者》第4、5期合刊，1930年
5月。

　　更为重要的是，在太阳社后期他在太阳社内部也失去了强有力的支持。在太阳社前期，钱杏邨是他的知音，从文学批评方面给予了他极大的支持。虽然在旁观者看来，钱杏邨的支持有些近乎于袒护，但从蒋光慈的角度来看，"时代精神"的概念还是比较能够解释他的创作的。但到太阳社后期，钱杏邨的思想发生了变化，《冲出云围的月亮》出版后，钱杏邨评论道："在蒋光慈的最近的几部创作中，斗争的气氛是非常的削弱了，而且也很少正面表现革命的地方。"① 对蒋光慈的批评已经没有了过去袒护的痕迹，蒋光慈在太阳社内部也逐渐处于孤立。

　　从创作交流的角度来看，太阳社内小说作家虽然很多，但蒋光慈无疑是其中创作成就最高的。因此，他被社内初学创作的作家奉为革命文学大家。他们之间难以形成互相学习的交流环境。蒋光慈在日本养病期间，曾经召集太阳社东京支部的成员讨论《丽莎的哀怨》，但结果并不能令他满意："我希望他们多多地指出缺点来，可是他们将好处说得多多，而关于缺点一方面几等于没说。"他在社内有了高处不胜寒的感觉。而从社外来说，创作才能超过蒋光慈的无产阶级作家也就只有茅盾等寥寥几人，但茅盾的创作在蒋光慈看来，只是意志消沉的代名词，两人虽相识但却难以相知。无法交流是他走向孤独的一个原因。

　　鲁迅曾说自己创作《狂人日记》，"大约所仰仗的全在先前看过的百来篇外国作品和一点医学上的知识，此外的准备，一点也没有。"② 蒋光慈也是如此，他虽然在革命文学理论方面发表过一些文章，但他并不是特别喜欢阅读与写作文学理论方面的文章，他的文学素养大致也是从对苏联文学的学习中得来的。

---

　　① 钱杏邨:《创作月评》（1930 年 1 月份），《拓荒者》第 1 卷第 2 期，1930 年 2 月。

　　② 鲁迅:《我怎么做起小说来》，《南腔北调集》，《鲁迅杂文全集》，河南人民出版社 1994 年版，第 481 页。

但很可惜的是，决定他的创作方向的作家如李别进斯基①等人，绝对不能称得上成熟的作家。而当他向陀斯妥耶夫斯基学习心理描写，向法捷耶夫学习描写革命斗争时，他能够创作出一些较成功的作品。他囿于自己的信仰，没有能够向最优秀的作家学习，错误地把鲁迅、茅盾等作家视为思想落后的作家，是造成他孤独的又一个原因。

蒋光慈注定是一个孤独的文学探索者。

---

①　李别进斯基（1898—1959），苏联作家，著有《一周间》等。有多个译名，如：里别丁斯基、李别金斯基、里别进斯基、李别进斯基等。本书未统一使用。

第五章　认识一实践文学批评规范的初步成型：钱杏邨的文学批评

　　钱杏邨是太阳社的文学批评家，也是革命文学时代最重要的文学批评家。他受蒋光慈文学理论的影响，开始从事文学批评工作。1926年12月，在上海《文学周报》上发表文章介绍蒋光慈的《鸭绿江上》，这应该是他的第一篇关于革命文学的批评文章。从此，钱杏邨开始了他的无产阶级文学批评的工作。创造社李初梨等人的批评文章基本上都是理论批评，与他们相比，钱杏邨的批评文章更多的是从事作品分析的创作评论，他因此被视为革命文学界最重要的批评家。直到1932年，钱杏邨已经退出评论界后，胡秋原仍然把他作为对象进行批判。1932年以后，钱杏邨做出了他文学人生的重大转折，一个是转向晚清文学资料的收集和整理，另一个是转向话剧文学和电影文学的创作，结束了他的无产阶级文学批评家的时代。钱杏邨的文学批评经历大部分是在太阳社时期，只有一小部分是在太阳社解散以后，为了完整起见，对他的文学批评活动的扫描，包含他1927—1932年全部六年时间的文学批评活动的观察。

　　钱杏邨的文学批评是对太阳社文学理论的实践。在他的文学批评实践中，他从意识形态需要出发，以思想内容和艺术方法两分法的方法分析作家作品，创制了新的文学批评规范：在对文学创作的评价中，思想内容进步与否是第一标准；艺术方法是文学作品艺术性的体现，作家在重视思想内容的基础上，必须提高文学创作的艺术水准；并建立了自己的文学批评方法，即文学批评应该是理智的文学批评、有理论指导的文学批评、区分文学作品当代价值与文学史价值的文学批评。他的文学批评实践不仅在文学革命论争时期产生了很大影响，而且是认识—实践文学批评书写规范的奠基之作，他的文学批评实践使这些规范初步成型。

第一节　同一规范中的观点调整

钱杏邨的文学批评活动历时六年时间，前后有许多细小的不同，但人们只把目光对准了钱杏邨在历史上发表的几篇产生重要影响的文章，如批评鲁迅、茅盾的那几篇文章。其实钱杏邨是一个相当高产的文学批评家。他的批评范围，不仅包括鲁迅、茅盾这样的大作家，也不仅包括蒋光慈这样的风云人物和同社团的人物，还有当时文坛的几乎所有重要作家，以及外国文学家。从这一方面来看，以往的研究存在三个问题：第一，以偏概全，以他的几篇文章代表了他的所有的文章，误以为他的所有的文章都是一个模样。第二，缺乏变化观念，认为他的思想在所有的时段都是一样的。第三，只注意到他的几篇引起轰动的文章，而对他的没有产生轰动效应的文章则视而不见。

钱杏邨对自己的文学批评实践曾经有过一个极具启示意义的评价。在《茅盾与现实》一文中，钱杏邨说："我的考察是分为四个部分的，一是他的《幻灭》的考察，二是他的《动摇》的考察，这一部分自己认为是最不满意的，我没有站在新兴阶级文学的立场上去考察，差不多把精神完全注在创作与时代的

关系的一点上去了。"① 这是钱杏邨对自己的文学批评前后变化
的一个总结。钱杏邨的这段话启示人们：钱杏邨对自己的文学
批评实践中所使用的具体理论观点，始终是警醒的，始终在衡
量自己的"理论观点是否正确"，因此，他的理论观点在随着时
势的变化而变化，他对自己的批评结论并非始终肯定，至少没
有他在文章中所表现的那种坚决的态度。钱杏邨在文学批评实
践中，不断变化着自己的具体理论观点，从最初的"文学的时
代精神"到"文学的阶级意识"再到后期的"文学意识"，其
变化令人眼花缭乱，但无论如何变化，其实都是围绕相同的书
写规范：思想内容第一的标准。

一　文学的时代精神

把创作与时代联系起来，关注文学作品的时代精神，以
"文学的时代精神"来评论作家作品是钱杏邨文学批评实践中最
早的理论观点。这是钱杏邨在 1929 年之前的一个突出的特色。
这样的评论后来被他自己否定，认为是"没有站在新兴阶级的
立场上去考察"的批评论文。

钱杏邨运用文学与时代的关系进行文学批评并不始于对茅
盾的批评，而是始于 1927 年初对蒋光慈诗集《哀中国》的批
评②。《太阳月刊》创刊后，钱杏邨发表了多篇文章，评论当时

---

① 钱杏邨：《茅盾与现实》，（见孙中田、查国华编《茅盾研究资料》，中国社
会科学出版社 1983 年版，第 101 页）。这一篇《茅盾与现实》是钱杏邨关于茅盾的
《幻灭》、《动摇》、《追求》与《野蔷薇》的四篇批评文章的合刊，在四篇文章之前
钱杏邨另写了《序引》，收入《烟云集》。钱杏邨此前有一篇题目相同的《茅盾与现
实》，专评《野蔷薇》，发表在《新流月报》第 4 期。《烟云集》中的《茅盾与现
实》对原来的四篇文章有删改。

② 钱杏邨从 1927 年 7 月 1 日开始，在汉口《民国日报》《副刊》57 号、58
号、59 号上连载对《哀中国》的评论。他认为蒋光慈的诗歌是对殖民地现实的描
写，是对左翼青年革命情绪的描写。

的革命文学作家的作品，这其中有蒋光慈、茅盾这样的知名作家的创作的评论，也有对孙梦雷这样的青年作家的创作的评论。

以"文学的时代精神"评价当时的文学作品，钱杏邨推出了蒋光慈与茅盾作为最能体现"文学的时代精神"的作家，并开掘了蒋光慈的《野祭》、《短裤党》及茅盾的《幻灭》、《动摇》所体现的时代精神。

钱杏邨从表现了"青年文艺作家在这个狂风暴雨时代的苦闷"这个角度分析《野祭》，提出了文学工作是与革命实际工作同样重要的独立的革命事业的观点。他认为，青年文艺家的苦闷就是"没有落伍的作家总想一面仍然从事革命工作，一面去做一般人所谓的实际革命工作，而事实上又无法兼顾的一个问题"。并明确地把这一问题与时代相联系，"这个问题实在是大革命时代的一个很值得注意的问题，具有这样苦闷的青年大约各处都有"。既然是时代提出的问题，钱杏邨在文章中便用较多的篇幅来论述文学工作是与革命实际工作同样重要的独立的革命事业。认为："文学工作也是实际工作的一种，在我们看来，是没有什么轩轾的。若果根据文学对于社会的使命一方面来说，它是可以改变一般青年的思想和意志的，那么对于事业的影响和实际工作是没有分野的。"① 于此，钱杏邨不仅肯定了蒋光慈的作品是有益于革命的时代文学，而且与蒋光慈一起提出了革命阵营内部革命文学事业的独立性和存在权的问题。这一问题的提出是具有重要意义的，它说明在革命队伍内部，对于革命文学事业独立性和存在权的考量是有自己的原由的，它与梁实秋等人对文学特性观点的来源并不相同，这可以作为研究三十年代以后无产阶级文学在政治性与艺术性之间徘徊的来源提供

---

① 钱杏邨：《野祭》（书评），《太阳月刊》2月号，1928年2月。钱杏邨的文学批评文章在文章题目上很少花费精力，多采用作品名字为文章题目。

一个依据。

　　钱杏邨还从时代精神的角度分析了《野祭》的爱情描写。他认为作品中章淑君的态度的转变，表明理想的爱情已经从过去的"肉的结合，经济的结合"转向"人格的合抱"、"思想的一致"。这是时代为青年男女提出的目标。同时，他还认为女主人公章淑君在失恋之后，把注意对象由个人的转为群众的，从而走上革命的道路，以此来打碎失恋的苦闷，这为小资产阶级青年提供了一条生活出路。钱杏邨因此认为："这部小说高出于其他恋爱小说的最重要点，就是作者没有忘却他的时代，同时主人公们也不是放在任何时代都适宜的人物。这是一部含有时代性的恋爱小说。"① 这种分析使爱情题材小说的时代精神价值得到了彰显。

　　在对蒋光慈的《短裤党》的评价中，钱杏邨还提出了革命时代的英雄形象是集体群像，而不是个人主义英雄的观点。关于蒋光慈的《短裤党》，钱杏邨曾撰文评论，但因多种缘故没有发表。在王任叔发表《评短裤党》之后，他在《太阳月刊》2月号上发表《关于〈评短裤党〉》的文章对王任叔的文章进行批评。王任叔认为《短裤党》中"没有特别侧重的人物"。"我们应该要有一个侧重的人物，如何在某一种事实里辗转生活着，如何在应付这某一种事实的袭来。"② 钱杏邨认为王任叔的观点是"英雄主义"的观点，他所希望的革命仍然是英雄主义的革命，"说不上什么为民众，为压迫阶级。我们现在所需要的革命，究竟是需要侧重一个人物的革命呢，抑是群众的革命呢？作者告诉我们的是两种都要，这真是作者特有的思想了"。钱杏

---

① 钱杏邨：《野祭》（书评），《太阳月刊》2月号，1928年2月。

② 王任叔：《评〈短裤党〉》（见方铭编《蒋光慈研究资料》，宁夏人民出版社1983年版，第315—316页）。

邨表明自己的观点："这个时代既然是被压迫阶级的革命时代，我们的主人翁当然是被压迫阶级的群众，像《短裤党》这样以群众为主体的小说，就是我们所祈求而难以得到的小说。""宋江的时代早已过去了，贾宝玉的时代也早已过去了，英雄主义的人物的时代也早已过去了，可怜我们的批评家一面想追逐时代，一面还在做着英雄主义的梦。"① 钱杏邨把英雄主义视为个人主义的东西加以排斥，而推崇《短裤党》里所刻画的群体形象。这是无产阶级艺术重视群体形象的表现。

在对茅盾作品的评价中，钱杏邨指出《幻灭》中小资产阶级的幻灭、游移的心理是对大革命时代的"时代病"的描写，并给予了极高的评价。在文章开始，钱杏邨承认有很多的作家"在创作中把整个的时代色彩表现了出来。这些制作，在技巧方面，当然是不会怎样的完善。"这是革命文学文坛的现实，也是批评家不应苛求的。他还以新文艺创立十年来并没有产生可以与西方名著相颉颃的创作这一事实来证明：革命文学的幼稚是必然要经过的阶段，但"光明的前途定会从这些幼弱的创作上慢慢的发育完成，对于这样的幼稚，我们是具有无限的欢欣"。这样的开题，对习惯阅读古文的读者来说是非常熟悉的一种方式：这是"先抑后扬"的写作手法，他在贬低新文艺产生十年来的成就的同时，将会在随后的篇幅中，给读者提供一篇既具有时代色彩、又具有相当程度的技巧的革命文学作品，提供一篇能够从幼弱的创作上慢慢地发育完成的、代表着光明前途的创作。果然，钱杏邨在对社会现实进行描述时，说："两年来我们就看到一些很有趣味的心理现象，其中最重要的要算小资产阶级青年心理的变迁。在这一次革命的浪潮里，因着政治上的几次分化，小资产阶级把自己阶级的最明显可笑的特性统统的

---

① 钱杏邨：《关于评〈短裤党〉》，《太阳月刊》2 月号，1928 年 2 月。

表现出来了，重要的要算他们游移不定的心情和对革命的幻灭两点。"① 钱杏邨承认这种现象在社会上相当普遍，认为"是时代病的描写的主要材料"②。"现在就有许多作家把这种种的心理表现出来了，其中，最重要的一部，要算茅盾作的《幻灭》。"③ 在对小说进行详细的分析后，钱杏邨得出结论："《幻灭》是一部描写在大革命时代及革命以前的小资产阶级女子的游移不定的心情，及对于革命的幻灭，同时又描写青年的恋爱狂的一部有时代色彩的小说。全书把整个的小资产阶级的病态心理写得淋漓尽致，而且叙述得很细致；结构得力于俄罗斯的文学，已有了相当的成绩；……若果作者能把后半部的材料充实起来，把全部稍稍改动一回，那是一部很健全的能以代表时代的创作！"④ 从思想到技巧对茅盾的这一创作给予了高度评价。事实上，从钱杏邨对《幻灭》的评价来看，不仅与同期发表的对鲁迅的评价形成对照，也远高于对蒋光慈的创作的评价。

对茅盾刻画出大革命时代机会主义者形象的《动摇》，钱杏邨也表现出作为评论家的敏感。钱杏邨首先表明了自己推崇的态度。"《动摇》写的比《幻灭》进步。就革命文艺创作坛已有的成绩看来，这是一部很能代表很重要的创制。不仅作者笔下的革命人物很生动，一九二七年的社会和政治的情状，也有了很鲜明的轮廓。"钱杏邨不仅明确表明茅盾是属于"革命文艺创作坛"的作家，评价也相当高。钱杏邨虽然在文中指出了《动摇》的许多不足，但那都是出于作者的"批评家"的原则来进行的一种正当的批评。如作者一方面承认"全书当然是以解剖机会主义者的心理和动态见长"；另一方面，从批评家的角度出

---

① 钱杏邨：《幻灭》（书评），《太阳月刊》3 月号，1928 年 3 月。
② 同上书。这句话在收入《烟云集》中的《茅盾与现实》时被删节了。
③ 同上书。最后一句在《烟云集》中被删节了。
④ 同上书。最后一句在《烟云集》中同样被删节了。

发，还认为"描写革命的人物，尤其是机会主义者，仍不免失之于模糊"①。并对胡国光、方罗兰等人进行了考察，认为茅盾没有把在两湖地区他所看到的机会主义代表的行动的十分之一表现出来，因此作品还不是一部成功的创作。总的来看，钱杏邨对《动摇》虽有所否定，但那都是细节性的，从整体上，他从文学与时代的关系上肯定了这部创作的价值。

与肯定蒋光慈、茅盾的创作形成对照的，他用同一种理论否定了孙梦雷、鲁迅的创作。

在评论孙梦雷小说《英兰的一生》的文章中，钱杏邨承认《英兰的一生》并非一部与社会完全无关的无病呻吟之作，而是一部具有文学的社会使命的作品。虽然如此，他仍然认为这意义是浅薄的、落后于时代的，只是十年、二十年前社会上流行的个人主义思想。钱杏邨首先表明了作者进行文学批评所依据的理论观点：从创作与时代的关系这一角度来批评作家的作品。"其实，要说创作没有时代的背景，就是稍稍涉猎文学的人，恐怕也未必能说这种论调没有错误，伟大的创作是没有一部离开了它的时代的。不但不离开时代，有时还要超越时代，创造时代，永远的站在时代前面。"在这一理论指导下，钱杏邨对小说的社会意义进行了审视。他认为，作品中表现出的要求只是解放女性的思想，钱杏邨明确指出："我们应该看看环境，看看现在世界的实际，我们觉得现代世界所需要的不是这样狭义的解放，而是整个人类的解放！"他把女性解放与人类的解放置于相对立的位置，认为人类解放才是时代最尖端的命题，而所有的工作都应该为实现此一目的让路，或者说，他赋予了人类解放以更大的价值，片面地认为人类解放的实现将直接地、彻底地实现女性解放的吁求，没有人类的解放，女性解放不可能单独

---

① 　钱杏邨：《动摇》（书评），《太阳月刊》停刊号，1928 年 7 月。

实现。"作者如果走到世界的面前看看，她的一生还不能代表人生的不幸呢！劳苦的工农，在泪里，在血里生活的工农，被压迫到无以为生的劳动者，比英兰的一生的痛苦超过十百倍的，不知道有多少万万呢！……我觉得作者未免太短视了，似乎也不曾听得被压迫者在死神的生活下的挣扎的喊声。"他指出在作品描写的 1926 年，是在五卅大惨案之后，"中国民族有了一种极大的转变，就是民众的革命精神，尤其是工农阶级的反抗的伟大的革命精神，表现得一天比一天强烈，……中国工农的力量是早已充分表现出来了，中国民族不单是为自己命运的不幸唱悲歌，哀喊，而能够进一步的站起来找出路了！"因此，表现"中国民族性的大改变"才是时代精神的体现，而那些个人痛苦的事件，"一个女子的叫喊，充其量是避开压迫，并没有写出被压迫者的反抗"①，并不能体现出时代的变化，因此，作者没有表现出时代精神。在思想方面作者是失败了，是在时代的面前落伍了。可以说，这篇并不引人注目的文章，与《死去了的阿Q时代》、《死去了的鲁迅》表达的批评思想是一致的，它之所以没有受到重视，大概是因为孙梦雷是一个无名的作家吧。

对于鲁迅及其创作，钱杏邨在《死去了的阿Q时代》、《死去了的鲁迅》、《"朦胧"以后》中，认为鲁迅是时代的落伍者，他的创作只是反映了死去了的时代的创作，远没有反映出大革命时代的工人农民变化了的精神面貌。他的这三篇文章，抛开其中的讥讽、刺激的语言来看，是符合他对当时时代精神的认识，符合他对文学与时代关系的理论的。（因此，鲁迅与他们的论争里，除了态度之外，就是在指出他们对时代的认识的片面性、超前性。）之所以如此激烈，既有对鲁迅的态度表示不满，也有对鲁迅支持者强烈不满。在 1928 年，维护审美文学地位

① 钱杏邨：《英兰的一生》（书评），《太阳月刊》1月号，1928年1月。

的，不仅有鲁迅，还有甘人、王任叔等许多人。钱杏邨《关于〈评短裤党〉》中的第一句话是："说到十年来的中国创作，而至于举鲁迅的《阿Q正传》做代表，这已经是骇人听闻的事；真想不到在目前的批评文坛上也有同样的怪现象。"① 其中既流露出对鲁迅仍然占据文坛的主流地位的不满，也表现出强烈的占据文坛主流地位的愿望。这应该是钱杏邨等人（当然也应该提到创造社成员）在批评鲁迅过程中采取极端态度的一个原因吧。

二　文学的阶级意识

1928年底，钱杏邨开始放弃使用"时代精神"观点评论文学作品，转而使用"文学的阶级意识"对文学作品进行考察。当然，发生变化的仅仅是理论观点的变化，钱杏邨仍然坚持着思想内容第一的评价标准。

钱杏邨发生理论观点的变化是接受了后期创造社"阶级意识"理论影响的结果。创造社成员曾经发表一系列的文章，阐明他们的"阶级意识"观点。这些评论在一定程度上促使钱杏邨在理论主张上发生了变化。

钱杏邨放弃"文学的时代精神"观点，转而使用"阶级意识"观点评论作家的创作，应该是始于对茅盾的《追求》的批判。但在对《追求》的批判中，钱杏邨对这种方法还相当陌生。钱杏邨的这篇批评文章是以书信的形式出现的，这在钱杏邨的批评文章中比较特殊。他在信件的开头说："茅盾的《追求》的批评，三天前我就动笔了，但是直到昨天晚上，经过两回的刍稿而始终不能惬意，所以，我决定暂且扔下，改作这一封书信给你把我读《追求》一书时的得到的印象，简单的说明一回。"

---

① 钱杏邨：《关于〈评短裤党〉》，《大阳月刊》2月号，1928年2月。

出现这一状况，在钱杏邨那里是十分例外的事情。原因只有一
个，他此时的思想处于一个复杂的境地。他的思想难以马上从
"文学的时代精神"转变到"文学的阶级意识"上来。毕竟，
在对《幻灭》、《动摇》进行评价时，小资产阶级的幻灭、动摇
的心理还被钱杏邨认为是体现了时代普遍存在的青年的心理现
象。而《追求》这部小说，钱杏邨认为，全书所表现的思想，
一切都是病态，一切都是不健全，"仍旧不外乎悲哀与动摇"。
《追求》虽然与前两部小说的取材没有太大的差距。但是，钱杏
邨却得出了这样的结论："这部创作的立场不是无产阶级的。文
学不仅要表现生活，也还有创造生活的意义存在，表现生活以
外，也得有 propaganda 的作用。"① 在文学与时代关系之上，又
添加了"创作的阶级立场"；在文学表现生活之上，又添加了
"创造生活的意义"及"propaganda 的作用"。这在钱杏邨之前
的文学批评中是没有出现过的内容，是钱杏邨文学批评指导思
想的发生变化的标志。

　　随着文学批评的指导思想的变化，钱杏邨对《追求》的政
治立场采取了否定的态度："站在我们自己的立场上，《追求》
不是革命的创作。全书的 climax 也弱于《幻灭》、《动摇》。"不
过，钱杏邨还能保持自己的艺术感觉，因此，对《追求》的心
理描写给予了较高的评价："然而，在描写的一个方面，较之
《动摇》却有很大的进展，心理分析的工夫也比《动摇》下得
更深。他很精细的如医生诊断脉案解剖尸体般的解析青年的心
理，尤其是两性的恋爱心理，作者表现的极其深刻。"在对《幻
灭》、《动摇》进行批评时，钱杏邨往往用大量的篇幅来分析作

---

　　① 钱杏邨：《茅盾与现实·追求》（见孙中田、查国华编《茅盾研究资料》，
中国社会科学出版社 1983 年版，第 116 页）。《追求》写于 1928 年 10 月，但当时并
未发表。后收入 1937 年由良友图书公司出版的《烟云集》。

品的心理描写，并为之赞叹不止；但在批评《追求》时，对作品的心理描写常常一笔带过，而很快地转向对人物的思想根源的探讨。如对张曼青，"作者把他的心理解剖得极清晰。然而，在我所感到的关于张曼青的描写的好处，不是对曼青的心理演变的叙述，而是演成这种心理的背景与环境的分析。"并特意地强调了阶级的原因："他是一个小资产阶级的知识分子，'没有向善的勇气，没有堕落的胆量'，处在时代的急流之中，当然只有悲哀幻灭的可能。"在悲哀幻灭的情绪与小资产阶级知识分子的阶级特性之间建立了必然联系。但在对章秋柳恋爱心理的描写技巧上，钱杏邨还是认可的。可以说，对思想内容的否定与对描写技巧的肯定造成了钱杏邨的不知所措，表面上的客观态度并不是他所想做的，他处在一个夹缝之中，他只能说："不过作者从客观方面所表现出的思想，是悲观的，是幻灭的，这一点却需要改正，然而，这是寄希望于作者以后的著作。一个革命的作家，他不能把握得革命的内在的精神，虽然作品上抹着极浓厚的时代色彩，虽然尽了'描写'的能事，可是，这种作品我们是不需要的，是不革命的，无论他的自信为何如。"① 钱杏邨虽然还在称呼茅盾为"革命的作家"，还在说明作品"抹着极浓厚的时代色彩"，但是已经明确提出"我们不需要"这种作品。这篇文章只是否定了作品中的人物，指出茅盾的创作没有完成自己作为革命文学作家的职责，但还没有对作家及其作品进行全面的否定。

　　钱杏邨对茅盾的态度发生根本的变化则始于 1929 年 4 月。这次变化受创造社的影响更加清楚，对"阶级意识"的使用更加熟练。在茅盾发表《从牯岭到东京》以后，1928 年 12 月，创

---

　　① 钱杏邨：《茅盾与现实·追求》（见孙中田、查国华编《茅盾研究资料》，中国社会科学出版社 1983 年版，第 121 页）。

造社的克兴在《创造月刊》上发表了《小资产阶级文艺理论之谬误——评茅盾君底〈从牯岭到东京〉》，用"阶级意识"观点对茅盾展开了猛烈的攻势。克兴直接把茅盾的创作及理论划入了"小资产阶级革命文学"的范畴。《创造月刊》编辑委员会在文章的末尾还附言肯定了克兴的论点："克兴这篇文章，在一般论上，我们认为正确。然而茅盾的文章，同时提出了许多现实的具体的问题，这些问题，我们不应该抹杀它，而应该正当地去解决它。关于这一点，编辑委员会认为克兴的文章，还有充分讨论的必要。"① 紧接着，1929 年 1 月《创造月刊》又发表了李初梨的《对于所谓"小资产阶级革命文学"底抬头，普罗列搭利亚文学应该怎样防卫自己？》，对茅盾的观点进行讨论，但"小资产阶级革命文学"已经成为对茅盾的定性。

在《幻灭动摇的时代推动论》里，钱杏邨的批评态度虽然比较缓和，但结论已经发生了巨变。针对茅盾在《从牯岭到东京》中把"革命文学"称呼为"标语口号文学"，他首先指出这种看法是资产阶级作家对普罗宣传文学的恶意的攻击。随后钱杏邨提示到，茅盾在 1927 年评论顾仲起的《红光》的时候还对革命文学中的"标语口号"持支持态度，但现在却出尔反尔，开始攻击革命文学，因此，茅盾的立场已经"从普罗文艺立场退到小资产阶级的立场"。在文章的最后，钱杏邨更是引用克兴的《小资产阶级文艺理论之谬误》的话语作为结束语，强调"茅盾先生也许是要革命的，那么请你先要完全弃掉你自己的阶级利益，努力获得普罗的意识罢。"② 认为茅盾的创作及其观点是错误的，错误的原因在于茅盾没有"获得普罗的意识"。这

---

① 《小资产阶级文艺理论之谬误·附言》，《创造月刊》第 2 卷第 5 期，1928 年 12 月。

② 钱杏邨：《幻灭动摇的时代推动论》，《海风周报》14、15 期合刊，1929 年 4 月。

样，阶级意识的有无成为评价作家作品的首要标准，在这一标准面前，茅盾不再是无产阶级作家，而成为小资产阶级作家。

沿着批评《从牯岭到东京》的道路，钱杏邨继续用"文学的阶级意识"观点批评茅盾的短篇集《野蔷薇》及序言《写在〈野蔷薇〉的前面》。钱杏邨通过对《野蔷薇》中的人物进行分析后认为，作品中的女性是现实生活中的人物，但她们的阶级立场，以及她们的意识形态，是与茅盾在《从牯岭到东京》里的理论完全适应的，她们大都是些小资产阶级的知识分子。"她们所代表的都是些丑恶的现实，只是些丑恶的现实的暴露而已。"她们不能和茅盾所称赞的北欧女神的"盛年，活泼，直视前途"的情况相适应。茅盾的创作仅仅是暴露黑暗，不能指示出她们的将来。而文艺家的使命应该是："我们是必然的要承认文艺的时代的使命以及阶级的使命，必然的要承认文艺所担负时代的任务；文艺作家站在他的阶级和时代的前面，是必然的要成为先锋主义者，尾巴主义者不是他的任务。"茅盾的创作不仅根本没有实现他的主张，而且也滑离了无产阶级文学的要求。对《野蔷薇》的技巧，钱杏邨不再像对《幻灭》、《动摇》那样进行分析，而是一笔带过："那完全是承继着他的三部曲的一贯的路线，细琢细磨的在笔尖上扭来扭去的做'纤微毕露'的照相的把戏；……一切都没有新的发现，新的改变。"[1] 对茅盾的创作技巧也给予了否定。

到 1930 年 1 月发表《中国新兴文学中的几个具体的问题》时，钱杏邨开始把主要的精力纠缠在茅盾对待革命文学的态度方面。这篇文章有相当多的内容取自《茅盾与现实——读了他的〈野蔷薇〉以后》。两篇文章相对比，《中国新兴文学中的几

---

[1]　钱杏邨：《茅盾与现实——读了他的〈野蔷薇〉以后》，《新流月报》第 4 期，1929 年 12 月。

个具体的问题》的态度变得更加严厉。茅盾在《从牯岭到东京》中视"革命文学"为"标语口号文学"的观点被钱杏邨视为是"恶意的嘲笑",茅盾对"革命文学"的幼稚的批评被认为是:"他并且很恶毒(我想,说卑劣也无妨碍吧)的以'十八套江湖口诀'一句话来辱骂了。"在文章第一部分的结束,钱杏邨说:"茅盾何以对中国的普罗列搭利亚文坛始终不能有相当的谅解呢? 在事实上,如果不是为形式的批评论者所诱惑,就是有意的在作恶毒的攻击,我想,在这两个原则里面,茅盾至少要占有其一吧。"态度似乎显得比较公正,但前面的论述已经表明了钱杏邨是宁愿相信茅盾是在对普罗文坛进行恶毒的攻击,而所谓"对具体问题的分析"就成为对茅盾观点的错误性的证明,绝对没有平等讨论的色彩了。茅盾在文学形式上的努力不是普罗列搭利亚写实主义,而是"无条件的而且很满足的依着旧的形式的规范做去",是"一个旧的形式下的被征服者"①。而且把自己曾经称赞过的《幻灭》、《动摇》的心理描写归结为旧写实主义的规范大加挞伐。

钱杏邨还运用阶级意识对文坛其他作家作品进行批评。1929 年初,他在《海风周报》上发表了一组对现代作家作品的批评文章。批评对象包括丁玲的《在黑暗中》、凌叔华的《花之寺》、陈衡哲的《小雨点》、徐志摩的多个作品集等。

对于丁玲的《在黑暗中》,钱杏邨说:"作者创作里的女主人公,便完全脱离不了一个'固定的伤感的型',对社会表示绝望,只生活在生的乏味与死的渴求的两种心理之间,甚至放上一个死亡的结束。"② 认为作者却不能指出社会何以黑暗,生活

---

① 钱杏邨:《中国新兴文学中的几个具体的问题》,《拓荒者》第 1 卷第 1 期,1930 年 1 月。

② 钱杏邨:《在黑暗中》(书评),《海风周报》第 1 期,1929 年 1 月。

何以乏味，不能说明生不如死的道理，不能从社会角度说明这些痼疾的起源。

对于凌叔华的《花之寺》，钱杏邨认为："她的特色是在描写资产阶级的太太们的生活和各种有趣味的心理。她的取材是出入于太太，小姐，官僚，以及女学生，以及老爷少爷之间，也兼写到不长进的堕落的青年。""她是站在进步的资产阶级的知识分子的立场上，在表现着资产阶级的女性，对她们表示不满。"①

对于陈衡哲的《小雨点》，钱杏邨认为陈衡哲的创作特色是"她能在作品中暗示积极的人生见解，以及创作关于问题的小说"。这是她比同时代女作家深刻的地方。但作者所表现的思想，"显然是代表五四运动初期的青年的思想的、对于人生的见解。虽然是向上的，虽然是奋斗的，究竟是不免朦胧的。""只是那个时代的思想，而不能象征旗帜显明，有理想，有主义，为全人类奋斗的今日的青年的集团思想。"②

《徐志摩先生的自画像》分析了徐志摩的许多自我刻画的散文，认为"代表中国的资产阶级的作家徐志摩先生"的散文是对中国资产阶级生活的表现，"他的意识，他的生活形态，是无往的不表现着他的资产阶级人物的根性"③。他生活在养尊处优的环境里，受个人主义哲学的影响，极力想获得个人的绝对自由，但又没有稳定的思想，只有飘浮的感情，只能沉醉于幻想的生活。他对于现实的不满，他的种种幻想，都只是属于个人的，与社会无关。

在对这四个作家作品的批评里，钱杏邨全部是由阶级意识

---

① 钱杏邨：《花之寺》（书评），《海风周报》第 2 期，1929 年 1 月。
② 钱杏邨：《小雨点》（书评），《海风周报》第 3 期，1929 年 1 月。
③ 钱杏邨：《徐志摩先生自画像》，《海风周报》第 6、7 期合刊，1929 年 2 月。

出发，对作家作品进行分析，而这四个作家并不是无产阶级文学作家（丁玲此时尚未成为左翼作家）。因此，这是钱杏邨运用"阶级意识"理论对非无产阶级作家作品进行的评价，开创了运用"阶级意识"进行跨阶级评论的先河，使"阶级意识"理论走出了批评革命文学的狭小圈子，开始对整个文坛发挥它的影响。这种跨阶级的文学评论，在批评具体作家作品时，当然只能得出否定的结论。新文学发展十多年的成绩遭到了阶级意识的无情排斥。

三　对创作艺术价值的推崇、压抑与欣赏

钱杏邨出生于 1900 年，在童年时期接受了严格的传统文学的教育①，因此，他的文学修养程度是相当高的。在 1927—1930 年间，他的文学批评文章呈现出由"时代精神决定论"到"阶级意识决定论"的变化，但这并不等于说，他的批评文章就等同于政治论文。在不同的阶段，他的审美意识呈现出不同的表现形态。在"文学的时代精神"阶段，他对文学创作的艺术价值非常推崇，在"文学的阶级意识"阶段，他对自己重视艺术价值的思想有意压抑，在远离文坛中心时期，他在自己的文章中，表现出对文学创作的艺术价值的欣赏。这些剧烈的变动，使钱杏邨在创制文学批评书写规范方面占有独特的地位。

在"文学的时代精神"阶段，钱杏邨深感革命文学的艺术水平相当幼稚，因此，在重视文学作品思想内容的同时，非常推崇那些在艺术方法方面较为突出的革命文学作品。他指出在《野祭》里"我感到的作者描写女性的好处，是以小资产阶级的眼光，写出淑君、玉弦、密司黄三个人的比较的美，在创作的

---

① 钱杏邨五岁开始识字，后入私塾，学习了《论语》、《诗经》、《左传》等典籍（见戴淑真《阿英的青少年时代》，《新文学史料》1987 年第 2 期）。

恋爱小说里实在没有看到这样的美的描写"。这很容易让读者想到古典小说中在描写人物时对比较方法的运用，如《水浒传》中对武松打虎、李逵打虎、解珍解宝兄弟打虎的描写。他认为茅盾的《动摇》对胡国光的投机诉求表现得非常优秀，钱杏邨说："这样的有趣的口语，差不多成了一个定型，从各方面都可以听到。"① 不仅没有否定作者对胡国光这样的人物进行描写，而且从作者对胡国光式口语的成功描写方面肯定作者的努力。

钱杏邨非常看重革命文学创作中的心理描写："（《野祭》）心理描写中最精神，最能看出转变的明显的痕迹来的，是季侠对于淑君的爱的心理的逐渐变化。对淑君毫无爱感的季侠，因淑君忠实的感动，人格事业的感动，郑玉弦倒戈的感动，是一度一度的慢慢的高涨起来，涨高到最高点，那一种迟缓的、轻倩的，逐渐的变动，如水的纡曲下流，直达大河的描写，真是心细如发。"② 虽说对蒋光慈的小说技巧的成就有所放大，但不能不看到钱杏邨对作品的艺术价值的重视。钱杏邨对茅盾的心理描写技巧尤其推崇，认为茅盾在《幻灭》中把大革命时期小资产阶级知识分子的游移、幻灭心理很充分地表现了出来，在《动摇》中把方罗兰的恋爱心理、方太太的嫉妒心理等描写都比较成功。

对革命文学重视人物性格描写，钱杏邨也持欣赏态度："一部分小资产阶级的女子的性格，不仅游移，抑且懦弱，这一点在《幻灭》里表现得很健全，全书描写静对于男性的畏惧，描写静经不起男性的威逼，描写静的性格的脆弱，分析得是很精细的。""次之就要算抱素。描写中国青年的恋爱狂的卑鄙的不堪的动态，处处令人喷饭，而却又处处是显在每一个人眼前的

---

① 钱杏邨：《动摇》（书评），《太阳月刊》停刊号，1928 年 7 月。
② 钱杏邨：《野祭》（书评），《太阳月刊》2 月号，1928 年 2 月。

事实，描写他对于女性的逢迎很是不差，而强连长却没有多少的好处。"眼光非常独到。

钱杏邨还特别强调文学作品的结构安排。钱杏邨认为："（《幻灭》）章的材料的分配，前部比后部精密得多；前部的每章的材料都是很扼要的，后部却松散得很，材料嫌单弱了。"①

可以看出，在"文学的时代精神"阶段，钱杏邨虽然以作品能否反映时代精神决定自己的取舍，但还是相当重视作品的艺术手法，有力避"革命文学"幼稚病的倾向。他在思想内容方面更肯定蒋光慈，但在艺术方法方面则推崇茅盾。对比《野祭》（书评）和《幻灭》（书评）、《动摇》（书评），可以发现，钱杏邨虽然肯定了《野祭》对时代精神的表现，但对于技巧，他说："作者的创作，严格的说来，在技巧方面是没有怎样大的成功。"② 而对于茅盾的《幻灭》，说："全书把整个的小资产阶级的病态心理写得淋漓尽致，而且叙述得很细致；结构得力于俄罗斯的文学，已有了相当的成绩。"③ 对于《动摇》，他说："虽然技巧有一些缺陷，但是规模俱在；虽然象征的模糊，我们终竟能在里面捉到革命的实际。"④ 不仅承认两部作品表现了时代精神，而且认为两部作品的技巧都非常成功，其肯定程度超过对《野祭》的评价。甚至在《中国新兴文学中的几个具体的问题》中，对茅盾的观点进行批评后，钱杏邨无奈地发出这样的疑问："茅盾何以对中国的普罗列搭利亚文坛始终不能有相当的谅解呢？"⑤ 其中流露着对艺术造诣相当高的茅

---

① 钱杏邨：《幻灭》（书评），《太阳月刊》3月号，1928年3月。
② 钱杏邨：《野祭》（书评），《太阳月刊》2月号，1928年2月。
③ 钱杏邨：《幻灭》（书评），《太阳月刊》3月号，1928年3月。
④ 钱杏邨：《动摇》（书评），《太阳月刊》停刊号，1928年7月。
⑤ 钱杏邨：《中国新兴文学中的几个具体的问题》，《拓荒者》第1卷第1期，1930年1月。

盾的惋惜之情。

　　在"阶级意识决定论"阶段，钱杏邨的文学批评压抑了自己重视艺术价值的思想。他的文章往往只是表达了他的可以"示众"的一面而已，对优秀的作家作品的赞赏受到了意识形态的压抑。不过，他总是在评论文章的正文中运用阶级意识评价作品，结论往往是否定的，但又在作品的开头、结尾等地方把自己重视艺术方法的思想表达出来。钱杏邨在《在黑暗中》（书评）的"附记"中简述了对丁玲作品技巧的看法："四篇之中，'莎菲'、'梦珂'写得最好，'暑假中'则不如庐隐的'海滨故人'，'阿毛姑娘'第一章是写失败了。在技术方面，作者似长于性恋描写。那种热情的，冲动的，大胆的，性欲的，一切性爱描写的技巧，实在是女作家中所少有的。"[①] 对于《花之寺》，他在评论文章的开头，提到自己多年前阅读《花之寺》的感受："我对于作者的勇敢表示了相当的敬意，同时，也觉着她的文字是很清丽的。"[②] 这使读者可以了解到除了对思想上的评价，钱杏邨对凌叔华的创作还有"勇敢"及"文字清丽"两个方面的认识。对于《小雨点》，钱杏邨先引用任叔永《小雨点·序》对作品创作特色的概述："一是技巧有了相当的成功，二是作品中表现了很锐敏的感觉，三是作者对于人生问题有了很好的见解。"钱杏邨在表示同意后，认为第三点才是作品最成功的地方。有意思的是，钱杏邨并没有否定前两点，而前两点是对"技巧"与"锐敏的感觉"的肯定。这是对作品艺术价值肯定但避而不谈的态度，同样是一种受压抑的状态。不过，钱杏邨到底压抑不住对《小雨点》的技巧的喜爱。在书评的后半部，他指出陈衡哲的技巧与其他女作家的不同之处。他认为一般女

---

　　① 钱杏邨：《在黑暗中·附记》（书评），《海风周报》第 1 期，1929 年 1 月。
　　② 钱杏邨：《花之寺》（书评），《海风周报》第 2 期，1929 年 1 月。

作家感情胜过理性，而陈衡哲"却能用理智支配她的感情，完全用理智的力在叙述一切创作中的事件，而且绝对没有旧时代的女性的'多愁多病'的形态"。"她的题材也不像一般女作家取材范围的狭小，她确实是跳出了自己的周围在从事创作。""她还欢喜采用象征的表现的方法。……把人生的奥意，用象征的方法，完全表现出来。""她的创作不仅是'表现'，而且是有'意义'的"① 等等。在潜意识中，钱杏邨还是相当重视作品的艺术的，他非常清楚文学作品的艺术对作品价值的影响。但在文学的阶级意识指导下，他自觉地把作品的思想内容价值放在首位，而把艺术价值放在了第二位，甚至于完全压抑自己的艺术感觉。

在"时代精神决定论"及"阶级意识决定论"影响下的文学批评文章中的文学意识虽然存在，但多被时代精神或阶级意识所淹没，难以引起人们的重视。当钱杏邨逐渐退出文坛的中心，成为一个非先锋人物时，他的批评文章的文学色彩再次浮出地表，这不是文学意识的觉醒，而是文学意识的复归。当然，这已经不属于太阳社时期，而是太阳社解散以后的事情了。

《夜航集》中有一组对"小品文"评论的文章。这组文章是从文学史的角度来审视现代小品文的发展历程的。包括对周作人、俞平伯、朱自清、谢冰心、叶绍钧、茅盾、落华生、王统照、郭沫若、郁达夫、徐志摩等十一个小品文作家的评论及一篇总论《小品文谈》。这十一个小品文作家都是一时之选，基本上可以覆盖新文学兴起以来的优秀小品文作家，仅从人选上就可以看出钱杏邨在思想及艺术的入选要求是基本正确的。

总论《小品文谈》是对新文学兴起以来小品文的历史总结。在这篇文章中，作者当然要张扬自己重视思想内容的标准，陈

---

① 钱杏邨：《小雨点》（书评），《海风周报》第 3 期，1929 年 1 月。

述了自己对小品文历史线索的梳理。依据的标准是比较模糊的
"进步"标准。但值得关注的是，在文章的起始，作者交代了胡
适、朱自清、曾孟朴、陈子展等人对小品文的评价，并表明自
己的态度：他们的评价是"一种量的侧重形式的总结，是没有
顾到小品文的质的发展"①。行文中少了一种武断、霸道之气，
而多了一种互补、共存的声音。

　　钱杏邨以总论的方式表达对思想内容的批评，以单篇评论
表达对不同作家小品文艺术价值的欣赏。在《周作人》一篇中，
钱杏邨把周作人的小品文创作分为前后两期。认为前期的文字
"处处是表现着一种进步的意味"，而后期的文字是在"艺术与
生活之某种相"的表达。对周作人的小品文的特色，以"和平
冲淡"来总结，认为"是田园诗人所必然采取而发展到高度的
形式"②。在文章中，对周作人的小品文的总结，无论是思想还
是艺术，都是以周作人的原话来做出结论。更为重要的是，这
里面基本上没有了从时代精神或阶级意识进行评价的文字，而
代之以"进步"这样的字眼。在《俞平伯》一篇中，钱杏邨以
周作人对俞平伯的评论来立论，认为俞平伯的小品文"是周作
人体系里面的一个支流，而不够独立的成派"。同时又交代了二
者之间的细微判别："周作人的小品，虽是对暗之力逃避，但这
逃避是不得已的，不是他所甘心的，所以在他的文字中，无论
怎样，还处处可以找到他对黑暗的现实的各种各样的抗议的心
情。"而俞平伯的小品，"除去初期还微微的表现了奋斗以外，
是无往而不表现着他的完全逃避现实，只是谈谈书报，说说往
事，考考故实的精神"。对于周作人、俞平伯小品文的"文章学

---

　　①　阿英：《夜航集·小品文谈》，《阿英文集》，三联书店1981年版，第
107页。
　　②　阿英：《夜航集·周作人》，《阿英文集》，三联书店1981年版，第111—
112页。

明"的论说，钱杏邨认为只是由于生活上的共鸣与社会环境的相似而已，他们的小品文，"如果深刻的研究起来，是处处可以看到现代性的痕迹"。认为他们的小品是对明人小品的发展，否定了当时流行的他们的小品是"复兴"明代小品的观点。对俞平伯的文字特色，认为是"繁褥晦涩，夹叙夹议"①。这些评价都很恰当，没有过于激烈的语言。在《茅盾》一篇中，已经没有了以往对茅盾小说及论文的批评的火气，反倒是明明白白地表示了对茅盾小品文的欣赏，如对《狮芬克司》、《叩门》、《雾》、《卖豆腐的哨子》等的评价。对茅盾自陈在"深刻"、"独创"两方面的努力，钱杏邨说："在中国的小品文活动中，在努力的探索着这条路的，除茅盾，鲁迅而外，似乎还没有第三个人。"② 评价之高，难以想象当年钱杏邨对茅盾的批判之烈。但这正是暂时放弃阶级意识标准的钱杏邨的文学修养的体现。在《徐志摩》一篇中，更是让人吃惊，对徐志摩的评价完全与在《海风周报》上《徐志摩的自画像》中的评价不同。文章首句"作为一代的诗人徐志摩死了"，把徐志摩看作"一代诗人"。在引用周作人对徐志摩的诗歌特色的评价之后，他说："徐志摩在诗的方面对中国诗的运动有着很大的贡献，同样的，在散文方面，也着实的尽了不少力。"并归纳其散文和小品文的特色为三点：第一，"是充满着丰富的想象"，大都是"流丽轻脆"，"到处都反映了他的想象之流，如一双银翅在任何地方闪烁"。第二，"是那勇猛的探索光明的热情。徐志摩，对于现状是不满的，他的心，什么时候都渴望着光明。"第三，徐志摩的文字"是一种新的文体，组织繁复，词藻富丽"，已经成为"一个独立的体系"。在对徐志摩的小品进行简短分析后，钱杏邨还

---

① 阿英：《夜航集·俞平伯》，《阿英文集》，三联书店 1981 年版，第 116 页。
② 阿英：《夜航集·茅盾》，《阿英文集》，三联书店 1981 年版，第 128 页。

说："徐志摩在新文学运动中，他是一个优秀的作家，他有他的贡献，也有他的特点。"① 虽然在文章的结尾对徐志摩的诗歌提出了一些暗示性的批评，但并不能掩盖钱杏邨对徐志摩小品文的欣赏态度。

对其他的小品文作家，钱杏邨本来就没有什么恶评，其中所体现的文学意识更加清晰，没有必要一一列举。至于《夜航集》中的其他一些与文学批评有关的文章，如《城隍庙的书市》，《海市集》中的《陵汴卖书记》等文中对文学作品中的人物描写也有精到的论述。兹不赘述。

第二节　钱杏邨的文学批评建设理论

钱杏邨认为当时中国的批评界存在"谩骂"与"捧角"两种弊病。他在《关于〈评短裤党〉》一文中说："过去的中国的批评文坛，说起来实在令人痛心，分析的说，我们所有的批评，不过是谩骂，捧角。"② 指出了批评界的问题所在，这是钱杏邨对盼望批评界具备良好批评风气的情绪的表达。

对于批评界存在的问题，钱杏邨分析了形成的原因。第一，批评家没有科学的思想。第二，钱杏邨还认为批评家的态度有问题。因此，建立有理论指导的批评、有理智的批评就成为钱杏邨的一个理想。

一　有理论指导的批评

钱杏邨认为，文学批评家没有科学的思想指导是造成批评成为"谩骂"或"捧角"的根源。批评家的批评往往只是一种

---

① 阿英：《夜航集·徐志摩》，《阿英文集》，三联书店1981年版，第142页。

② 钱杏邨：《关于评〈短裤党〉》，《太阳月刊》2月号，1928年2月。

纯感情的冲动。"有时，因着要捧场，他们写批评；有时因着友谊的请求，他们写批评；有时是要谩骂，他们写批评。"有的批评甚至于是小题大做的，"他们看见作家有一个句子写错了，他们觉得这是机会，于是来写批评；或者自己有一顿牢骚要发，于是来写批评。他们永远不追寻批评的意义。"有的批评是打着趣味的旗号，"他们只是冲动的，游戏的，应酬的，他们不会认清批评的作用"①。并举出有的批评家以与作家的关系好坏来决定批评的"捧"或"骂"，来证明趣味批评的问题所在。钱杏邨说："好一点的，也仅止于把全书的技巧稍加阐明而已，我们是找不出一个批评家顾到作家的思想的！"他希望批评家能够对批评对象的思想进行分析，并认为这样的批评家才是作家所需要的，才是读者所需要的。"因为作家所希求于批评家的，是意义的阐明，技巧的解释，以及创作的时代价值的估定；读者所希求于批评家的，是良好读物的介绍，以及用批评家的见解来印证读者自己对于某一本创作的意见。"作家与读者的要求既然如此，批评家为什么只能提供"谩骂"与"捧角"的意见呢？钱杏邨说："最主要的就是作家没有思想，没有稳定的思想。作家的思想不稳定，无形之中便不能不受封建时代以及寄生于资产阶级腋下的文学原理的影响；那么，作者便不得不把两种出发点不同的理论兼容并蓄了。"②在提出批评家应该拥有自己的思想意识的同时，钱杏邨也加强了对资产阶级文艺思想的批判："文艺是为着消遣，这正是资产阶级的艺术论。"在资本主义制度下，艺术家及其艺术创作，艺术作品的传播，读者的阅读等各个环节，都受到了资本主义制度的侵蚀。"资产阶级

---

①　钱杏邨：《批评的建设》，《太阳月刊》5 月号，1928 年 5 月。

②　钱杏邨：《关于评〈短裤党〉》，《太阳月刊》2 月号，1928 年 2 月。文中的"作家"是指撰写批评文章的作者。

的社会里永远没有真正的艺术。"在中国产生较大影响的厨川白村的"艺术是苦闷的象征"的理论，只是渲染苦闷，却没有指引人生的出路，也不是真正的艺术理论。"现代艺术的重大使命，是否定资本主义的社会，要开未来的光明的世界的先路。"① 而这光明的道路就是表现无产阶级的斗争。钱杏邨在文学批评建设中自觉地阐述了马克思列宁主义的正当性和必然性。

钱杏邨是从无产阶级文学批评的角度出发来提出批评家应该有自己的思想的，因此，把批评家没有自己的思想限定在了没有无产阶级思想这一点上，对受其他思想影响的批评统统视为没有自己的思想（其实是说，他们的思想不是适合于时代精神的思想）。这种限定是在认定对方现有的思想是错误的、落伍的思想之后，把对方的思想排除在马克思主义思想体系之外的做法。这样，钱杏邨提出了一个正确的观点（批评家应该有自己的思想），但又做出了不恰当的限定（只能是无产阶级思想）。对造成"批评家没有自己的思想"现象的原因，钱杏邨说："这一类的批评家，他们自己不肯读书，又不愿落伍，偶而拾得一两个新名辞，便不加深究的用到批评论文上去，以卖弄聪明。"② 从对新思想的理解、接受的认真程度来寻找原因，这样的看法，总体上看并没有什么问题。钱杏邨虽然是在批评王任叔，但当"悬搁"其中的态度纷争后，可以肯定"对新名辞不加深究"的毛病在批评界是存在的，因此，存在问题的不一定是王任叔，钱杏邨本人又何尝能够厕身事外。

在坚持认为批评家应该拥有自己的思想的基础之上，钱杏邨还热衷于建立新的批评规范。他说，批评家的任务，"最重要

---

① 钱杏邨：《艺术与经济》，《太阳月刊》6 月号，1928 年 6 月。

② 钱杏邨：《关于评〈短裤党〉》，《太阳月刊》2 月号，1928 年 2 月。

的是估定作品的价值，为读者指示解释作品的思想和技巧，以及改正作品的思想和技巧的错误，以促进文化的发展"。他因此制定了批评家的工作步骤：第一，捕捉作品的时代背景，政治环境，文艺思潮。第二，从时代背景等出发把握作品的中心思想。第三，用时代的文艺思潮对作品的中心思想进行批评。第四，对技巧进行批评。为此，他强调批评家应该"很清晰的了解时代思潮，观念要清楚，阶级的分野要看得显明。对社会的经济的情状要有深刻的认识"①。

二　理智的批评

钱杏邨还认为批评家的态度有问题。"我们就没有看见诚恳，谦虚，接受错误的批评家。因为只是谩骂，把作家和批评家的关系，弄得非常的隔离，甚至互相嘲弄，仇恨。"他认为错误的原因在于批评家的自高自大，以及"反我者都是幼稚，卑鄙，浅薄"②。这种批评不能让作者接受批评意见，也让读者感到愤怒：他们不能从批评中获得意义。在《批评的建设》一文中，钱杏邨还专门地指出对待"小资产阶级转换方向的作家"的批评的态度。"批评家对于这一种的文艺作家的态度最是困难。若是批评的不当，或批评的态度不审慎，往往是容易引起极坏的影响的。"他认为小资产阶级具有这样的特性："游移不定的心情，倔强的个性，浮泛的研究，冲动的行为，虚伪的面孔，坚强的自信。"因此，这个阶级的人物可以走向革命，也可以走向反革命。"批评家的恰如其分，可以引导他们向上，否则很容易把他们逼到反革命的路上去。"钱杏邨认为："批评这个阶级的转换方向的革命文艺运动，是顶困难顶

---

① 钱杏邨：《批评的建设》，《太阳月刊》5 月号，1928 年 5 月。

② 同上。

要细心的，要完全用理智的，极诚恳的，以及友谊的态度出之。对于他们的错误的指摘只能轻描淡写，不能严重。"① 要求批评家了解批评对象的特性及其客观环境，不能失却理智而放任感情冲动。

　　虽然能够在理智上认识到批评文风的问题，但并不等于就能够在批评实践中完全避免问题的出现。太阳社成员自身也沾染了一些这样的毛病，尤其是"谩骂"的毛病。《太阳月刊》4月号上钱杏邨发表了《批评与抄书》。这篇文章分别对创造社、鲁迅、许钦文等进行了批评，其中对创造社的批评文章的文风提出了严厉的指责，认为创造社成员在自己的理论文章中过多地抄书，如果没有外国理论书可抄，他们便无法做出文章来。"他们的秘诀不是一面读书修养，一面自己思索得深邃的理论。是要具着小偷的技能：手快眼又快！只要眼快手快，只要译几个高深的一般读者不能了解的抽象名辞，那么事业就算成功了！"把创造社的理论工作比喻为小偷，当然是在谩骂了。在同一篇文章中，他批评鲁迅的《醉眼中的朦胧》一文："这是我们的大作家鲁迅对于革命文学作家的观察，和绍兴师爷卑劣侦探一样的观察，这其间藏了怎样阴险刻毒的心我们不想说。"② 对鲁迅的态度也是相当刻薄的。

　　"唯我独革"的思想也使钱杏邨难以纠正自己文学批评实践中存在的"谩骂"文风。《太阳月刊》5月号《编后》记载了太阳社的两次批评大会的情况。针对"札记通信随笔缺乏友谊的态度"，他们表示"尤其要避免无重大意义的及非文学的理论的争辩，重要的讨论完全以友谊的态度出之"。并承认在4月号上发表的《批评与抄书》一文"所用的态度是错误的"。在《编

---

① 钱杏邨：《批评的建设》，《太阳月刊》5月号，1928年5月。
② 钱杏邨：《批评与抄书》，《太阳月刊》4月号，1928年4月。

后》中还表示"以后绝对的减少争辩文字，除去万不得已的，我们不再有什么答复，请读者不要误会"①。可见，他们已经认识到了批评的态度在批评活动中的重要性。但是，他们承认存在态度错误，仅是适用于创造社的同是倡导革命文学的同志。这一态度并不会自动延伸到对某些特定作家的批评上，钱杏邨此后对鲁迅、茅盾的批评仍然不时有一些不太和谐的声音出现。

关于"捧角"问题，钱杏邨虽然指出了这一问题，但在具体实施上，钱杏邨也存在着类似的毛病。钱杏邨在对蒋光慈的作品的评价上始终存在着偏爱。不过，钱杏邨并不认为这是"捧"，而是认为这是批评家具有"思想意识"的体现。因此，可以看到，钱杏邨在批评蒋光慈时，并非无保留地赞扬，也有许多地方是持批评态度的。比如，对《野祭》，他就批评了蒋光慈的技巧还不够成熟。当然，这种态度不仅是对蒋光慈，也是对整个革命文学界的。他在《中国新兴文学中的几个具体问题》、《茅盾与现实》等文章中，事实上是在为整个革命文学界进行辩护，为他们的创作技巧的幼稚，为他们的"宣传文艺"，为他们的"思想价值"辩护。在致力于为革命文学界进行辩护的时候，钱杏邨不再像对待蒋光慈的《野祭》那样指出其中的技巧问题。如在《太阳月刊》的《编后》对太阳社同仁作品的夸奖，在《关于〈都市之夜〉及其他》中对戴平万小说的夸奖。这是"捧角"思想的体现。也正因为他致力于为整个革命文学界进行辩护，所以他才不能容忍对革命文学界的批评，才会发出"茅盾何以对中国的普罗列搭利亚文坛始终不能有相当的谅解呢？"②的疑问。

---

① 钱杏邨：《编后》《太阳月刊》5月号，1928年5月。
② 钱杏邨：《中国新兴文学中的几个具体的问题》，《拓荒者》第1卷第1期，1930年1月。

以思想观念（尤其是以阶级意识）来衡量作家作品时，钱杏邨常常会失去自己应有的艺术判断能力。例如，当蒋光慈在艺术技巧方面取得进展时，钱杏邨没有给予适当的评价，反而给了不应有的批判。《冲出云围的月亮》发表后，钱杏邨在《拓荒者》上发表文章，虽然仍然在称赞蒋光慈的作品给出了"最正确的，最有前途的，指导现代青年以一种正确的路线"，与茅盾的三部曲形成了鲜明的对照，但也指出："在蒋光慈君的最近的几部创作中，斗争的气氛是非常的削弱了，而且也很少正面表现革命的地方。""他一定要进一步的去描写觉醒了的日渐成长了的革命的普罗列搭利亚群众，以及革命的新的典型人物，一定要把复兴了的普罗列搭利亚的斗争情绪反映到他的创作里去；他必得进一步的很敏锐的把握住日渐发展了的尖锐了的斗争的现代的核心的时代的动的，力学的心。"① 钱杏邨对蒋光慈文学创作倾向的变动有一定的怀疑。到蒋光慈去世后，他发表文章《在发展的浪潮中生长　在发展的浪潮中死亡》，虽然承认蒋光慈的作品影响许多青年获得了对革命的理解，并走向革命。但却认为他的创作的意识形态是"始终一贯的表现了革命的小资产阶级的倾向"；创作的内容"在很多的地方表现了空虚"；所采用的技术"不免日渐的回头走向过去的旧的形式之路"。他"开拓了中国文艺运动"，"可是，他也死在这发展的浪潮之中"，因为他逐渐的停滞了："他的强固的个性，使他不能更深入的理解一切，因此，他对于文艺运动的认识，与其他的文艺运动者，在自我批判的斗争中，不断的冲突，对立起来。"② 对蒋光慈的评价完全改变，由"捧角"转向了批判。

---

①　钱杏邨：《创作月评》，《拓荒者》第 1 卷第 2 期，1930 年 2 月。
②　方英：《在发展的浪潮中生长　在发展的浪潮中死亡》，《文艺新闻》追悼号，第 2 版，1931 年 9 月 15 日。

　　钱杏邨在理智的批评实践方面并不成功，但他的这种提法还是值得肯定的。

三　对文学批评与文学史批评的区分

　　在文学批评实践中，钱杏邨还区分了文学批评与文学史批评。

　　钱杏邨曾经在《死去了的阿Q时代》、《死去了的鲁迅》、《"朦胧"以后》中，对鲁迅的创作进行过否定，认为鲁迅是时代的落伍者，他的创作只是反映了死去了的时代的创作，远没有反映出大革命时代的工人农民变化了的精神面貌。但到1930年，钱杏邨发表了批评文章《鲁迅》，对鲁迅1928年前的创作从文学史角度进行评价。在正文之前的题头，他首先以小号字引用了鲁迅《淡淡的血痕》中的一段："叛逆的将士出于人间；他屹立着，洞见一切已改和现有的废墟和荒坟，记得一切深广和久远的苦痛，正视一切重叠淤积的凝血，深知一切已死，方生，将生和未生。"① 这是一段表现鲁迅坚韧的战斗精神的名句。钱杏邨在题头引用这段话是让人感到非常意外的。毕竟，钱杏邨曾做过三篇文章对鲁迅进行批判，其激烈程度让人过目之下即难以忘怀。但这篇文章明显地是要为鲁迅唱赞歌了。

　　果然，在正文一开始，钱杏邨说："只要一提及五四时代的文学，大概谁个也不会把鲁迅忘掉吧。我们首先忆及的就应该是这一位英勇的，不断的和当时封建势力作战的鲁迅。"在对《呐喊》的反封建精神、《彷徨》的伤感主义的情绪、《野草》的悲观哲学基调进行分析后，他说："然而，鲁迅是始终不曾陷于颓废消沉。他始终是含着同情于一切被封建势力所摧毁所压迫的人们的眼泪，伤感的无目的意识的和旧势力抗斗，因为他

---

　　①　钱杏邨：《鲁迅》，《拓荒者》第1卷第2期，1930年2月。

有一颗热爱人类的心。""鲁迅虽不能追随着时代的轮轴而进展，虽然遭受了无限际的打击与伤害，但是，他的心是日夜的为被封建势力残害的大众燃烧着，他很坚决的体验得封建势力必然而不可避免的要崩溃，同时，也'朦胧'的认识了新时代的必然到来。"① 对鲁迅的评价虽然仍限于反封建主义的战士而非共产主义战士，但文章中所使用的溢美之词确实让人难以想象这篇文章出自于钱杏邨之手。这难免让人想到《太阳月刊》5 月号《编后》中的一段话："据《战线》四期，说有人批评鲁迅，同时又写信给鲁迅，声明不得已。我们在这里说明，太阳社里的人是谁个都没有做这样的事。"② 《战线》乃创造社同人所办刊物，所揭出的对象按情理说不应该是创造社中人，而太阳社中人，在当时，发表文章批评鲁迅的只有钱杏邨，现在当然不能证实那封信的真实度。但完全有理由相信钱杏邨对鲁迅的批判确实出于革命的需要，是"不得已"而为之，与他真实的态度——对鲁迅的景仰——是不一致的。

《鲁迅》甫一发表，在当时的文坛就引起了轰动，各种议论纷至沓来。有的说钱杏邨否定了自己在《死去了的阿 Q 时代》的观点；有的说钱杏邨太无聊，对鲁迅先骂后捧；有的说这是普罗文学界对鲁迅的一种拉拢政策。钱杏邨因此又写了一篇文章《一个注脚》，对自己"先骂后捧"的现象做出解释。他认为："文学史的作家的任务，和文学批评家的任务，他们是显然不同的。""文学史家之主要任务是决定作品和产生这作品的社会的关系，与这作品在当时的社会里所起的作用及其意义。而文学批评家的任务，却是从现代的观点，来评价过去的以及现在的一些作品。""再说明白些，就是说，文学

---

① 钱杏邨：《鲁迅》，《拓荒者》第 1 卷第 2 期，1930 年 2 月。

② 钱杏邨：《编后》，《太阳月刊》5 月号，1928 年 5 月。

史家的任务，主要的是决定产生这作品的社会里面的作品的价值，文学批评家的任务，却是专门决定作品在现代的意义与其价值。"① 这样，钱杏邨在他的文学批评建设中，又提出了一个极其特殊的观点：文学史的批评可以与当下的文学批评不一致。这种观点，使钱杏邨在批评鲁迅"落伍"的同时，还可以对鲁迅的历史价值进行褒扬，使钱杏邨在心灵需要与现实需要之间找到了平衡点。这也许为后人解决文学难题开了一个先河。但是，毕竟有些牵强，尤其是在对鲁迅的评价上，钱杏邨仍然没有承认鲁迅作品的现实意义，没有承认鲁迅作品并非落后于时代的作品，没有承认鲁迅并非"落伍"的作家。

同样的，1932 年以后，钱杏邨运用"文学史家批评"的观点，还客观地评价了小品文的发展历史，并对晚清文学资料进行了收集整理，在别的文学研究领域做出了独特的贡献。

第三节　钱杏邨文学批评思想影响来源初探

钱杏邨的文学批评思想多次发生变化，其思想来源让人顿生探究的兴趣。

在以往的研究中，对钱杏邨文学思想的来源，是有一些成果的。如在《中国现代文学批评发生史（1917—1930）》中，玛利安·高利克认为钱杏邨的文学批评思想来源于蒋光慈，因此受到了苏联"拉普"的文艺思想的影响②。正如前面所提到的，钱杏邨的文学批评思想经历了几个发展阶段，情况相当复杂，

---

① 钱杏邨：《一个注脚》，《拓荒者》第 1 卷第 4、5 期合刊，1930 年 5 月。

② 玛利安·高利克：《中国现代文学批评发生史（1917—1930）》，社会科学文献出版社 1997 年版，第 170 页。

以至于不可能用一个来源来解释。钱杏邨的文学批评思想的来源是多方面的。

中国传统文学批评的影响。中国传统文学批评相当重视对于文学技巧的批评，这一内容，在钱杏邨的文学批评文章中是多有体现的。从他所用的一些词汇如"轻情的"、"如水的纡曲下流"、"文字清丽"等即可看出。

蒋光慈的文学理论的影响。蒋光慈在《太阳月刊》创刊号上发表的《现代中国文学与社会生活》，明确地提出了"文学与时代关系"的命题。文学能否反映时代精神成为评价作家作品的唯一标准。钱杏邨在"时代精神决定论"阶段，完全是以蒋光慈的这一理论来衡量现代文学作家作品的，《死去了的阿Q时代》、《死去了的鲁迅》、《"朦胧"以后》中的结论都是在这一理论指导之下得出的。没有蒋光慈的理论，不可能产生钱杏邨此一阶段的文学批评文章。（高利克把钱杏邨称为是蒋光慈的学生。这主要是指在文学理论上的影响。）蒋光慈的文学理论与"拉普"思想的关系，与苏联"无产阶级文化派"的关系，已经被研究者所揭示。当然也可以说，钱杏邨的思想与"拉普"、"无产阶级文化派"也有着密切的关系。

创造社成员的影响。创造社成员对钱杏邨的影响体现在他们运用"阶级意识"对蒋光慈的"文学与时代关系"命题的批评。蒋光慈的理论在创造社成员的心目中，只是没有无产阶级思想指导的自发的意识，根本是错误的。钱杏邨接受了这种批评，并在他的批评文章中大量使用，这在他对茅盾的批评当中表现的最为清楚，在同时期的对丁玲、凌叔华、陈衡哲、徐志摩等人的批评文章中也很集中。而且，这种观点，在其随后的批评文章中，是占据主导地位的批评。

藏原惟人的影响。太阳社本身由于相对来说比较重视文学创作，因此理论工作，包括理论引进工作是不受重视的。藏原惟人的理论是经由林伯修进入太阳社成员的视野的。但从钱杏邨来说，虽然可以在《中国新兴文学中的几个具体问题》等文章中看到钱杏邨对藏原惟人的理论的引用，但是同时也可以看到他对其他理论家观点的引述，因此，藏原惟人对钱杏邨的影响是很有限的①。

与中国传统文学的影响相比，西方经典作家作品对钱杏邨的文学批评的影响则是相当明显的。尤其是在对作家作品的技巧的评论上，钱杏邨的标准基本上就是西方经典作家作品的特色②。在他发表于《太阳月刊》的文章中，提到的西方经典作家作品有：屠格涅夫的《新时代》、《父与子》，欧文（Irving）的 Westminster Abbey，福利格拉德（Frigragt），马克思，特洛斯基（Trotsky），嚣俄（通译雨果）的《贵女与大盗》，杜斯托夫斯基（通译陀斯妥耶夫斯基），莫泊桑、霍甫特曼，托尔斯泰（以上见书评《野祭》）；阿志巴绥夫的《朝影》，屠格涅夫的《前夜》（以上见书评《幻灭》）；高斯华绥的《争斗》（见《批评的建设》）；法国的德斯波华模尔，契诃夫的《天鹅的哀歌》、《复活节的前夜》，克劳特尔，辛克来尔的《拜金世态》，高尔基，狄更斯，莎士比亚，列宁（以上见《艺术与经济》）；显克微支的《你往何处去》（见书评《动摇》）。更何况他还专门为《小

---

① 高利克与艾晓明都非常重视藏原惟人对钱杏邨的影响，尤其是引用鲁迅的"钱杏邨先生近来又在《拓荒者》上，搀着藏原惟人，一段一段的，在和茅盾扭结"。（《我们要批评家》，《二心集》）之后立论。但钱杏邨的理论思想是在吸收藏原惟人理论之前就已经基本成型的。

② 1912年，钱杏邨被家里送进教会办的圣雅各中学去读书，课程以英文为主。在这里他开始接触到欧美文学作品。1915年，他又转到莘文中学读书，这是美国来复会办的教会学校，主要教师都是美国人。所学仍以英文为主，有关文学的课程也比较多。1918年，他到上海的中华工业专门学校学习时，对专业课不感兴趣，对学校教的欧文的《札记》（即《拊掌录》）很感兴趣，对林译小说也很爱读（见戴淑真《阿英的青少年时代》，《新文学史料》1987年第2期）。

说月报》写过一批关于外国作家（包括普希金、高尔基等 14 位外国作家）作品的评论（后结集为《力的文艺》，又名《现代文艺研究》）。

在《野祭》（书评）中，钱杏邨评论《野祭》人物的描写时说："我所感到的淑君似乎有迟钝的感觉，若以之与玛丽亚娜相较，那是不如玛丽亚娜。玛丽亚娜的感觉也迟钝，也可以说比淑君更迟钝，然而就忠实一方面讲，玛丽亚娜是比淑君忠实的多，思想见解方面，玛丽亚娜也比淑君深刻的多。若以屠格涅夫的著作相较，我觉得作者对于这种人物应该更进一层的描写。"在赞扬作者心理描写的精到后，说："以之和莫泊桑、霍甫特曼、托尔斯泰他们的心理解剖的著作相较，相差究竟很远。"①

在《幻灭》（书评）中，钱杏邨对《幻灭》中所表现的当时社会上小资产阶级的游移与幻灭的心理之后，说："在俄罗斯，阿志巴绥夫最善于表现这样的人物，《朝影》里的理莎就是最重要的，在中国的创作坛上，我们现在看到了这一部。"在对作品的结构进行分析后，他说："全书的结构以及章的分配，似乎得力于屠格涅夫的《前夜》与阿志巴绥夫的《朝影》一类的著作不少，而且有了相当的好处，不过每章的内容的材料的剪裁与充实却很难及到。"②

对蒋光慈、茅盾这样的作家及其作品，无论批评也好，赞扬也好，钱杏邨的艺术直觉似乎更多地来自于西方作家的作品，而不是来自于空泛的理论。西方的经典作家与作品是他从事文学批评活动的一个主要的参照系。

---

① 钱杏邨：《野祭》（书评），《太阳月刊》2 月号，1928 年 2 月。
② 钱杏邨：《幻灭》（书评），《太阳月刊》3 月号，1928 年 3 月。

第六章　昭示革命精神的拓荒文学

太阳社是一个比较重视创作和文学翻译的革命文学团体，在太阳社存在的两年时间内，不仅蒋光慈在小说创作方面、钱杏邨在文学评论方面为认识—实践文学书写规范奠定了一定的基础，其他成员在文学规范的建设上也做出了相应的努力。

第一节　对峙中的反抗选择模式
——杨邨人①的文学创作

太阳社的重要发起人杨邨人的文学创作开始于太阳社成立之前，创作高峰期集中在太阳社时期。主要作品有长篇小说《失踪》（1928）、《狂澜》（1929），短篇小说《女俘虏》、《三妹》、《藤鞭下》、《一尺天》、《瞎子老李》、《董老大》、《入厂后》，剧本《租妻官司》、《两个典型的女性》、《民间》，小品随

①　杨邨人（1901—1955），广东潮安人。1925年加入中国共产党，大革命时期在全国总工会从事宣传工作。曾经加入剧联。1932年夏秋之间曾到湘西根据地，从湘西根据地回到上海后，因为小资产阶级根性不适应政党生活，于当年11月发表文章，自动退党。退党以后，虽然提出建设小资产阶级文学的主张，也发表了一些文学作品。但事实上创作数量大为减少，创作种类则局限于散文、杂文。1955年在四川自杀。

笔《红灯》、《房东那女人》、《圣诞树下》等。在本书中暂时只涉及他的长篇小说以外的作品。

表现革命者与工人、农民等弱势阶层起而反抗，是革命文学的重要主题。杨邨人以其创作为这一主题提供了部分书写规范。

在他的作品中，敌对双方常常被设置于激烈对峙的场景中。表现工人斗争生活的作品，有的选择工人与工头对峙的场景，如《三妹》、《入厂后》，有的选择处于罢工氛围中的工人，如《瞎子老李》，有的选择资本家的家庭中太太与保姆之间的对峙，如《两个典型的女性》；表现农村斗争生活的作品，有的选择农民与地主对峙的场景，如《藤鞭下》，有的选择新旧势力之间的对峙，如《董老大》；表现革命者斗争生活的作品，往往选择革命者坐牢的场景，如《女俘虏》、《一尺天》。

在敌我双方激烈对峙的场景中，革命者及弱势阶层是正义或道德的拥有者，而强权阶层则与丑恶或无德相纠结。《女俘虏》中，女战士们虽然因战败被俘，但她们的精神并没有因被俘而丧失，她们始终坚信革命的最终胜利。因此，被俘只是她们另一场战斗的开始。在看守所这个战场上，她们虽然破衣烂衫，但斗志昂扬，以她们雄壮的《国际歌》歌声，传达她们的战斗意志。正义属于这群被俘的女战士。相反地，以看守所所长和警察厅厅长为代表的统治者则成为丑恶势力的代表。看守所所长并不懂得女俘虏们歌唱《国际歌》的用意，他只关心女俘虏是否美貌，是否可以成为他泄欲的工具。在遭到女俘虏李芳魂的拒绝与反抗后，看守所所长残忍地杀害了李芳魂。警察厅厅长更加无耻，与看守所所长相勾结，把这些女俘虏卖给妓院，赚取一笔外快。女俘虏们无法阻止他们的卑鄙行径，但也没有让他们的阴谋得逞，她们在被卖到妓院后，全部以死捍卫了自己的人格。《三妹》中，三妹与姐姐属于屈从于社会经济制度的弱势阶层，她们循规蹈矩、与世无争。但工头赵大魁横行不法，强暴并致三妹的姐姐投河自尽。《藤鞭下》中，渔民老八每天辛苦劳作，但所得收入却难以缴清政府部门接二连三的、名目繁多的捐税。即使这样，老八也并无抗拒之心，依然委曲求全，想方设法缴纳捐税。但区里的绅士六爷并不体谅民生的艰辛，对管区内的渔民照常逼捐逼税，敲骨吸髓，把老八与其他同样无力缴纳捐税的渔民捆绑吊打。正义的力量和邪恶的力量泾渭分明。

展示处于激烈对峙中弱势阶层人物的不同选择，为这些正义与道德的拥有者指明出路。面对强权阶层惨无人道的压迫，革命者无疑做出了最值得称道的选择：反抗。《女俘虏》、《一尺天》中的革命者以自己的生命和自由来换取自己做人的尊严，他们的选择是理想的选择。但工农等弱势阶层的情况则比较复杂，既有隐忍者，也有反抗者。促使隐忍者走向反抗，张扬反抗者的精神是杨邨人的目的，但杨邨人没有刻意地在人物思想转变上花费笔墨，而是极力展示弱势阶层不同选择的后果。作品中的隐忍者有的在屈辱中走向死亡，《三妹》中，三妹的姐姐明知工头赵大魁的贼心，但她为了能够做工谋生，步步退让，隐忍求全，但仍然难逃赵大魁的毒手。更多的隐忍者在屈辱中求生，《藤鞭下》中，老八把全家的生活需求降低到了最低点，甚至于放弃给妻子治病也要交足官方的捐税。对官方的苦苦相逼，他也毫无怨言，只是恳求六爷开恩，希望能够缓交。但六爷挟势紧逼，以吊打立威，全然断绝了老八的活路。《两个典型的女性》中，老保姆每天马不停蹄地服侍一家四口，没有休息日，连生病也得不到休养，还受到上至老爷、太太，下至少爷、小姐的呵斥，却无言地忍受，只为了能够得到基本的衣食。作品中还描写了反抗者。反抗者的选择为这些弱势阶层带来了生机。三妹（《三妹》）在平时的交往中，对赵大魁就不留情面，宁可失去赖以生存的工作也决不给赵大魁以可乘之机，保持了自己的清白。在姐姐跳河自尽后，她的反抗精神被唤醒，亲手杀死了仇人。稍有反抗之心的老七（《藤鞭下》），在官方的苛捐杂税压迫下，一跑了之，逃脱了官方的追逼，保存了自己的性命。新保姆（《两个典型的女性》）来自工厂，受到过一些新思想的教育，毅然放弃自己刚找到的这一工作，伸出援助之手，帮助老保姆跳出火坑。在这种模式中，弱势阶层中的隐忍者与反抗者互为镜像：反抗者从隐忍者的遭遇中坚定了反抗意志，隐忍者从反抗者的反抗经历中受到启发。

从读者角度来看，由于作品设置了正义与邪恶、善良与丑恶的激烈对峙，使革命者及弱势群体占据了道义的制高点，使强权势力处于邪恶的一端，有利于激发读者的同情心，具有相当程度的感染力。同时，杨邨人作品中较少抽象的理论宣传，注重以两类互为镜像的人物的行为来阐明革命道理，更利于读者接受弱势群体面对压迫的反抗反应，并在生活中接受作品指出的反抗出路。

杨邨人的这些创作与他对社会革命的想象有关。在杨邨人的革命想象中，革命阵营与反革命阵营是两个各自独立的、界限分明的阵营。杨邨人出身于小资产阶级家庭，加入中国共产党后，虽然决心为无产阶级服务，建立无产阶级政权，但他更多地生活在理想化的革命生活之中。在他的想象中，相互对立的两个阵营中，革命者全部是坚定的革命者，反革命者全部是顽固的反革命者。不仅二者之间没有交叉，即使是各自阵营内部也没有分别。而双方的关系则表现为你死我活的斗争：革命者、工农等弱势阶层与反革命者面对面的激烈斗争，这些激烈斗争包括口舌之争与武装斗争。杨邨人对革命的想象，与现实中的革命有一定的差距。因此杨邨人往往被认为并不熟悉社会现实，其实，他只是像许多青年一样难以适应纷繁复杂的社会现实而已①。杨邨人以这样的革命想象来进行文学创作，必然地不是反映现实，而是在展示自己的革命想象。

1929 年以后，杨邨人的《董老大》、《入厂后》、《租妻官司》等作品逐渐摆脱了革命想象的影响，开始趋向写实。在这些作品中，虽然也有矛盾双方的对峙，但是对峙双方的激烈程度有所减弱。如《入厂后》主要描写一个刚从农村来到城市的青年人如何想方设法、投工头所好进入工厂的经过。工头的虚伪、狠毒有所揭示，但对工人的反抗意向的描写明显减少，工人隐忍求生的原生态生活则得到了较详细的表现。

第二节 "革命加恋爱"主题
模式的拓荒
——孟超②的文学创作

"革命加恋爱"的文学创作有两种情形，一种是题材上的"革命加恋爱"，一种是主题上的"革命加恋爱"。

在文学创作中选择革命与恋爱题材是革命文学的一种时尚。蒋光慈的《野祭》与茅盾《幻灭》都是选择革命加恋爱题材的小说。但他们都否认自己的创作是主题意义上的"革命加恋爱"

---

① 杨邨人说，自己在革命队伍中对中央批判陈独秀、蒋光慈、舒大桢不满，但只是压抑自己的思想；对 1932 年在湘西苏区的生活和从湘西苏区撤出途中的经历均有自己的感想，自感无法忍受，难以适应。（见《离开政党生活的战壕》，李富根、刘洪编《恩怨录·鲁迅和他的论敌文选》，今日中国出版社 1996 年版，第908—910 页）

② 孟超（1902—1976），山东诸城人。1925 年参加共青团，1926 年加入中国共产党。上海大学学生。太阳社的发起人和重要成员。他最著名的文学作品是 1961 年编写的昆剧《李慧娘》。但孟超在太阳社时期就创作了许多文学作品：《冲突》、《茶女》、《铁蹄下》、《盐务局长》、《梦醒后》、《潭子湾的故事》、《比率》、《陈涉吴广》。

的小说。钱杏邨把最早创作"革命加恋爱"文学的桂冠加之于
蒋光慈，"把革命与恋爱揉杂在一起书写了。现在，大家都要写
革命与恋爱的小说了，但是在《野祭》之前似乎还没有。"① 但
是，蒋光慈断然否认《野祭》是描写恋爱的小说："它所表现
的，并不在于什么三角恋爱，四角恋爱，什么好哥哥，甜妹妹，
而是在于现今的时代，在这个时代之中有两个不同的女性。"②
茅盾也坚决否认《幻灭》是革命加恋爱的小说："先讲《幻
灭》。有人说这是描写恋爱与革命之冲突，又有人说这是写小资
产阶级对于革命的动摇。我现在真诚的说：两者都不是我的本
意。……描写的要点也就是幻灭。"③ 评论家与作者产生了根本
的分歧。分歧的原因在于，钱杏邨是从题材方面进行阐述的，
而蒋光慈与茅盾则都是从主题方面阐述的。茅盾似乎是为了纠
正人们的偏见，曾专门写作《"革命"与"恋爱"的公式》一
文，把 20 世纪 20 年代末"革命加恋爱"的小说主题类型分为
三种：第一种，是表现革命与恋爱发生冲突，"为了革命而牺牲
恋爱"的作品；第二种是革命与恋爱相辅相成，"革命决定了恋
爱"的作品；第三种是"革命产生了恋爱"的作品④。根据茅
盾所确定的"革命加恋爱"的三种主题，对照茅盾、蒋光慈的
作品，确实不能用主题级的"革命加恋爱"概念来涵盖他们的
小说。但太阳社发起人孟超的《冲突》、《铁蹄下》、《梦醒后》、
《比率》则是探讨革命中的恋爱问题，完全可以用"革命加恋
爱"的主题来概括。

---

①　钱杏邨：《野祭》（书评），《太阳月刊》2 月号，1928 年 2 月。

②　蒋光慈：《野祭·书前》，《蒋光慈文集》第 1 卷，上海文艺出版社 1982 年
版，第 307 页。

③　茅盾：《从牯岭到东京》，《小说月报》第 19 卷第 10 号，1928 年 10 月。

④　茅盾：《"革命"与"恋爱"的公式》，《茅盾全集》第 20 卷，人民文学出
版社 1990 年版，第 337—338 页。

表现革命与恋爱发生冲突，"为了革命而牺牲恋爱"，这是孟超"革命加恋爱"小说的第一种类型。《冲突》是孟超第一篇"革命与恋爱"的小说，小说采用倒叙方式，以革命者于博看到一则革命者被捕的消息起笔，回忆了自己的一段恋爱经历。S埠工人武装起义的时候，于博被上级派往南区指导工作，在工作中他爱上了女工领袖缪英。由于工作的需要，于博与缪英假扮夫妻建立了地下联络站。他们的工作关系一方面加深了二人的感情，但另一方面，也刺激了缪英的另一个爱慕者——工人领袖王镜如。王镜如对于博、缪英二人的感情发展深感苦恼，有影响工作的趋势。于博作为一个革命者，从革命的需要出发，理智地选择了退出三角恋爱的困境，消解了恋爱冲突可能带给革命的损失，使三人都能够集中精力为革命工作。

革命决定恋爱是孟超"革命加恋爱"小说的第二种类型。革命者楚豪与曼琳（《比率》）相爱了，但是周围的同志对他们风言风语，认为恋爱会与革命相冲突。曼琳与楚豪都陷入了苦恼之中。在回忆曼琳以前的恋人侠生为革命牺牲的经历后，楚豪认识到，把恋爱与革命置于冲突地位的思想是封建思想，革命者完全是可以恋爱的。只不过"革命者的恋爱，是建筑在他们的工作上边，是建筑在他们的生活意识上边"，只要如此，则恋爱与革命并不是冲突的。楚豪更进一步地认为，自己应该向侠生一样，在意识上更加健全，在工作上更加努力，才配得上曼琳的爱。他要为此而加倍努力工作。

表现暴政对革命化恋爱的戕害，是孟超"革命加恋爱"小说的第三种类型，这是茅盾所没有概括的一种类型。《铁蹄下》中，女工瑞姑是工人罢工中的积极分子，与罢工工人李阿兴相爱，私订终身。罢工领袖张泽苍不断向瑞姑表达爱意，但都被瑞姑拒绝。在罢工中，李阿兴被警察开枪打死，张泽苍被警察逮捕入狱。瑞姑悲叹："我爱的死了！爱我的捉去了，现在只剩了一个人了，世界（是）有钱人的世界，爱情，爱情（是）有钱人的把戏，我，我忍受不住了，我再忍受不住了。……报仇！报仇！替我的李大哥！替张泽苍报仇！"① 暴政对爱情的戕害激起的是复仇的火焰。《梦醒后》是一个失恋青年黄玉璞的回忆。大革命时期，他像社会上的流行风气一样，也拥有了一个热爱艺术、倾心革命的女友吴玉真。但当两人分开不久，联系便告中断。当他回到上海半年以后，突然有一天，吴玉真来访。但此时的吴玉真已经是省府委员张季禅的妻子。只因为张季禅不仅爱她，而且可以陪她游玩，可以在经济上供应她的消费，可以给她提供合适的工作，可以与她一起出国。黄玉璞痛切地感到："在现在的社会制度底下，恋爱是受了势力、名誉的支配，恋爱是有闲阶级的把戏，恋爱为资产阶级所独占。"并从革命的角度得出结论："革命者不反对恋爱，革命者的恋爱，是建筑在他们的工作上边。不同那资产阶级底下的恋爱是建筑在钱眼里边一样。"② 这两部作品从革命者被迫失去同龄青年共同应有的享受青春的欢乐权利出发，把批判的矛头指向了政府的暴行和社会的经济制度，表现出作者对当时中国社会经济发展现实有一定的思考，使作品的主题超出了茅盾的概括，是孟超对革命加恋爱文学规范的一种创新。

　　孟超的作品并不是只有"革命加恋爱"的小说，他还创作了一些表现下层社会生活及群众反抗的作品。《茶女》中，在大世界奉茶的芸姑娘，为了生存，可以放下女性尊严，取悦客人，拼命工作。但对于军阀混战这种人祸便只有担惊受怕，默默地承受顾客锐减的局面，为难以维持母女二人的生活而忧虑。《盐务局长》描写沿海某地，政府为增加收入，向仅能维持生存的

① 孟超：《铁蹄下》（话剧），《太阳月刊》3月号，1928年3月。
② 孟超：《梦醒后》，《太阳月刊》停刊号，1928年7月。

盐民开征盐税。先是从上级政府派出盐务委员，后又任命当地豪绅担任盐务局长，最后派出军队协助收税。自古不纳税的盐民驱逐了盐务委员，与盐务局长和政府军队作对。盐民的反抗最终被军队镇压，政府的计划暂时成功了，新的盐务局长上任了。但是可以想象得到，迎接新盐务局长的将是更加猛烈的反抗。《潭子湾的故事》是描写五卅事件以后工人大罢工的。罢工虽然失败了，但反抗的种子却已经深深地植入了国人的心中。以历史题材创作的《陈涉吴广》，是描写起义的发动过程的作品。孟超根据《史记》中寥寥可数的记述，发挥想象，把笔墨集中在对秦国的严刑峻法、陈涉吴广在发动起义前的踌躇徘徊、带队军官只顾自己享乐、不顾九百奴隶生死的描写上，重新阐释了陈涉吴广起义的原因。这些作品突破了"革命加恋爱"的题材，在更加广阔的社会生活或历史生活中取材，是孟超文学创作中的一个突破。

第三节　从反思个性解放思想到宣传社会革命
——洪灵菲[①]的文学创作

一　反思个性解放

从题材上看，洪灵菲的《流亡》、《前线》、《转变》属于

---

①　洪灵菲（1902—1933），广东潮安人。1926年广东中山大学毕业，同年加入中国共产党。在国民党中央海外部工作。1927年广州"四一五"反革命政变后，先后流亡到香港、新加坡、泰国。在国外得知南昌起义的消息后，迅速回国。由于南昌起义失败，在家乡隐居。1927年10月，与戴平万一起离开家乡到达上海，恢复组织关系。洪灵菲是"我们社"的发起人，"太阳社"的重要成员。以后还曾加入"左联"等革命文艺团体。

"革命加恋爱"的小说。"《前线》和《转变》保持了《流亡》
的特点：革命，再加上恋爱。不过格调降低了。……洪灵菲这
样降低格调，或许是因为他增长了生活阅历，从生活里抓到了
这样的人物；或许是因为他这时正在上海，受到了'革命的浪
漫谛克'风潮中某些作品的影响；或许，还有一些影响来自郁
达夫。……从《流亡》三部曲看，他从郁达夫小说里学来了主
情的尽兴抒情，却不会对郁达夫小说里变态性和性行为的描写
视而不见，一尘不染。"① 但是，如果运用现象学方法进行对作
品进行审视，则会发现，《流亡》三部曲虽然也大量描写了恋
爱，但是它们却与 1920 年代初郁达夫高扬个性解放旗帜的思想
大相径庭，因此，从作品的主题上来看，它们表现的是作者对
个性解放思想的反思。

　　现象学理论认为，现象是通过还原之后，一切已知之物变
成感官中的现象，这现象存在于意识之中并通过意识被直觉认
识到。由于意向性的关系，意识活动总是指向某个对象，不存
在赤裸裸的意识，不存在把自身封闭起来的意识，意识总是对
某种东西的意识。意向性是意识的本质之所在。这就是"现象
即本质"②。洪灵菲的《流亡》三部曲虽然描写了现实生活中的
"革命"与"恋爱"，但通过还原，"革命与恋爱"就成为存在
于意识之中的现象。在意识活动中，他虽然描写了恋爱，而且
近似于郁达夫笔下的性变态，但洪灵菲的意向性却是批判的，
而不是欣赏的，这一批判的意向使作品中关于性的描写失去了
郁达夫赋予的个性解放价值，成为作者对五四个性解放运动的
反思之作，这是洪灵菲"革命加恋爱"小说的本质。

---

　　① 曾庆瑞、赵遐秋编：《中国现代小说 140 家札记》（上），漓江出版社 1984
年版，第 432 页。
　　② 王岳川：《现象学与解释学文论》，山东教育出版社 1999 年版，第 26—
28 页。

洪灵菲是由五四精神培养出来的青年，但现实生活迫使他对个性解放思想进行反思。《转变》、《前线》是他反思个性解放的代表作①。《转变》中，主人公李初燕是一个个性解放主义者。他在个性解放思想影响下，持有恋爱自由、婚姻自主的进步思想。但他的恋爱之旅却表现出一种不负责的病态：他先是在胞兄离家外出之时与独守空房的嫂子秦雪英热恋，然后被家庭所逼娶妻林氏。娶妻之后，内心不满，外出求学，客居友人家中，又与友人的妹妹张丽英相恋。可以说，他对个性解放的内涵理解出现了偏差，采取了极端态度，把所有的伦理道德都视为个性解放的障碍，导致了病态的恋情。称之为"病态"，并不是后人的妄断，而是他本人的心态，李初燕在恋爱过程中，也不耻于自己的行为，并为此而苦闷、彷徨。最终离家出走，参加了革命，成为一个革命者。与郁达夫笔下的人物比较，李初燕没有沉溺于感情的纠缠之中，没有把爱情当作自己摆脱苦闷的最后出路。爱情不仅没有使他从苦闷中解脱，反而使他陷入了新的苦闷之中。《前线》表现的是革命者的生活。主人公霍之远参加了革命，但私生活也丰富多彩。自称要位于革命的前线、恋爱的前线。他家有妻室，在广州还与疍民张金娇（实际上是妓女）交往，与林病卿恋爱，与有夫之妇林妙禅卿卿我我。霍之远虽然身边美女如云，但并不认为自己是幸福的人。出于道德的压力，他自感愧对妻子，极力远离妓女张金娇，逃避林病卿、林妙禅。霍之远虽然认识到自己的恋爱属于"病态"，但总是在工作烦闷之时，让爱情销蚀自己的灵魂，陷于病态恋情之中。这表明，洪灵菲对爱情的认识是复杂的：既承认爱情的力量，又否认"病态"的恋爱。《流亡》

---

① 《流亡》、《前线》、《转变》的创作顺序与作品所表现的时代顺序是相反的，《转变》所表现的时代最早，是五四时期，《前线》表现的是五四以后到大革命以前的时期，《流亡》表现的是大革命失败以后的时期。

表现的是大革命失败后革命者沈之菲的流亡生活。与上述两部作品一样，洪灵菲也描写了沈之菲的恋爱生活。沈之菲受家庭所逼，与一个目不识丁的女子结婚。但在革命工作中，他又找到了自己的恋人，这是沈之菲受个性解放思想影响的明证。沈之菲虽然信奉恋爱自由，但与李初燕、霍之远滑向病态恋情并不相同，沈之菲没有因为信奉恋爱自由而陷入病态恋爱的漩涡之中而不可自拔。他既是恋爱自由、婚姻自主观念的支持者，也是坚贞爱情的守护者。他与恋人在工作中相爱，在逃亡之初结为夫妇，在不断的流亡中始终不渝地思念着自己的爱人。他既追求革命，也追求坚贞的爱情，在沈之菲的心中，革命与恋爱是和谐的："革命和恋爱都是生命之火的燃烧材料"①。

在其他的革命小说作家中，如胡也频的《到莫斯科去》、阳翰笙的《地泉》里的主人公走向革命是依靠爱情的力量。但洪灵菲的《流亡》三部曲并非如此。他的作品中，爱情与革命均源于内心的苦闷。正是由于存在着"内心的苦闷"，主人公们才不懈地寻求解脱之路。爱情是一条出路，革命是另一条出路。在这两条出路中，个性解放旗帜下的自由恋爱、婚姻自主，在缺乏与个性解放相配套的伦理道德的限制的情况下，必将走向爱情泛滥，使爱情出路成为一条不归路。整日枯坐办公桌前、抄抄写写式的"革命"只能使革命者失去活力，这种革命也难以使革命者摆脱"内心的苦闷"。可见，"内心的苦闷"才是洪灵菲反思个性解放的原动力。

二　内心的苦闷：缺乏超验价值的日常生活

20 世纪 20 年代青年的"内心的苦闷"究竟是什么？《前

---

① 洪灵菲：《流亡》（见乐齐主编《洪灵菲小说精品》，中国文联出版公司1997 年版，第 163 页）。

线》、《转变》两部小说体现的并不清晰。但《流亡》对青年的
"内心的苦闷"的表现却比较突出。

　　《流亡》取材于洪灵菲大革命失败后的亲身经历,相当真实
地记录了洪灵菲的所见、所闻、所思。结合洪灵菲在翻译高尔
基《我的童年》等作品的过程中对高尔基的流浪小说的体会,
可以更加深切地理解洪灵菲。同是描写流浪生活的作品,洪灵
菲对高尔基作品有一定的认同。但洪灵菲也发现两人的创作是
有一定的差距的。高尔基笔下的底层社会人物非常复杂,"他们
粗暴,但他们正直;他们时常互相鞭打,但他们仁慈;他们的
衣服是破碎不整,言语是零乱芜杂,但他们的性质是善良,他
们的襟怀是磊落;他们的环境是黑暗,但他们的希望是新鲜;
他们的生活是一种矿坑下的生活,但他们都是勇往直前的生命
的战阵上的战士"。更重要的是,高尔基没有否定他们的日常生
活。高尔基以平视的目光来看待底层社会的人们,他与自己笔
下的底层社会是融合在一起的。"他不是在写着他自己个人的遭
际,而是在写着同他一样的被蹂躏的整个阶级。他不是想把这
被蹂躏的阶级绘成一幅悲惨的图画去激动统治阶级的良心。"①

　　洪灵菲虽然高度评价了高尔基小说中对待底层社会的态度,
但在他创作《流亡》之时,对世俗社会的日常生活还是采取否
定态度的,并不认可日常生活逻辑。沈之菲在新加坡借住在洋
行买办吴大发的寓所里。吴大发虽然只在英文夜校读过九个月
的英文,但却是华商货物进出海关的重要代理人,因为他精通
所有货物的英文名称。他为此而自豪。对大学生学习的英文嗤
之以鼻:"他们只管读英文的诗歌小说,和学习什么做文章,这
有什么用处? new words (生字) 最要紧! 一切货物名字的各个

---

　　①　李铁郎 (洪灵菲的笔名):《读了高尔基的〈我的童年〉》,《海风周报》第
4 期,1929 年 1 月 20 日。

new words 能够记得起，才算本事！才能赚到人家的钱呢！""你们这班大学生只晓得读死书，不晓得做活事，这真有点不可以为训！哼！你在大学时如果留心记着 new words。现在来到新加坡不愁没饭吃了！"[①] 更让沈之菲不满意的是吴大发的表弟陈为利完全听信吴大发的观点，每天刻苦攻读汉英对照的货物单。对于一同居住的几个赌徒，沈之菲内心充满了厌恶，只感觉到自己与他们生活在一起有点不伦不类，根本没有了解他们的欲望。那些故旧亲朋对于逃亡中的沈之菲采取冷漠、托词的态度令沈之菲充满了愤怒，但又无可奈何。在从新加坡到泰国的航船上，他对船员对待船客的凶狠、粗暴同样感到愤慨。沈之菲对吴大发、陈为利、赌徒、势利的故旧亲朋、粗暴的船员的日常生活采取了彻底否定的态度，这种态度属于那种居高临下的俯视，缺乏对这些人必要的深层次的了解。毕竟，洪灵菲只是在"写着自己个人的遭际"，而不是在"写着同他一样的蹂躏的整个阶级"。这难免与洪灵菲的想象相冲突，内心的苦闷是可想而知的。

交际圈内人群的阴暗的日常生活使人苦闷，交际圈外的普通人的日常生活也被视为一种非人的生活，无价值的生活。"他们的善良的灵魂怎抵挡得帝国主义的大炮巨舰！他们的和平的乐园怎抵挡得虎狼纵横占据！唉！可怜的新加坡人，他们的好梦未醒，而昔日神仙似的生活，现在已变成镣枷满身的奴隶人了！"[②] 洪灵菲虽然承认普通人是善良的、崇尚和平的人，但是更是认为他们是"好梦未醒的人"，是"奴隶"。普通人的不觉醒是造成洪灵菲"内心苦闷"的又一原因。在这一问题上，洪

---

① 洪灵菲：《流亡》（见乐齐主编《洪灵菲小说精品》，中国文联出版公司1997年版，第219—221页）。

② 同上书，第218页。

灵菲与五四时期鲁迅的思想是相通的，相信也是几乎所有知识分子的慨叹。

不仅自我之外的所有人群带给洪灵菲的是"内心的苦闷"，自我的生活也并不例外。《流亡》中，沈之菲辗转到达泰国后，生活获得了暂时的安宁，"日则弄舟湄南河，到佛寺静坐看书，夜则和几个友人到电戏院、伶戏院鬼混"。但这种生活并不能使他快乐：他"对于太安稳和太灰色的生活又有些忍耐不住！""我的一生不应该在这种浪漫的，灰色的，悲观的，颓唐的，呻吟的生活里葬送！"他把相对安稳的读书生活视作"灰色的，悲观的，颓唐的，呻吟的生活"①，认为这是无法忍受的生活。"内心的苦闷"仍然无法排遣。

可见，在洪灵菲的认知中，他的交际圈内外的普通人，在日常生活中遵循着日常生活逻辑，这种日常生活是缺乏超验意义的、无意义的、无价值的生活，而他的相对安稳的日常生活也是缺乏激情的生活。这是造成他内心苦闷的根源。

三　由追求有意义的生活而走向崇高的社会革命的模式

既然日常生活是无意义的、缺乏价值的，那么洪灵菲必然地要追求一种充满意义与价值的生活。

洪灵菲所追求的充满意义与价值的生活会指向何方呢？这取决于他的意向性。耿占春先生认为："价值学的写作表现出写作者是深植于某一种政治社会中，写作深植于语言之外的某种环境而非植根于语言之中；价值学的写作是与权势的运用联系在一起，就像对权势的批判也仍然隐含着价值的写作一样。"在

---

① 洪灵菲：《流亡》（见乐齐主编《洪灵菲小说精品》，中国文联出版公司1997 年版，第 241—242 页）。

这个意义上，写作者就成为了一个个"支配性的，更高的精神或历史价值的代言者"，"他们深信自己个人的思想与行动无非是实现历史必然性的一个工具……来自于这种思想方式的一种隐秘力量，天赋权势的威胁，可以是针对着一切不具有这种权势或怀疑这种权势的个人的。"① 应该说，这是对中国式价值书写的深刻体悟。表明中国文人的在追求价值写作时的意向性往往与语言之外的某种政治选择产生联系，而且这种政治选择也往往会被文人赋予"历史必然性"的美誉。

对意义与价值进行选择必然指向政治生活，这是中国知识分子的固有的、共有的思维意向性，所谓"达则兼济天下，穷则独善其身"正是这种选择的体现。这样的选择不外乎进退于政治权势之间，中国知识分子毫不犹豫地把自己绑在了政治的战车之上，任由政治摆布自己的命运。但必须指出的是，这种意义与价值的唯一选择并不是东西方知识分子共有的思维模式。西方知识分子当然也有类似的选择，但占主流地位的是思想型的知识分子，他们把自己人生的意义定位在高于政治事业的精神事业上，"求知"才是他们一生中最有意义与价值的事情。这种局面从苏格拉底、柏拉图、亚里士多德开始，一直延续至今，是西方知识分子的一种追求目标。因此，中国的知识分子一旦谈到意义、价值，必然与政治、宏大的历史相联系，而西方的知识分子谈到意义、价值时，则更多地与知识（包括人文知识与科学知识）的探索相联系。从中国知识分子固有的、共有的思维意向性来看，洪灵菲的选择将在这种思维意向性的驱动下，必然地与某种权势联系起来。在当时，这种权势就是风靡世界的、占据"历史必然性"地位的无产阶级革命

① 耿占春：《改变世界与改变语言》，社会科学文献出版社2002年版，第372—374页。

思想。洪灵菲及其他革命文学家走上革命道路实在是一种民族文化的宿命。

因此，在《流亡》里，沈之菲在对交际圈内外人群、对自我人生进行否定后，明确声称："到 W 地去，多么有意义！在那儿可以见到曙光一线，可以和工农群众站在同一条战线上去，向一切恶势力进攻。"① 与工农群众在同一条战线上向恶势力进攻的生活才是最有意义的生活、最有价值的生活，这是沈之菲为解除内心苦闷而最终选择的道路，这是一条走向社会革命的道路。正是这种被赋予意义与价值的生活期待使沈之菲能够坦然面对流亡途中的一切难堪的遭际，因为这种艰苦的生活恰恰符合"天将降大任于斯人也，必先苦其心志，劳其筋骨，……"的古训，使流亡生活产生了政治层面上的意义与价值。

《流亡》三部曲是洪灵菲的代表作，其他的中短篇作品都或多或少地源出于这三部作品，尤其是《流亡》之后的作品，在充分表达政治思想的同时，学习高尔基作品的痕迹相当突出。短篇小说《蛋壳》中，以蛋黄、蛋壳、外界空气三者之间的关系，表达了洪灵菲关于知识分子应该为普通百姓幸福生活奋斗的思考：知识分子有父兄的保护，犹如是生活在蛋壳中的蛋黄。而普通百姓则是如同蛋壳外的空气。知识分子要实现自己的政治理想，就必须破壳而出，真正地走入百姓之中，与普通百姓融为一体，体验他们的生活，经受生活的洗礼。《大海》（中篇）中描写从南洋回来的穷鬼、酒鬼锦成叔、裕喜叔、鸡卵兄的生活，《归家》描写从异国归来、穷困潦倒的百禄叔在归家后的生活，《在木筏上》描写求生于异国的同乡的生活，《在俱乐部里面》描写流落新加坡、混迹于赌徒之中的生活，《柿园》描

---

① 洪灵菲：《流亡》（见乐齐主编《洪灵菲小说精品》，中国文联出版公司1997 年版，第 242 页）。

写粗暴对待儿子的父亲的生活，这些人物在《流亡》中都曾出现，再次在作品中出现，发生改变的是洪灵菲态度，厌恶的感情有所收敛，理解的成分有所增加。参加社会革命使洪灵菲的创作发生了深刻的变化。

第四节　旁观者形象模式的转向
——戴平万①的文学创作

戴平万在自己的小说中，塑造了很多旁观者形象，这些旁观者形象与鲁迅笔下的看客形象相比，发生了巨大的变化。

在中国现代文学中，鲁迅以启蒙思想家的身份所塑造的看客形象②极其深刻。看客形象由此成为下层社会成员思想落后的一个标志性特征。这一特征曾经让多少仁人志士痛心疾首。但是，塑造出成功的看客形象，使启蒙者在获得深刻性的同时，往往会使启蒙者对群众表达出失望的情绪，这是五四时期表达启蒙思想的作品的共同特点。但无产阶级革命的依靠对象和服务对象就是广大的群众，表现群众认同革命、参加革命必然地成为革命文学作家的一个描写重点。这使得革命文学作品在面对旁观者（看客）时，超越了个人体验，深入旁观者（看客）的生活体验之中，从而在一定程度上更加贴近现实生活。因此，革命文学家重写"看客"，就具有了以翻案文章来推翻五四时期以鲁迅为代表的作家所塑造的形象的意义。

从旁观者的组成上来看，看客依然是那些看客，但革命文

---

① 戴平万（1903—1945），广东潮州人，曾参加我们社，抗日战争时期在新四军工作。

② 看/被看的二元对立关系有两种，一种发生在被压迫者之间，如祥林嫂的被看；一种发生在先驱者与群众之间，如夏瑜的被看（见钱理群等《中国现代文学三十年》（修订本），北京大学出版社1998年版，第40—41页）。

学家对待旁观者的基本态度已经发生了重大的变化。在鲁迅的作品中，看客（旁观者）主要由这样几部分人组成的：启蒙者的家属，如《药》里夏瑜的母亲、叔叔等；被压迫者，如《祝福》里的鲁镇人、《阿Q正传》里的未庄人等；无知的儿童，如《狂人日记》里的儿童等。在戴平万的作品中，旁观者依然是由这几部分人组成的：革命者阿荣的父亲老魏（《村中的早晨》），普通的村民（《激怒》、《山中》），儿童小丰和阿明（《小丰》）。但在对待看客（旁观者）的态度上，鲁迅的是"悲悯"和"愤激"。而革命文学家们则设身处地从旁观者的立场出发，清醒地认识到，旁观者之所以成为麻木不仁的代名词，原因是多方面的，抛开原因一味地责怪他们思想落后，只能使自己失去革命的信心。因此，革命文学家们对旁观者多了一份宽容和耐心，少了一丝悲悯和愤激。洪灵菲的《家信》中，革命者长英的家庭成员对他的革命思想不理解且不支持，长英没有抱怨，而是在家信中劝说父母，寻求他们的理解和支持。在征农的《从上海到苏州》中，记述"我们"被作为犯人从上海押送到苏州时，旁观者中除了成年人之外，还有一群儿童。这群儿童在路上冲他们喊："反革命！反革命！"但他们并没有受到影响，而是笑对这些不懂事的儿童，在心里默默地说："小朋友！怕到你们的时代，我们便成了革命的先锋吧！"① 这些革命者与20世纪20年代初的启蒙者不同，他们清楚旁观者形成看客心理的历史原因和现实原因，他们不再要求群众无条件地认同自己，而是要求自己深入群众的生活和内心世界。戴平万作为革命者，对待旁观者的态度与洪灵菲、征农基本一致。

旁观者的心理在戴平万的笔下得到了较好的描写。鲁迅对

① 征农：《从上海到苏州》，《拓荒者》第1卷第1期，1930年1月。

看客的内心世界缺乏描写，冷漠、麻木的看客如同行尸走肉。戴平万使旁观者形象开始发生转向。在《小丰》中，小丰是一个初步接受了革命思想的少年，他的身边就存在着一个对革命一无所知的儿童阿明。阿明虽然与小丰一起去参加示威游行，但是他对示威游行的原由、意义并不了解，他不知道"示威"是什么，也不知道"帝国主义"是什么，他参加游行只是因为可以得到一个出游的机会，所以他游行时要穿上一件相对干净、整洁的衣服，对路上小学生的衣着给予极大的关注。阿明是享受世俗生活的儿童，政治并不是他的关注对象，这样的儿童当然不免成为革命的旁观者。《激怒》中，当文生被地主李大宝殴打昏死过去时，周围很快聚拢了一堆村民，但是这些农民都是默不作声。他们中间虽然有人非常愤怒，但是有人不知事实真相；有人曾经挨过地主的打，现在仍然害怕；也有人非常糊涂，听信地主的打骂理由；也有人虽未挨过打，但早已惧怕了地主的威势。总之，旁观者们虽然都没有出面阻止事态的发展，但他们的心态是各不相同的。《村中的早晨》中的父亲老魏，拼尽全力供养儿子阿荣读书，本想自己年老体弱之时有所依靠，但儿子学成之时，却参加了"革命"，使老魏孤苦无依，他痛骂阿荣"不肖子"。老魏是对革命的儿子缺乏理解的旁观者。对于老魏，戴平万并没有简单地指责，而是描写了他的内心世界。老魏身处在白色恐怖的环境之中，当政府把他家定性为赤色家庭后，村民与他的关系发生了变化：村里的有钱人都在痛恨他了，邻居的人们也不和他往来。他碰见人的时候，没有一个人愿意和他打招呼。他的老婆也是这样，每天都在哭泣着。政府实行"保甲"制度，村里却没有人愿意做他家的保人。他因此感到被社会抛弃的孤独。这是他不理解阿荣的思想根源。《山中》的村民被清乡的军队所逼逃到山中过夜，元兴老伯并不记恨勾结官府、引来官兵的劣绅老三爷，而是责怪招惹老三爷的年轻人昭骏等人。因为元兴老伯认为，作为穷人，只要自己保持低调，逆来顺受，就可以获得平安生活。戴平万深入旁观者的内心世界，使旁观者形象更接近现实生活中的活生生的人，真实而又丰满。

仅仅深入描写旁观者形象显然不是戴平万的目的，他的目的在于促使旁观者走向革命道路或至少同情革命。转变类型的人物是革命文学家最热衷描写的，而描写旁观者的转变更是具有挑战价值。戴平万在这方面做出了很大的探索。

戴平万塑造了突变的形象。在作品中，突变的形象是通过接受革命教育来做到的。《激怒》中，一直保持沉默的村民，在地主指使自己的家丁当众殴打无辜的文生的母亲老五婶时，怒火终于爆发，村民开始围攻地主的家丁。此时，革命者桂叔出现，向群众进行宣传活动，使群众的思想水平得到提高。这种突变形象的可信度较低。饱经欺凌的村民只因为一次宣传活动，思想马上发生转变，夸大了革命教育的作用，轻视了旁观心理的负面作用，是作者浪漫蒂克心理的体现。

互补的转变形象是戴平万的一个创新之处。《小丰》中，小丰对革命的认识、对帝国主义的认识来自于学校教育。在小丰的学校里，教师没有采用理论宣传的方式，而是以图画方式对他实施了初步的革命教育。在图画中，帝国主义被画作一个凶残地屠杀中国人的形象，正是这种儿童可以理解的视觉语言激发了潜藏于小丰心中的仇恨情绪。因此，小丰参加示威游行活动，革命思想得到了进一步的提高。阿明对革命一无所知，他参加示威游行活动，虽然并不能使他马上发生思想转变，但毕竟有了一个感性认识的过程。阿明要发生思想转变，也许并不是一件轻松的事情。在这篇小说中，戴平万极其聪明地设置了两个人物，分别代表转变前后的两种形象，使两种人物形成互补关系，既化解了人物思想转变的难题，又对人物思想转变寄予了无限希望，是革命文学创作中转变形象塑造中的一次创造性突破。

有限转变的形象是戴平万的另一个创新之处。《村中的早晨》中的父亲老魏，在受到同村村民的歧视之后，认为自己的儿子是个不肖子。因此，他决定把儿子拉回到自己的身边。但在找到参加革命的儿子之后，虽然自始至终都没有能够与阿荣倾心交流，但亲眼目睹儿子忙忙碌碌，亲自感受人们对儿子的友好态度，他明白阿荣是在做一些有益的事情。他明白了儿子不是不孝，而是不能尽孝。老魏直到离开儿子独自回家，对儿子的事业都没有完全理解，但是他在一定程度上认可了儿子的行为。这使人物的转变既具有可信度，也没有把一个人物的转变一次性完成。虽然有了缺憾，但读者却有理由相信，老魏最终能够认识儿子所从事的事业，能够给予儿子以完全的支持。《新生》中，村姑阿花、阿叶因为革命军队的到来，摆脱了困苦的生活，她们因此积极参加三八节的宣传活动，她们是从革命受益者的角度来接受革命的，对革命的理解相当有限，但却相当可信。参加革命的青年农民永添，对革命斗争有一定的理解，但对妇女解放却满腹牢骚，因为他的妻子在家庭里面发生了变化，反抗丈夫的打骂。永添虽然已经是一个革命者，但他的思想转变是有限的，但也唯有如此，永添才是一个真实的农民形象。《橡胶园》描写南洋"猪仔"的奴隶生活，猪仔们在遭受了多年的压迫后，忍无可忍，进行了反抗。他们的反抗是完全自发的，没有接受过任何革命思想的教育。因此，反抗行动虽然失败了，但他们的反抗精神却让人看到了他们心底做人的尊严。戴平万对旁观者有限度的、缓慢转变的形象的塑造，是革命文学创作中思想转变形象塑造的又一次创造性突破。

第五节 "双面人"形象模式
——楼适夷①的文学创作

20 世纪 20 年代的中国社会，革命的旗帜、革命的口号四处弥漫。有中国共产党领导的工农运动，有国民党的"国民革命"，无政府主义者的革命，国家主义者的革命，就连军阀开战也打着"正义"、"为民"的旗号。国民党"清共"、北洋军阀屠杀共产党，他们自认是在扑灭"赤祸"，是在"革命"，并不自认为是"反革命"。形形色色的革命，使"革命"成为一个巨大的能指，中国社会处于"革命狂欢"年代。

楼适夷的小说创作为我们拉开了"革命狂欢"的大幕。《烟》描写共产党人的革命，陈安民抛家舍业，在上海开展革命活动，领导工人暴动。军阀政府污蔑革命党人"受外国的接济"、"欺骗工人"、"自己过安富尊荣的生活"、"好乱"、"残暴杀人"、"凌辱平民"，等等，俨然把自己打扮成了保护人民利益的政府。《革命 Y 先生》中，身为教会牧师的 Y 先生，也参加了革命；他宣称三民主义与基督精神是一致的，因此，他加入了国民党；在国共合作之时，他宣称马克思与列宁的道理与上帝一样，他还想加入共产党，可惜找不到共产党的组织。《盐场》中，穷苦盐民在共产党的指导下建立了盐民协会，盐场主袁公庭、高阿泰等人也组织盐民协会，并宣布自己的盐民协会才是真正代表民意的盐民协会。《甲子之役》是描写 1924 年发生在江浙地区的齐（燮元）卢（永祥）之战的。齐燮元代表政府，讨伐叛逆；而卢

---

① 楼适夷（1906—1999），浙江余姚人，一生主要从事翻译工作，但在太阳社时期，有非常著名的创作《盐场》等问世。

永祥则自称为反对曹锟贿选，"浙江起义"，"独持正义，为天下创"，号召人民"共作后盾"。① 社会的各种力量都在"革命"（或"正义"）的大旗下展示自己的能量。

但是，"革命狂欢"只是舞台意义上的狂欢。楼适夷的小说采用全知视角，以写实的手法，展示了主人公们在舞台上下迥然相异的"两副面孔"，较好地塑造出了"双面人"形象，赋予了每一种"革命"能指以确切的所指。

《烟》中，共产党人陈安民，在政府的通告中，被描述为危险分子，但深入他的生活，他租住的房屋内相当简陋，只有破旧的床、写字台、没有靠背的椅子，以及满地的书报；在党内工作，由于党组织经费匮乏，连正常的薪水都难以按时领取，时常为一日三餐发愁，为缓交房租与房东争吵。陈安民的处境与政府的指责大相径庭。但就是这样一个连自己的生计都无法维持的共产党人，却从来没有把自己的生活窘况放在心上，在组织内，一个人担任编辑刊物、发动工人暴动等六七项工作，浑身焕发着青年的朝气。而把自己打扮成保护人民利益的政府，为扑灭工人暴动，不惜枉杀无辜。"真革命"与"假正义"昭然若揭。《甲子之役》中，叙述者借在商会任职的叔父之口，揭露宣称起义的军阀卢永祥发动战争，只不过是看中了上海这一生财之地；借车夫之口，揭露卢永祥军队的横行不法、强征壮丁的恶行。卢永祥的"正义"只不过是他骗取人民信任的幌子而已。《革命Y先生》中，Y先生把自己打扮成一个革命党人，但其实他对任何一个党的党义都没有了解的兴趣。共产党的理论他固然不懂，国民党的三民主义的小册子他也无心阅读。他关心的只是"升官发财"：政局一次次的变幻，Y先生如同变色龙一样一次次地改变自己的保护色，官职从县党部的候补委员

---

① 楼适夷：《甲子之役》，《拓荒者》第1卷第4、5期合刊，1930年5月。

到区党部的正式委员，从区党部的正式委员到县常务；从每月
25 元薪水的教会牧师到可以搜刮民财的县常务；从受"黄脸
婆"欺侮到让"黄脸婆"以己为荣，这才是他"革命"的目
的。《盐场》中，共产党领导的盐民协会所制定的协会章程，每
一条款都道出了盐民的心声，符合盐民的愿望，连持观望态度
的老盐民老定都感叹："省城里来了一个小伙子，他晓得狭搭
（我们）的苦处比狭搭自家还清楚。"① 而自称代表盐民民意的
盐场主，平时收购食盐，克扣斤两，压低收购价格；为垄断市
场，抬高盐价，两个月不开仓收盐，还千方百计围堵私盐，使
盐民生活困顿，被生活所逼以盐板（盐民的生产工具，属于盐
场主，需要盐民交纳大额押金才能租用）换取生活用品，濒于
破产的边缘。在盐民暴动后，上与省里的反共势力结合，下与
海盗勾结，迅速祭起了屠刀。国民党县党部常务陆士尧在革命
刚刚取得初步成功时，便以为大功告成，对全县的工作放任自
流，整日忙于打猎、谈恋爱，并在革命最关键的时刻，推重绅
士阶级，在盐民与盐场主的冲突中热衷于讲和，使革命势力毁
于一旦。共产党的"真革命"深入人心，而国民党的"假革命，
真反共"及豪绅的"反革命"均原形毕露。

　　与太阳社的蒋光慈等人相比，楼适夷的文学创作更注重写
实，而较少浪漫蒂克的情调。他运用客观写实的手法，解除了
军阀、豪绅强加于共产党的不实之词，还原了国民党、军阀、
豪绅的本来面目，从而敞开了"双面人"的第二副面孔。这种
把人物分为台前幕后两个方面来认识的方法，与中国传统文化
中"听其言，观其行"的观念有相当密切的关系。这种方法与
阶级分析方法虽然有一定的不同，但在帮助人们全面认知社会
方面，二者是相通的。楼适夷经历了风云多变的 20 世纪 20 年

---

　　① 　楼适夷：《盐场》，《拓荒者》第 1 卷第 2 期，1930 年 2 月。

代，敏锐地发现了"人的复杂性"，他以"双面人"的视角、写实的手法来解决"人的复杂性"的难题。几乎与此同时，在西方，精神分析学派也发现了"人的复杂性"，他们创造了心理学的"冰山理论"，从意识与潜意识的角度解决"人的复杂性"问题。海明威的"冰山理论"，追求以简洁的语言表达人物的思想，以外显的语言暗示人物深藏不露的内心世界，从而解决"人的复杂性"问题。解决同样的问题，采用了不同的方法，其中的原由也许值得深思。

第六节　借鉴异域文学　开拓写作空间

一　太阳社的文学翻译及对写作空间的开拓

革命文学家在创制文学作品、进行革命文学论争的同时，还开始有意识地涉足文学翻译，在翻译世界无产阶级文学作品方面做出了一定成绩。翻译世界无产阶级文学对革命文学家提炼文学主题、拓宽文学题材、提高文学技巧具有极大作用。

太阳社成员中曾经从事文学翻译的主要有蒋光慈、林伯修、洪灵菲、冯宪章、楼适夷等人。他们都曾经接受过良好的外国语训练。蒋光慈在苏联东方大学学习过俄语，俄语水平较高，可以直接与俄国人进行交流；林伯修、冯宪章都曾在日本留学，日语水平较高；洪灵菲是中山大学高材生，英语水平较高；楼适夷的世界语水平较高。他们当中，蒋光慈、洪灵菲、冯宪章过早去世，林伯修20世纪30年代以后转行从事历史研究，他们都没有能在文学翻译方面做出更大成绩。唯有楼适夷，在20世纪30年代以后，翻译了多种文学作品，成为我国著名的翻译家。

在选择翻译对象上，太阳社成员基本选择的是无产阶级文学作家或倾向于无产阶级文学的作家的作品。蒋光慈翻译的都是苏俄十月革命后的文学创作；林伯修主要以日本无产阶级作家的创作为翻译对象；洪灵菲翻译有高尔基、巴比塞的作品；冯宪章主要翻译无产阶级诗歌。在他们的翻译中，中短篇作品偏多，长篇作品较少，只有《一周间》、《我的童年》等寥寥几部。同时，由于世界无产阶级文学也处在刚刚起步阶段，大多作品都带有强烈的实验色彩，所以虽有出众之处，但整体艺术水平不高，且创作水平并不稳定。如里别丁斯基，蒋光慈曾评价他的《一周间》"实在不愧为一部普洛文学的杰作"。但也认为里别丁斯基之后的创作"及得上《一周间》的却没有了"，"难道说他的天才就这样停止住了吗？"① 借鉴对象的创作水平在一定程度上限制着太阳社作家对革命文学书写规范的开拓。

"革命与恋爱"题材和主题的作品是翻译家所关注的对象。蒋光慈翻译的《寨主》、《都霞》是描写"革命与恋爱"题材的作品，在主题方面也是标准的"革命加恋爱"创作。《寨主》中的"寨主"是一名红军指挥官的绰号。他曾经坐过九年牢狱，身经百战。表面严厉，内心慈善，性格坚毅。他原来是一名普通战士，在红军攻占 B 城后成为这座城市革命非常委员会的主席。在工作中，他与中央派来的娜达莎相爱了。娜达莎其实是白军间谍，她把 B 城的防守情报送交给了白军，使 B 城失陷。B城被重新夺回后，娜达莎的身份暴露，寨主设计杀死了恋人娜达莎。寨主也因为工作失误被免职，重新成为一名士兵。这是"革命与恋爱相冲突"的主题。《都霞》中，都霞是一名妓女，她租住在普通民居中。当红军占领这座城市后，由于住房紧张，她的房间被派住了一名布尔什维克华西礼。在两人同处一室的

---

① 蒋光慈：《异邦与故国》，《蒋光慈文集》第 2 卷，上海文艺出版社 1983 年版，第 437—438 页。

日子里，华西礼每日忙于工作，对都霞以礼相待，使都霞拥有了"做人"的感觉，放弃了原来的对男人的偏见。当白军重新占领这座城市后，华西礼撤退了。白军军官审查都霞时，都霞感觉做一名布尔什维克是一件光荣的事情，自认自己是一名布尔什维克。都霞的思想发生了转变。这是"革命对恋爱具有决定作用"的主题。

多角度表现革命思想、尤其是以反面人物的经历表现革命思想的作品也深受翻译家的喜爱。蒋光慈翻译的《苿娜的爱》、《此路不通》是描写反革命人士生活的作品。《苿娜的爱》中的苿娜是法国外交官的女儿，年少时曾随父亲在俄国居住，与一俄国少年相识相爱。离开俄国后，俄国爆发了革命，成为了工农政权。在法国的上层社会，到处传播的是对苏俄的负面谣言。苿娜信以为真。但当遇到年少时的恋人时，她对这所有的谣言都产生了怀疑，因为这俄国少年此时已经是一名布尔什维克。《此路不通》描写的是革命后逃亡国外的俄国侨民的生活。他们由对苏俄的仇视到逐渐地认识到苏俄的正义和强大。这两部作品的最大特征就是在表现革命的苏俄时，不是从正面来表现，而是选取了反面人物来表现，从他们的思想转变来表明苏俄的正义性。这种从反面表现革命思想的创作思路被一些作家所采用。蒋光慈的《丽莎的哀怨》、钱杏邨的《那个罗索的女人》、徐任夫（殷夫）的《音乐会的晚上》，太阳社外丁玲的《诗人亚洛夫》、巴金的《将军》，这些作品都以上海的白俄来表达革命思想。

引起革命文学家关注的还有世界无产阶级文学创作的现实主义取向。林伯修偏重于翻译现实主义特征明显的作品。这些作品或描写左翼人士在监狱的斗争生活（《牢狱的五月祭》），或描写俄国1905年革命（《波支翁金·搭布利车斯基》），或描写普通劳动者成长为布尔什维克过程（《劳动者》），或描写工人罢工(《炭坑夫》),或描写工厂女工的生活(《烟草工厂》),或描写流浪儿的生活(《废人》)。

《烟草工厂》是一部写实作品。它描写一个烟草工厂女工,在政府将她的丈夫(劳动组合的重要成员)逮捕关押后,她独自一人做工、生育、哺乳,既刻画了女工的心理,也描写了烟草工厂的环境。笔触异常平实,左翼作家作品中常有的激情和口号在这部作品里基本不存在。

在这些作品中,一些敏感的作家已经开始思考"革命"本身。《炭坑夫》表达了革命理想与现实的冲突及最终的选择。作者在描写工人罢工中,选取的是工人罢工出现动摇的时刻。在工人罢工持续几周仍然难以取得胜利时,连最有权威的工人领袖也开始动摇。这动摇不是因为他们的革命性不够坚决,而是因为最现实的问题摆在面前:罢工进入了最为痛苦的阶段,相当一部分工人家庭开始缺乏日常生活所必需的金钱和食物,就连工人领袖患病的儿女也不能得到基本的医疗。罢工工人们期待领袖做出符合工人利益的决定。最终,罢工领袖在坚持罢工的儿女及工人的自我牺牲精神感动下,决定坚持罢工,哪怕付出重大的牺牲也要争取罢工的最后胜利。在描写罢工运动的作品中,这部作品并没有把罢工中发生的动摇简单化。发生动摇的原因,并不是某些人的思想不够坚定,而是因为非常现实的问题;做出坚持罢工的决定,并不是罢工领袖的个人冲动,而是为了取得罢工的胜利,改善工人的生活。胜利是需要付出血的代价的。

《废人》则把革命与人性联系起来思考革命。流浪儿沙修嘉,在帝俄时代开始流浪,到苏维埃建立时,因为好心人安菲莎的帮助而来到图书馆工作,有了一个临时的住所和一份工作。但是他的流浪习气并没有消失。当安菲莎调离图书馆后,来了一位退伍军人(布尔什维克),他直接地把沙修嘉开除了,使沙修嘉重新成为一个流浪儿。这篇作品最大的特点是并没有把布尔什维克神化，同是布尔什维克的两位图书馆成员，在人性方面却存在着极大的差距：一个像慈爱的母亲一样照顾流浪儿，一位像简单粗暴的父亲一样遗弃了流浪儿。作者显然是在思考"革命中的人性"这一问题。人性和革命的话题结合使这篇小说的成就高出了普通的左翼小说。

由高亢地宣传革命到思考革命，是《炭坑夫》及《废人》的突出之处。在革命文学家的作品中，并没有接受其影响的作品出现。但这种思路是极其可贵的。

洪灵菲在翻译高尔基的《我的童年》的过程中，特地写出了《读了高尔基的〈我的童年〉》，高尔基与社会底层民众之间交相融合的感情感染了洪灵菲，使洪灵菲在此后的创作中所表现的底层社会民众形象相对比较复杂，摆脱了单一的个人遭际式的感情，交织着作者的爱与恨。

太阳社成员的翻译大多围绕自己的创作展开，因此影响了翻译的成就。鲁迅就曾因此指责过蒋光慈："这些东西（指苏联无产阶级创作），梁实秋先生是不译的，称人为'阿狗阿猫'的伟人也不译，学过俄文的蒋先生原是最为适宜的了，可惜养病之后，只出了一本《一周间》。"① 蒋光慈表示自己忙于创作，"我认为我的重要的任务不在于翻译"②。蒋光慈虽然翻译较少，但在苏俄文学翻译上却有介绍之功。蒋光慈在上海大学任教期间，主讲的课程就是"十月革命后的俄国文学"，他的讲稿曾于1926—1928年在《创造月刊》上连载，后出版单行本（与瞿秋白的"十月革命前的俄国文学"部分合并为《俄国文学史》）。

---

① 鲁迅：《"硬译"与"文学的阶级性"》，《二心集》，《鲁迅杂文全集》，河南人民出版社1994年版，第385页。

② 蒋光慈：《此路不通·附记》，《拓荒者》第1卷第3期，1930年3月。

1929 年 1 月，在《海风周报》第 1 期上，蒋光慈又开列了苏俄文学优秀中长篇小说的目录。这个目录包括 21 个作家的 32 部作品，填补了国内对十月革命后的苏俄文学的认识空白。经过他的介绍，翻译界对苏俄文学有了较多的了解。《铁甲列车》、《一周间》、《铁流》、《毁灭》、《水泥》、《胡里俄·胡列尼托》等，都在 20 世纪 30 年代前后被不同的译者翻译出版[①]。这些作品对国内了解苏联文学、对作家借鉴创作经验都发挥了积极作用。

二 重估外国经典文学 提高创作艺术水准

革命文学创作虽然以其思想的激进获得了文坛生存权，但其艺术水平偏低的现象是客观存在的，这一点是连革命文学家都承认的。为提高创作水平，钱杏邨运用马克思主义观点评价外国经典文学，期望为革命文学家在提高创作艺术水准方面提供学习的范本。

钱杏邨选择的外国作家都是在中国读者中有较大影响的外国经典作家。"由于历史的必然性，最惹起读者注意的，不外改良主义的代言者高斯华绥，虚无主义的代言者阿志巴绥夫，不彻底的人道主义的卑污说教者托尔斯泰，进步的贵族的代言者屠格涅夫，以及紧密的穿着从来的小资产阶级——民治主义的靴子的易卜生……一类作家的著作。这些著作是在不断的影响着我们的读者。当然，我们应当尊敬这些伟大的作家的著作，我们应当很精细的研究他们留给我们的最丰富的遗产，我们深切地知道这些伟大的作品对于无产阶级文学的建设是有巨大的力量的。然而，我们不能不批判，我们不能不把他们关联着我们的时代重行估定一回，我们不能不应用 Marxism 的社会学的分

---

① 张秀筠编：《二十年代苏联主要中、长篇小说在中国翻译出版情况》，《俄苏文学》（武汉大学外文系主办）1982 年第 2、3 期。

析方法把他们分析一下，为着青年的读者，为着我们对于时代的任务，也是为着无产阶级文艺的前途。"① 与对中国现代作家鲁迅等人的批判相呼应，钱杏邨选择的评价对象都是在中国读者心目中占有相当地位的重要作家。重评并颠覆这些作家在中国读者心目中的地位是他的目的，而马克思主义的社会学是他的分析方法，"力与争斗"的文学是他的价值目标。

从思想与社会革命的关系角度入手，以文学作品是否具有"力与争斗"的特征来对外国作家作品进行价值判断是这些评论文章的第一个特征。对于俄国文学奠基人普希金的小说创作，钱杏邨认为："在《普希金小说集》里所收的小说，最能代表普希金的伟大的，只有叙述杜伯洛夫斯基的故事的《情盗》。这一篇……表现了当时俄罗斯帝国的两种对抗的力——大地主的穷凶极恶，与农奴们不屈服的抗斗。他写出了当时俄罗斯人命运的全部，用缩写的方法，说出最后的胜利归与有产者，无产者只有悲愤和失望，我们若把事实都哲理化起来，那就是公理与恶魔的对仗。"② 基于"力与争斗"文学的思想，他对阿志巴绥夫的《朝影》中体现思想幻灭的理莎给予了否定，对于抵抗幻灭的侵入不断追求光明的青年奈斯那谟夫给予"英雄"的称号；他对中国文坛拼命推崇的德国文学作品并不表达敬意，而对席勒的《强盗》和中古时代的《尼拔龙琪歌》进行了推荐，因为这两部作品"表现了最伟大的、最震动的、最咆哮的、最不肯妥协的、一种神圣不可侵犯的伟大的德意志民族的力！"③ 他否定了高斯华绥的《争斗》中体现出的改良主义思想，否定了萧伯纳《华伦夫人的职业》中对社会批判的不彻底的主义；他称

① 钱杏邨：《关于文艺批评》，《海风周报》第 9 号，1929 年 3 月。
② 钱杏邨：《俄罗斯文学漫评》，《小说月报》第 19 卷第 1 期，1928 年 1 月。
③ 钱杏邨：《德国文学漫评》，《小说月报》第 19 卷第 3 期，1928 年 3 月。

赞高尔基的《曾经为人的动物》表现了"其他作家所不肯表现的被压迫者,尤其是被压迫者的活力"①。高度评价日本无产阶级作家林房雄的创作,认为他的作品起到了很好的宣传作用;批评阿志巴绥夫的《宁娜》的结尾体现了虚无主义的精神,"《朝影》所表现的是如此,《工人绥惠略夫》所表现的也是如此。在一次失败之后,便感觉到前去无路,一切都看做眼中的云烟,让虚无的想念器上心头,这是阿志巴绥夫在思想上根本失败的地方。"②他批评霍甫特曼《织工》:"作者至多也不过是对无产者表示一些同情,并不曾在他的作品里确定无产者永久的胜利的生命,甚至如他自己所说,对《织工》所希冀的决不是导劳动者于叛乱,而是促企业家的反省。他仿佛是一个人道主义者,不是真正的站在无产者的阵线里的作家。"③

在对作家进行思想评价的同时,钱杏邨对作品的技巧进行了评价,即使是对那些思想被否定的作家也是如此:"阿志巴绥夫值得我们纪念的地方是他的技巧。"④ 在这些评论文章里,普希金《情盗》的小说结构、人物描写方法,阿志巴绥夫《朝影》里兽性的描写、重视细节描写,《宁娜》对于人物思想性格的准确把握,德国米伦女士的《劳动儿童故事》的童话方式,高斯华绥"思想表现的方法,不和宣教师式的戏剧家一样,他是把思想和事实揉杂了,而且把思想流动在全文的各处,使人觉到万分的自然",萧伯纳对人物性格描写的重视,高尔基的隐晦的表现方法、朴素自然且充满诗意的环境描写、动态的描写、人物性格的描写,林房雄的含蓄的描写、暗示的方法,塞门诺夫的朴实的风格、心理描写,都得到了他的称赞。

---

① 钱杏邨:《曾经为人的动物》,《小说月报》第19卷第6期,1928年6月。
② 钱杏邨:《血痕》,《小说月报》第19卷第11期,1928年11月。
③ 钱杏邨:《织工》,《小说月报》第19卷第12期,1928年12月。
④ 钱杏邨:《血痕》,《小说月报》第19卷第11期,1928年11月。

　　钱杏邨对外国文学作家作品的评价，从正面为左翼文学提供了学习和批判的标本：他坚持从思想与社会关系的角度批评作家作品，符合左翼文学界对于思想价值重视的一贯倾向；他对艺术方法的重视，既承认了左翼文学作品初创期客观存在的艺术性较低的问题，也提供了作家在艺术方面取得进步的一条思路。另外，钱杏邨对于外国作家作品思想方面批判、艺术方面肯定的作法，不仅是实践太阳社认识—实践文学书写规范的一种尝试，也提出了困扰后世中国文艺理论界几十年时间的"思想与艺术发展不平衡"的问题，在文学批评史上具有一定的价值。

结语：时间开始了

时间问题是困扰人类的一大哲学问题。开端时间是人类对时间的一种规定。从革命文学开始，中国文学新的时间开始了。

一　建立开端时间：革命文学书写规范的初步确立

革命文学家在提倡革命文学之初，他们对自己就有明确的历史定位：他们是一种崭新的文学时间的开拓者。

虽然没有确切的史料可以表明蒋光慈在苏俄留学期间即大量阅读苏俄文学作品，但是，蒋光慈在上海大学任教期间讲授的课程是《十月革命后的俄国文学》；1929年1月，在《海风周报》第1期上，蒋光慈又开列了苏俄文学优秀中长篇小说的目录。这个目录包括21位作家的32部作品，填补了国内对十月革命后苏俄文学的认识空白。从这些资料完全可以推断蒋光慈在苏俄学习期间就曾大量接触苏俄文学创作，而十月革命后的苏俄文学是当时世界文坛上最具冲击力的文学。他回国之初发表的《新梦》，表明他已经具有创造革命文学的思想。可以说，蒋光慈在中国创造革命文学的思想，是挟十月革命成功之威、借苏俄无产阶级文学崛起的东风而产生的。他清楚地知道自己正在创造中国文学史的新篇章，正在开创一种中国文学史上前所未有的文学种类。

　　"革命文学的发明权"之争同样表明太阳社作家具有明确的历史意识。李初梨在《怎样地建设革命文学》中提到："一九二六年四月，郭沫若氏曾在《创造月刊》上发表了一篇《革命与文学》的论文。据我所知道，这是在中国文坛上首先倡导革命文学的第一声。"钱杏邨在《关于〈现代中国文学〉通信》中进行批驳："但是，据我们所知道的，革命的文学的提倡并不起源于这时。在《新青年》上光慈就发表过一篇《无产阶级革命与文化》，在一九二五年在《觉悟》新年号上就发表过《现代中国社会与革命文学》，并且在一九二四年办过一个《春雷周刊》专门提倡革命文学。又他在一九二〇到一九二三年所写的革命歌集《新梦》和小说集《少年飘泊者》，在一九二五年也就先后发行了。……假使将来要作整个中国的革命文学的发展的追述，这些材料或许有点关系。"[①] 钱杏邨不仅是这样说的，而且在 1930 年即写作了《现代中国文学论绪章》梳理革命文学发展的历史，其中对《中国青年》、《创造月刊》、《太阳月刊》、《新流月报》、《拓荒者》等在中国新文学发展史上的地位极为推重。他称蒋光慈的《新梦》是"中国的最先的一部革命的诗集，"《少年飘泊者》是"革命时代的前茅"[②]。

　　革命文学的理论家和作家在文学理论和文学创作等方面建立了一系列的书写规范。

　　在文学理论方面，太阳社的理论家们提出文学应该反映时代精神，钱杏邨把这种时代精神更加具体地规定为"力与争斗"的精神；在后期创造社成员的影响下，他们提出无产阶级文学应该接受阶级意识的指导；从解决革命文学幼稚病的角度出发，

----

　　① 钱杏邨：《关于〈现代中国文学〉通信》，《阿英全集》第 2 卷，安徽教育出版社 2003 年版，第 669 页。

　　② 钱杏邨：《现代中国文学论绪章》，《阿英全集》第 1 卷，安徽教育出版社 2003 年版，第 540、557 页。

他们提出革命文学应该着力提高艺术水平。

太阳社成员虽然自认革命文学存在着幼稚病，但并不认可审美文学的价值观和文学技巧，极力与审美文学拉开距离，否认自己的文学创作是审美文学。他们推崇"认识—实践文学"，坚持在自己的文学实践中张扬思想内容第一的标准，坚持艺术必须为政治服务的观点。但是，在鲁迅等人的"一切文艺固是宣传，而一切宣传却并非全是文艺"①的观念的批判下，他们在坚持无产阶级意识的基础上，开始寻求解决艺术水平的问题。他们把目光投向国外，再次向苏联及日本无产阶级文学取经，引进了新写实主义创作方法。在太阳社成员看来，自然是希望创作方法的更新能够让他们摆脱宣传文艺的困境。

在文学创作方面，太阳社作家做出了一系列的贡献。

无产阶级文学与现代都市文学有着密切的关系。蒋光慈在《十月革命与俄罗斯文学》中就提出："但是十月革命的指导人，是城市而不是乡村，是无产阶级而不是农民。十月革命前进的方向，是顺着城市的指导而行的，城市的文化将破坏一切旧的俄罗斯，将改变贫困的、局促的、惨淡的乡村之面目。……电气！电气！电气！电气将吃尽了旧的俄罗斯，使之不能保存固有的面目。"②无产阶级天然地与现代都市联系在一起的，无产阶级文学在创立之初并没有排斥都市的思想。在早期革命文学作品中，都市文学的萌芽已经初现。蒋光慈的小说多是都市生活的反映，虽然其中都市生活的"日常性"已经被革命话语所颠覆，但其中的现代都市因素还是非常突出的。他的后继者，如孟超等，则对都市青年恋爱题材进一步发掘，形成了风靡一

---

① 鲁迅：《三闲集·文艺与革命》，《鲁迅杂文全集》，河南人民出版社1994年版，第341页。

② 蒋光慈：《十月革命与俄罗斯文学》，《创造月刊》第1卷第8期，1928年1月。

时的"革命加恋爱"的主题。

蒋光慈为宣传革命思想，加大对读者的影响力，主动地压抑焦虑，主要描写尖端题材、时代先锋题材而疏于描写社会现实。这其实与太阳社成员对"现实"的认识有关。钱杏邨在与茅盾的论争中提出有两种现实：第一种"现实"中的人物"代表着有着前途、有着希望的向上的人类，他们是创造着新的时代的脚色。"第二种"现实"中的人物"所代表的只是追不上时代的车轮的脚色，只是担负不起新的时代的创造者或推进者的责任的证明，只是为时代所丢弃的没落阶级的象征，他们是没有前途，没有希望，只有毁灭"①。革命文学要为无产阶级政治服务，在自身力量弱小的情况下，自觉地描写那些代表着时代前进方向的"现实"，这种"现实"在真实的生活中所占比例可能极低，但是，在革命文学家心目中，这种现实却是可以燎原的"星星之火"，其描写价值远远超过那些没有希望的"现实"。

英雄人物的塑造问题。蒋光慈在自己的作品中创造了一系列的"供学习的"英雄人物：李尚志、淑君、菊芬、沈玉芳、李全发等。这些英雄人物具有坚定的政治信念，在白色恐怖中仍然能够坚持革命工作，具有大无畏的为真理而献身的革命精神。他们也有儿女私情，但是却能够正确对待。这些英雄人物摆脱了以往中国文学中英雄人物被崇拜的特质，"被学习的"特质得到浓墨重彩的描写。评价这些英雄人物，不能以审美文学的标准来看待，而应当以这个人物是否具有当下"被学习的"价值。这是"认识—实践文学"在人物塑造方面区别于审美文学的一个重要特色。

---

①　钱杏邨：《茅盾与现实——读了他的〈野蔷薇〉以后》，《新流月报》第4期，1929年12月。

　　知识分子的思想转变是现代作家关注的一个话题。"思想转变"话题极容易受到评论家和读者的质疑：某个特定事件对人物的思想转变究竟能够有多大影响？人物思想转变后会不会有反复？人物思想转变是单一的还是对整个的世界观发生影响？等等。现代作家中，冰心的《超人》描写人物思想转变，仅仅是描写到人物思想受到刺激便戛然而止。蒋光慈塑造的准英雄形象，倾注了他的大量心血，他不仅描写了他们转变前的困境，而且描写了他们转变中的艰难，但是仍然难以服众。洪灵菲在《流亡》等作品中塑造了知识分子"从反思个性解放思想到宣传社会革命"的思想转变模式。戴平万在《小丰》中塑造了互补的转变形象，在《村中的早晨》中塑造了有限转变的形象。这些人物形象的塑造无疑增大了太阳社作家文学创作的厚重感。

　　描写农民的觉醒是无产阶级文学的一个重要任务。戴平万的旁观者形象的塑造与鲁迅的看客形象相比已经发生了重大变化，这是革命文学作家对大革命后农民的重新叙述。楼适夷的《盐场》对盐民的成功塑造，在农民形象塑造方面也出现了可喜的变化。

　　总之，太阳社成员在文学理论和文学创作等方面做出的成绩，初步建立了无产阶级文学的书写规范。

二　开端时间的逆序规范作用

　　每当一个时间被确定为开端时间，这个时间便会自动地对过去时间进行逆序规范，使过去时间被统一在新的时间观内。

　　太阳社以自己的文学批评承担了开端时间的逆序规范作用。当人们在20世纪80年代末惊诧于重评文学史活动时，其实早在20世纪20年代末，蒋光慈、钱杏邨等人就有重新评估文学史的行动。对具体作家，他们采用的是思想与艺术、时代与历史的二分法。在这种二分法的精神指导下，鲁迅及一批现代小品作家、外国文学经典作家被重新评估。太阳社解散后，孟超还用马克思主义观点重新评价了《水浒传》、《金瓶梅》①。可以说，至少在中国，这种二分法开创了运用马克思主义规范文学史的先河。在后世编写的中国文学史、中国现代文学史教材中，这种二分法成为一种经典的批评方法。

采用二分法评价文学史上经典作家的作品是对马克思列宁主义文学思想的运用。太阳社的理论观点直接来源是苏联的"拉普"等文学社团，但这种方法的根本来源是列宁对托尔斯泰的评价。钱杏邨曾直接引用列宁对托尔斯泰的评价："一方面无忌惮的批判资本主义的榨取，剥去政府的暴行、裁判及行政的喜剧的假面具，且暴露了富与文明成果的增大，和劳动大众的贫困、野兽化、苦痛的增大间的矛盾之深刻的根据，但他方面，提出了'抗恶勿用暴力'这个愚劣的说教。虽然以清醒的现实主义剥去一切的假面具，同时又是世界中最卑污的人即宗教的说教者。"② 后世文学史家、文学理论家并不愿意承认他们与太阳社的渊源关系，他们直接把这种方法的来源定于列宁的思想。但是，太阳社成员却是国内最早运用马克思主义方法评价文学史的研究者。

从政治的角度出发，要求文学为政治服务，这无可厚非。中国古代文学就有"文以载道"的传统。周作人甚至说，中国文学传统其实就是"载道"与"言志"交相发展的过程。因此，政治家（革命家）完全可以而且必然提出这样的观点，正像市民读者可以提出文学是娱乐的观点、高雅读者可以提出文

---

① 孟超出版有《水泊梁山英雄谱》（上海学习出版社1949年版）、《〈金瓶梅〉人物》（初版年代不详，北京出版社2003年重版）。

② 钱杏邨：《关于文艺批评——力的文学自序》，《海风周报》第9号，1929年3月3日。这段话钱杏邨译自列宁的《列甫·托尔斯泰是俄国革命的镜子》，与目前通行本文字不完全一致。

学是审美的观点一样，都无可非议。但是，太阳社成员通过自己的文学批评，表现出强烈的一统文学世界的意图，这种意图通过论争造成舆论效应，客观上造成了一些不良影响，对文学的发展形成了阻力。

三 开端时间对后世文学创作和文学研究的影响

为解决无产阶级艺术问题，太阳社成员率先向创作方法寻求出路。他们的这一选择非常关键。自此之后，在左翼作家那里，这条出路被认为是唯一的出路。左翼文坛先后引进了唯物辩证法创作方法、革命现实主义创作方法、革命现实主义和革命浪漫主义创作方法相结合的方法，等等，都是试图寻找最正确的创作方法来取得突破，使无产阶级艺术成为审美艺术。他们的这种选择并不应该是唯一的选择。但是，他们在坚持既要有宣传作用、又要有文学效果的情况下，也只能做出如此的选择。不过，"二分法"的理论，先天地设置了两个标准问题，成为"认识—实践文学"不可克服的难局。

革命文学中的都市生活因素被现代都市作家所把握，创造出了反映日常生活逻辑的现代都市文学。施蛰存说："（刘灿波）喜欢的是所谓'新兴文学'，'尖端文学'。新兴文学是指十月革命以后兴起的苏联文学。"穆时英的处女作《咱们的世界》"整篇小说都用地道的工人口吻，叙述工人的生活和思想"。"几乎被推为无产阶级文学的优秀作品。"[①] 可见，无产阶级文学对现代都市小说的形成是有一定的作用的。

革命文学在文学的阶级性方面的探讨，对无产阶级文学发展的作用显而易见。一代又一代的红色作家在对无产阶级及其同盟军——中国农民的塑造方面殚精竭虑，把自己的价值追求

---

① 施蛰存：《我们经营过三个书店》，《新文学史料》1985 年第 1 期。

推向极端，把它所可能开辟的文学空间挖掘殆尽。与之相辅相成的是茅盾在无产阶级文学方面的创造性开拓。茅盾在与创造社、太阳社成员的论争中，虽然坚持了现实主义原则，但同时也接受了创造社、太阳社成员坚持"阶级意识"的理论。他的小说创作从《蚀》到《虹》再到《子夜》、《腐蚀》，发生了明显的变化。他仍然在描写大多数的现实，但大量刻画了资本家等人物，从"此路不通"的角度来宣传马克思主义意识形态，展现中国社会宏大的历史进程。

同时，革命文学重视阶级性对非无产阶级文学也产生了深远的影响。钱杏邨在《野祭》（书评）中说："恋爱确实是有阶级性在里面，各个人的阶级不同，他们的经济背景和生活状况当然也是不同，以两个经济背景不同的人合在一起，他们的思想行动，事实上是没有方法调协的。所以嚣俄（Hugo）（现通译为雨果）的贵女恋大盗一类的事，便多少的有些不可靠了。要谈到真正的恋爱，除去现代经济制度打翻以后是永没有希望的。读者还有不相信的罢？我可以用一个失败的计划来证明：曾经有一个幻想，写一篇青年学生恋一个丐女的故事，事实上竟没有法子下笔，他们怎样进行恋爱呢？行动，环境，衣着就不同，我们是没有法子写他们恋爱的进行的。要勉强的写起来，其结果不过成一篇浪漫派的作品而已。整个的计划便这样推翻了。谁个有方法写这样阶级不同的婚姻呢？这真可以说是千难万难了。"[①] 他以此想说明的是不同的阶级之间有不可逾越的障碍。

但是，审美文学却完成了"认识—实践文学"不可能完成的任务。因为，阶级性的发现，为审美文学开拓了一个极大的写作空间。在现代文学史上，对于《家》、《雷雨》、《骆驼祥

---

① 钱杏邨：《野祭》（书评），《太阳月刊》2 月号，1928 年 2 月。

子》这样的作品，研究者无法归入某个阶级的文学范畴之中，因为，它们是容纳了当时多种思想的审美文学。这些作品中出现了阶级性元素，但是，与革命文学作家不同的是，阶级性仅仅是这些作家思考社会、认识社会的一个重要元素。在《雷雨》中，曹禺安排了两代少爷与丫环之间的恋爱；在《骆驼祥子》中，老舍安排了厂主女儿与车夫之间的恋爱婚姻；在《家》中，巴金安排了少爷与丫环之间的恋爱。这三部作品在阶级性问题上的共同之处，就是思考了不同阶级之间的关系问题。因此，革命文学在阶级性问题上的强调，虽然没有直接地造成曹禺等人对阶级意识的接受，但是阶级这一元素已经纳入了他们的视野。虽然，他们思考的范围已经超出了阶级关系的范畴，而阶级问题并不是他们思考的关键问题。从这个角度看，革命文学没有产生伟大作品的原因不是创作方法是否先进的问题，根本上来说，是他们思考问题的单一化造成的。即他们把人简单化了，使人只具备一种思想、一种特性，使人物很容易被完全体验。而审美文学则不是如此，以祥子为例，他的吸引人，不在于他的思想的正确，而在于他的思想的复杂性：如果从阶级观点来看待祥子，他不应该选择与虎妞结婚，他不应该选择放弃与小福子的婚姻，他不应该选择走上堕落的道路。但他不仅是个阶级的人，还是一个性格化的人，还是一个具有中国文化背景的人，还是一个具有 20 世纪二三十年代北京背景的人。因此，他不仅是一个理论化（阶级性）的人，还是一个现实生活中的人。他的选择总是与阶级性对他的要求有同有异。同样的，《雷雨》、《家》中的人物也是这样。而在革命文学中，蒋光慈的人物，如菊芬等被简单化处理，读者可以发现人物身上的阶级意识，可以发现人物受阶级意识支配的地方，却难以发现人物的现实性。这样，不管作者采用的创作方法是现实主义，还是浪漫主义，都难以摆脱局面狭小的困境。

在人物塑造方面，英雄人物、思想转变的人物、觉醒中的农民形象都是后世无产阶级文学表现无产阶级思想伟力的舞台。这在《暴风骤雨》、《太阳照在桑干河上》、《红旗谱》、《红岩》、《红日》、《创业史》、《青春之歌》、《铁道游击队》等作品中都有体现。

革命文学批评家的文学批评方式对后世左翼文学批评也产生了深刻的影响。钱中文先生说："左翼批评家之中不少人是革命家兼批评家，他们通过文学批评进行革命，在他们看来，搞政治与文学就是一回事，文学就是革命斗争的一翼。于是，他们把这种政教型文艺观发展到了极致。文学自身的特点与功能被抑制了，文学的作用不仅仅是政治教化，而且还是武器的斗争。"[①] 从 20 世纪 30 年代到"文化大革命"结束前，这种批评方式造成了不可轻视的影响。

太阳社的文学实践虽然有其局限性，但认识—实践文学书写规范的初步形成对后世还是产生了不可忽视的影响，值得研究者深入探讨。

---

① 钱中文：《文学观念向他律的倾斜与越界》，《河北学刊》2005 年第 5 期。

参 考 书 目

《太阳月刊》（共七期），1928 年 1 月 1 日创刊，1928 年 7 月 1 日停刊。影印本。

《时代文艺》（共一期），1928 年 10 月 1 日创刊。影印本。

《海风周报》（共十七期），1929 年 1 月 1 日创刊，约 1929 年 6 月终刊。影印本。

《新流月报》（共五期），1929 年 3 月 1 日创刊，1930 年 1 月 15 日终刊。影印本。

《拓荒者》（共五期），1930 年 1 月 10 日创刊，1930 年 5 月 1 日终刊。影印本。

《我们》（共三期），1928 年 5 月 20 日创刊，1928 年 8 月 20 日终刊。影印本。

《创造月刊》（第一卷共十二期，第二卷共六期），1926 年 3 月 16 日创刊，1929 年 1 月 10 日终刊。影印本。

《文化批判》（共五期），1928 年 1 月 15 日创刊，约 1928 年 5 月终刊。影印本。

《流沙》（共六期），1928 年 3 月 15 日创刊，1928 年 5 月 30 日终刊。影印本。

《畸形》（共两期），1928 年 5 月 30 日创刊，1928 年 6 月 15 日终刊。影印本。

《引擎》（共一期），1929 年 5 月 19 日创刊。影印本。

《小说月报》第 18、19 卷，1927 年、1928 年。

《大众文艺》（共十二期），1928 年 9 月 20 日创刊，1930 年
6 月 1 日终刊。影印本。

《现代》第 3 卷，1933 年。影印本。

《一般》第 4 卷，1928 年。

《北新》第 2、3 卷，1928、1929 年。

《汉口民国日报》，（1927 年 1 月—1927 年 8 月之间部分）。
影印本。

《文学周报》（合订本），第 4 本。1928 年。

中共中央马恩列斯著作编译局编：《马克思恩格斯选集》第
1 卷，人民出版社 1995 年版。

中共中央马恩列斯著作编译局编：《马克思恩格斯全集》第
3、4 卷，人民出版社 1958、1960 年版。

《毛泽东选集》第 1 卷，人民出版社 1991 年版。

《茅盾全集》第 19 卷，人民文学出版社 1991 年版。

《阿英文集》，三联书店 1981 年版。

《瞿秋白文集》（文学编）第 1、2 卷，人民文学出版社
1985、1986 年版。

《鲁迅杂文全集》，河南人民出版社 1994 年版。

《蒋光慈文集》第 1、2、3、4 卷，上海文艺出版社 1982、
1983、1985、1989 年版。

《蒋光赤选集》，人民文学出版社 1960 年第 2 版。

乐齐主编：《洪灵菲小说精品》，中国文联出版公司 1997
年版。

洪灵菲：《大海》，花城出版社 1984 年版。

纪怀民、陆贵山、周忠厚、蒋培坤编著：《马克思主义文艺
论著选讲》，中国人民大学出版社 1982 年版。

丁丁编：《革命文学论》，泰东图书局 1927 年版，影印本。

霁楼编：《革命文学论文集》，上海新学会 1928 年版，影印本。

冯乃超主编：《文艺讲座》第一册，神州国光社 1930 年版，影印本。

《"革命文学"论争资料选编》（上、下），人民文学出版社 1981 年版。

方铭：《蒋光慈研究资料》，宁夏人民出版社 1983 年版。

饶鸿竞等编：《创造社资料》，福建人民出版社 1985 年版。

孙中田、查国华编：《茅盾研究资料》，中国社会科学出版社 1983 年版。

马良春、张大明编：《三十年代左翼文艺资料选编》，四川人民出版社 1980 年版。

张静庐辑注：《中国近代出版史料（初编）》，上海出版社 1953 年 10 月版。

张静庐辑注：《中国近代出版史料（乙编）》，中华书局股份有限公司 1955 年版。

夏志清：《中国现代小说史》，复旦大学出版社 2005 年版。

杨义：《中国现代小说史》第 1、2、3 卷，人民出版社 1986、1988、1991 年版。

严家炎：《中国现代小说流派史》，人民文学出版社 1989 年版。

贾植芳：《中国现代文学社团流派》，江苏教育出版社 1989 年版。

贾植芳：《中国现代文学的主潮》，复旦大学出版社 1990 年版。

温儒敏：《中国现代文学批评史》，北京大学出版社 2000 年版。

许志英、邹恬编：《中国现代文学主潮》（上），福建教育出版社 2001 年版。

许道明：《中国现代文学批评史》，江苏文艺出版社 1995 年版。

王福湘：《悲壮的历程——中国革命现实主义文学思潮》，广东人民出版社 2002 年版。

玛利安·高利克：《中国现代文学批评发生史》（1917—1937），社会科学文献出版社 1997 年版。

艾晓明：《中国左翼文学思潮探源》，湖南文艺出版社 1991 年版。

吴中杰：《中国现代文艺思潮史》，复旦大学出版社 1996 年版。

刘纳：《嬗变——辛亥革命时期至五四时期的中国文学》，中国社会科学出版社 1998 年版。

朱寿桐：《中国现代社团文学史》，人民文学出版社 2004 年版。

陈顺馨：《社会主义现实主义理论在中国的接受与转换》，安徽教育出版社 2000 年版。

黄子平：《灰阑中的叙述》，上海文艺出版社 2000 年版。

旷新年：《1928：革命文学》，山东教育出版社 1998 年版。

旷新年：《中国 20 世纪文艺学学术史》第二部下卷，上海文艺出版社 2001 年版。

马德俊：《蒋光慈传》，安徽人民出版社 2001 年版。

郑异凡编译：《苏联"无产阶级文化派"论争资料》，人民文学出版社 1980 年版。

白嗣宏编选：《无产阶级文化派资料选编》，中国社会科学出版社 1983 年版。

张秋华等编：《"拉普"资料汇编》（上），中国社会科学出版社 1981 年版。

王岳川：《现象学与解释学文论》，山东教育出版社 1999年版。

钱理群、温儒敏、吴福辉著：《中国现代文学三十年》，北京大学出版社 1998 年版。

李富根、刘洪编：《恩怨录·鲁迅和他的论敌文选》，今日中国出版社 1996 年版。

柳存仁等著：《中国大文学史》（上、下），上海书店出版社 2001 年版。

朱金顺：《新文学资料引论》，北京语言学院出版社 1986年版。

陈安潮：《中国现代文学社团流派史》，华中师范大学出版社 1997 年版。

余岱宗：《被规训的激情》，上海三联书店 2004 年版。

童庆炳主编：《文学理论要略》，人民文学出版社 2000年版。

刘绶松：《中国新文学史初稿》，人民文学出版社 1979年版。

郑超麟：《郑超麟回忆录》，东方出版社 2004 年版。

张志伟主编：《西方哲学史》，中国人民大学出版社 2002年版。

房向东：《鲁迅与他“骂”过的人》，上海书店出版社 1996年版。

陈平原：《茱萸集》，春风文艺出版社 2001 年版。

《李何林全集》第 3 卷，河北教育出版社 2003 年版。

蓝爱国：《解构十七年》，华东师范大学出版社 2003 年版。

费成康：《中国租界史》，上海社会科学院出版社 1991年版。

《上海公共租界史稿》，上海人民出版社 1980 年版。

陈玉申：《晚清报业史》，山东画报出版社 2003 年版。

李扬：《50—70 年代中国文学经典再解读》，山东教育出版社 2003 年版。

唐小兵：《英雄与凡人的时代：解读 20 世纪》，上海文艺出版社 2001 年版。

刘思谦等：《文学研究——理论方法与实践》，河南大学出版社 2004 年版。

马立新：《革命文学新论》，中国文联出版社 2003 年版。

江文琦：《苏联二十年代文学概论》，上海外语教育出版社 1990 年版。

尼采：《权力意志——重估一切价值的尝试》，商务印书馆 1991 年版。

尼采：《苏鲁支语录》，商务印书馆 1992 年版。

任访秋主编：《中国近代文学史》，河南大学出版社 1988 年版。

刘增杰：《云起云飞》，河南大学出版社 1997 年版。

曾庆瑞、赵遐秋编：《中国现代小说 140 家札记》上，漓江出版社 1984 年版。

耿占春：《改变世界与改变语言》，社会科学文献出版社 2002 年版。

中国人民政治协商会议全国委员会文史资料研究委员会编：《文史资料选辑》第 69 辑，中华书局 1980 年版。

附：

"拉普"主要小说作家作品的汉译

　　国内的中国现代文学史家对"拉普"文学理论一贯持批判态度，但很少点明谁是"拉普"作家。这种现象造成了读者认为"拉普"作家可能都是一些无名之辈的错觉。其实，"拉普"作家在中国国内都是赫赫有名的，富尔曼诺夫、李别进斯基、别德内依、绥拉菲莫维奇、法捷耶夫、肖洛霍夫等都是其中的重要成员。"拉普"以其文学创作，而不是以其文学理论对中国无产阶级文学的形成、对 1949 后 30 余年间读者阅读习惯的形成均产生了极其深远的影响。梳理"拉普"的形成过程、主要作家作品的汉译及其创造的"认识—实践文学"模式，有助于对中国无产阶级文学的研究。

一　20 世纪 20 年代的苏俄文坛

　　20 世纪 20 年代是苏联文学史上一个百家争鸣、百花齐放的繁荣时期。这一时期，苏联文艺界是民主的，苏联的文艺工作者享有充分的创作自由的权利。形成这一创作自由的局面，与苏共执行了正确的文艺政策有关。

　　苏共的文化建设政策分为相辅相成的两个方面。一方面允许文学团体自由发展，另一方面对文化建设中不符合自由发展的状况及时予以适当的指导。

　　允许文学团体自由发展，与苏共的文化建设思想有密切关系。列宁在《国家与革命》中认为苏共在苏俄所建立的政权处于马克思所说的共产主义社会的第一阶段，"资本主义社会和共产主义社会之间……只能是无产阶级的革命专政"。把无产阶级在国家内部的影响局限于对国家政权的控制方面。文化建设方面的领导人布哈林与托洛茨基坚持列宁的主张，把无产阶级文化广义地解释为是共产主义社会的产物，因此，无产阶级文化不可能产生于共产主义社会建成之前。在这种思想的影响下，伏龙芝表示："列宁同志坚决反对把无产阶级文化作为当前实际任务的理论。"① 尤其是布哈林，本来持建设无产阶级文化的主张，但接受了列宁的批评后，转而认为，无产阶级文化要通过和其他文学流派的竞赛才能兴起，而政府方面的任何监护都会损害它。他呼吁"一个无政府主义的自由竞赛"原则②。在苏共的文化建设思想指导下，苏俄境内的作家们根据自己的文学理念，在志同道合的基础上，组建了许多文学团体。有无产阶级文化派、十月派及其继承者拉普、山隘派等文学流派，共同形成了 20 世纪 20 年代苏俄文学史上的繁荣局面。

在这些文学团体中，虽然有一些是反对苏维埃政权的文学组织，但其主流是支持苏维埃政权的。在支持苏维埃政权的文学流派中，主要有两个对立的派别。一个是山隘派，他们支持苏共的文艺政策；另一个是无产阶级文化派、十月派及其继承者拉普，他们自下而上地提出应该在现阶段建设无产阶级文化，"岗位派"并要求建立党对文学的专政，提议由"伐普"充当这一专政的工具。

由于无产阶级文化派及十月派、拉普的文学主张超越了现

① 张秋华、彭克巽、雷光编选：《拉普资料汇编》（上），中国社会科学出版社 1981 年版。

② 同上书，第 346 页。

阶段的任务，苏共在文艺发展中多次纠正他们的错误思想，使文艺发展回到自由发展的轨道上来。当无产阶级文化派要求苏共出面压制异己时，党明确告诉他们，建设无产阶级文化的事业不是靠行政命令来解决的，而是应该通过自由竞赛和自由争论来达成的。"在正确认清各种文学流派的社会阶级内容的同时，党决不偏袒文学形式方面的某一派别而使自己受到束缚。既然领导着整个文学，党就不可能支持某一个派别（在根据对形式和风格的观点不同而划分这些派别的时候），正如党不能以决议来解决家庭形式问题一样。"① 布哈林同意岗位派关于建设无产阶级文化的主要论点，但是否定岗位派关于不同文学流派之间不可能有和平竞赛的见解②。

1932 年，随着拉普的解散，苏联作家协会的成立，苏共建立了党对文学的领导，结束了文学自由发展的局面。

二　"拉普"的发展概况

"拉普"的名称始于 1925 年，但文学史家在使用这一名称的时候，通常是包括了"拉普"的前身——"十月派"等文学团体的。

"拉普"的前身是"十月派"。"十月派"成立于 1922 年 11 月 7 日。参加这个文学派别的主要成员有从"锻冶场"退出来的成员、"青年近卫军"的部分成员、"工人之春"的部分成员、不属于任何组织的李别进斯基和列列维奇等。"十月派"是从"锻冶场"分裂出来并以"锻冶场"为竞争对象，而"锻冶场"是 1920 年 5 月从十月革命前就已经存在的"无产阶级文化

---

① 《苏联文学艺术问题》，人民出版社 1959 年版，第 11 页。

② 张秋华、彭克巽、雷光编选：《拉普资料汇编》（上），中国社会科学出版社 1981 年版，第 348 页。

派"中分裂出来的成员组成的。因此,"十月派"是比"无产
阶级文化派"、"锻冶场"更加激进的文学团体。

　　"十月派"成员出版的第一份期刊名为《在岗位上》
(1923—1925),因此,"十月派"又被称为"岗位派",而"岗
位派"也使"十月派"声名远播。

　　"十月派"致力于向"锻冶场"夺取文学控制权。1923 年
前,"锻冶场"控制着"伐普"(全俄无产阶级作家联合会和全
苏无产阶级作家联合会的简称,也有人译作"瓦普"),"十月
派"在 1923 年 3 月召开的莫斯科无产阶级作家会议上成立了
"莫普"(莫斯科无产阶级作家协会),以"莫普"作为"十月
派"在"伐普"中的代理人,并将"伐普"完全置于"十月
派"的控制之下。因此,"岗位派"、"莫普"、1924 年 4 月被
"十月派"改组后的"伐普"事实上是对"十月派"的三个不
同形式的称呼,第一个是以其所办期刊的名称命名,第二个是
以其所控制的莫斯科无产阶级作家协会名称命名,第三个是以
其所控制的全俄和全苏无产阶级作家联合会的名称命名。

　　1925 年全苏无产阶级作家协会成立,简称"伐普",原来
的由十月派控制的"伐普"(全俄和全苏无产阶级作家联合会的
简称)改称为"拉普"(缩小为俄罗斯无产阶级作家协会,仅
包括俄罗斯联邦内部的一些文学组织),仍然是由十月派控制,
但"拉普"是新的"伐普"中最大的成员组织。1926 年,十月
派发生分裂,原来的领导人被逐出"拉普"领导层,新的"拉
普"出版了期刊《在文学岗位上》,因此,被称为"文学岗位
派"。"拉普"是与"文学岗位派"常常被交替使用的名称。

　　1928 年全苏无产阶级作家协会联盟成立,简称"伏阿普",
取代了 1925 年成立的"伐普",它是一个联合了更多的无产
阶级团体的组织,包括了乌克兰和西伯利亚的无产阶级文学团体,
也包括"锻冶场"。从 1928 年到 1932 年苏联作家协会成立,文

学岗位派（十月派的中坚分子）牢牢地主宰着"拉普"，并使"伏阿普"听命于"拉普"。因此，文学岗位派事实上控制着从1926年开始的苏俄文坛。

综上所述，了解"拉普"的发展脉络，就必须了解"十月派"。"十月派"前期控制着"莫普"、改组后的"伐普"，被称为岗位派；后期控制着"拉普"、新"伐普"、"伏阿普"，被称为文学岗位派。他们在理论上先是与"锻冶场"发生争执，随后与山隘派发生争论，致力于为无产阶级文学争取文坛的统治地位。

三 "拉普"主要小说作家作品的汉译[①]

岗位派诗人有别泽缅斯基、扎罗夫等，小说作家有富尔曼诺夫、李别进斯基。诗人杰米扬·别德内依与小说作家亚历山大·绥拉菲莫维奇不是"十月派"的正式成员，但都同意"十月派"的思想纲领，因而常常被认为是"拉普"作家。文学岗位派有小说作家法捷耶夫、肖洛霍夫、李别进斯基等。

李别进斯基（1898—1959），他的主要作品有《星期》（1922）、《政委们》（1925）等。《星期》汉译名为《一周间》。《一周间》曾经出过四个汉译版本。第一个版本是由蒋光慈从俄语翻译的，1928—1929年由蒋光慈译出第1章，载于《海风周报》（1929年9月5日），全书译完后，1930年1月列入《世界新文学丛书》，由泰东图书局初版，1932年2月再版，1933年10月三版。第二个版本是由江思（戴望舒笔名）、苏汶依据法语本合译，1930年由上海水沫书店初版。第三个版本由江思翻译，1946年6月由上海作家书屋初版，1951年再版。第四个版

---

① 本节参考张秀筠的文章《二十年代苏联主要中、长篇小说及在中国翻译出版情况》（见武汉大学外文系主办《俄苏文学》双月刊，1982年第2期）。

本是由戴望舒译，1958 年 6 月由人民文学出版社初版，1962 年再版。

富尔曼诺夫（1891—1926），他的主要作品有《恰巴耶夫》（1923）、《叛乱》（1925）。《恰巴耶夫》有两个汉译版本。第一个版本是由郭定一翻译的，1948 年由大连生活书店出版，定名为《夏伯阳》。第二个版本由葆煦翻译，1957 年 10 月由人民文学出版社初版，1958 年 4 月再版（精装本），定名为《恰巴耶夫》。《叛乱》有两个汉译版本。第一个版本是由瞿辅（高明）翻译，1930 年 11 月出版。第二个版本由梅子翻译，1963 年由上海文艺出版社出版。

绥拉菲莫维奇（1863—1949），他的主要作品有《铁流》（1924）。《铁流》有两个汉译版本。第一个版本由杨骚翻译，1930 年 6 月南强书店出版。第二个版本由曹靖华从俄语翻译，1931 年 11 月由三闲书屋出版；1933 年光华书局出版；1938 年由生活书店出版；1951 年 4 月由人民文学出版社初版，1957 年 10 月再版，1958 年 4 月出版精装本，1973 年 9 月出版第 3 版；1978 年 10 月出版生活、读书、新知三联书店香港分店版本。

法捷耶夫（1901—1956），他的主要作品有《毁灭》（1927）。《毁灭》有两个汉译版本。第一个版本由鲁迅从日语翻译，第 1—2 章载于《萌芽》（杂志）1930 年 1—6 月各期，1930 年 9 月由大江书铺出版单行本（署名隋洛文），1952 年 7 月人民文学出版社初版，1957 年、1970 年再版、三版。第二个版本由磊然翻译，1978 年 8 月由人民文学出版社出版。

肖洛霍夫（1905—1984），他的主要作品为《静静的顿河》（共四部八卷，1925 年开始写作第一部，1928 年出版第 1 部，1929 年出版第二部，1933 年出版第 3 部，1940 年出版第 4 部）。《静静的顿河》有一个汉译版本。金人翻译，1940 年 10 月由光明书局初版；1956—1958 年人民文学出版社初版，1980 年 4 月再版。

四　"拉普"主要小说作家作品在中国的接受

文学翻译理论家 Lefevere 提出文学翻译的"文化整合范式"，把文学翻译理论研究的关注对象由"原本研究"转移到对"译入国文本"的研究。Lefevere 尤其关注强势文学对弱势文学的影响，认为文学界专业人士的意见、文学系统外的压力都可以促进或妨碍对外国文学的选择与译入①。

拉普作家作品在中国的接受，首先与国内文学界专业人士有关。蒋光慈 1924 年以后在上海大学任教，他讲授的课程就是《十月革命后的俄国文学》，在他的课程中，拉普作家开始受到关注。蒋光慈非常推崇李别进斯基，1928 年太阳社成立后就在《太阳月刊》上翻译发表了李别进斯基的《一周间》。太阳社成员对十月革命后苏俄作家的推崇很快得到文坛的响应。戴望舒、苏汶合译了《一周间》，鲁迅翻译了《毁灭》，杨骚、曹靖华先后翻译了《铁流》。这使拉普作家的文学创作得到了国内文学界和读者的关注。其次，拉普作家作品的译入与中国革命的发展进程有关。1927 年大革命失败前，中国共产党把中国革命的性质定为资产阶级革命。所以 1928 年前虽然有提倡无产阶级文学的呼声，但并没有得到社会的响应。如 1925 年 1 月 1 日，蒋光慈在《民国日报》附刊《觉悟》上发表《现代中国社会与革命文学》中说："中国现代的社会再黑暗没有了，所谓一般的民众受两重的压迫——军阀和帝国主义，再进一层说所谓一般劳苦的群众们之受压迫，更不可以想象。在这一种黑暗状态下，倘若我们听见几个文学家的反抗声，倘若我们所见几个文学家的革命之歌，则我们将引以为荣幸，因为文学家是代表社会的情绪的（我始终

---

① 傅勇林、曾江霞：《西方当代译学研究：文化整合范式的早期探索》，《四川外语学院学报》2001 年第 2 期。

是这样的主张），并且文学家负有鼓动社会的情绪之职任，我们听见了文学家的高呼狂喊，可以证明社会的情绪不是死的，并且有奋兴的希望。"并呼吁："中华民族一定要产生几个伟大的文学家！一定要产生几个能够代表民族性，能够代表民族解放运动的精神的文学家！"① 蒋光慈在这篇文章中把叶绍钧、冰心、俞平伯都划入"市侩文学"作家，呼声不可谓不严厉，但是，并没有产生太大的反响。1927 年大革命失败后，中国共产党开始进入单独领导中国革命的时期，革命的性质已经发生了根本的变化，建立无产阶级文学并翻译苏联文学成为影响文坛选择的一个重要因素。拉普作家作品也开始进入了中国文坛。

拉普对苏联及中国无产阶级文学的发展的影响是深远的。拉普虽然在 20 世纪 30 年代受到苏共的批判，但那是对拉普反对文艺界自由发展的观念的批判，拉普的许多创作理念并没有被否定，而是被进一步修正并得到了较彻底的贯彻。而中国的革命文学是在苏联文学的影响下建立的，其文学规范的建立因此受到了拉普作家作品的全方位的影响。

认识—实践文学观的确立。拉普作家强调文学的认识—实践作用，使文学从审美文学的轨道上转移到了认识—实践文学的轨道上来。

建立认识—实践文学观，必然突出文学是对社会的反映的观点。拉普作家在文学反映社会的观点的基础上，进一步把对社会的反映缩小为对社会革命的反映，使认识—实践文学成为反映苏联革命进程的文学。《一周间》、《铁流》、《毁灭》、《恰巴耶夫》、《静静的顿河》从各个侧面在不同程度上反映了苏联国内战争时期的革命及和平建设的革命事迹。为反映苏联的革

① 蒋光慈：《现代中国社会与革命文学》，《蒋光慈文集》第 4 卷，上海文艺出版社 1988 年版，第 150 页。

命进程，无产阶级写实主义、社会主义现实主义等创作方法逐渐得到提倡，史诗性质的"大河小说"成为无产阶级文学的追求。在中国无产阶级文学发展过程中，文学反映社会，尤其是反映中国革命进程的文学创作同样得到提倡，从《太阳照在桑干河上》、《暴风骤雨》到十七年文学都留有这样的痕迹。

　　建立认识—实践文学观，必然需要把文学分解为思想性和艺术性两个部分，并进而突出文学的思想内容。拉普作家在这一方面做出了相当的努力。首先，他们在作品中强调正确思想的伟大力量。钱杏邨在《关于李别金斯基》中指出《一周间》科学地描写了革命，正确地传达了革命的生死观[1]。其次，在作品中突出党的领导作用。里别进斯基曾说："后来有人责备我的小说没有表现人民，而只是写了党组织的领导者。我认为这种责难是不严肃的。……共产党员的灵魂……向着人民，对人民和祖国充满了责任感的时候才配称做共产党员。党性乃是人民性的最高表现。"[2]《恰巴耶夫》突出了共产党和工人阶级在武装斗争中的领导作用，并通过共产党员、政治工作人员克雷奇科夫的工作来体现这一特点。《毁灭》安排了共产党员莱奋生、《铁流》安排了郭如鹤等来体现这一思想。再次，与突出党的领导作用相配合，在作品中都安排了一些思想方面有缺陷的人物。钱杏邨曾说："无产党人是人不是神，但是在和他们隔绝了的人们，是往往的把他们当做'神'一般的看待的。看他们是毫无缺陷的。李别金斯基把人们的这一种的信念打破了。"[3]与《一

　　[1]　钱杏邨：《关于李别金斯基——介绍他的"一周间"》，《拓荒者》第1卷第2期，1930年2月。
　　[2]　里别进斯基著，伍伟译：《我是怎样写〈一周间〉的》，《一周间·附录》，人民文学出版社1962年版，第162页。
　　[3]　钱杏邨：《关于李别金斯基——介绍他的"一周间"》，《拓荒者》第1卷第2期，1930年2月。

周间》相似，在《恰巴耶夫》中，恰巴耶夫是一个在政治思想上幼稚的战斗英雄；在《毁灭》中，莫罗兹卡是一个具有浓厚的农民意识的落后的矿工，美契克是一个动摇的小资产阶级知识分子；而在《铁流》中，跟随部队行军的哥萨克村民们是具有一定落后思想的群体。第四，正是在以上三点的基础之上，拉普作家作品特别强调革命在广大人民群众的改造中的巨大作用，表现新的思想意识、新的道德品质在革命斗争中的形成，因此，人物发生思想转变是作品的一个最突出的特点，恰巴耶夫的转变、莫罗兹卡的转变、《铁流》中群众的思想转变都体现了这一点。与此相对应的，拉普作家还致力于创造新的时代的新的英雄人物，莱奋生、转变后的恰巴耶夫、郭如鹤等都是新时代的英雄形象。这些文学创作思想基本在中国的无产阶级文学中得到了体现。中国的无产阶级文学中同样强调思想的正确、党的领导、思想的转变及新的英雄人物的塑造。如《红旗谱》中的朱老忠的形象。

认识—实践文学在推崇思想性的同时，也强调文学作品的艺术性，强调文学作品的审美因素。但是，无论其审美价值有多高，都是为认识—实践作用服务的，与审美文学的审美因素是不同的。拉普作家为提升文学作品的艺术性，也积极地向俄国文学史上的优秀作家学习，他们学习托尔斯泰的"心灵辩证法"、学习陀斯妥耶夫斯基的心理描写方法等，并力图发明一种吸收了人类文学遗产的正确的创作方法来实现自己的文学追求，他们提出过"活人论"、"唯物辩证法"的创作方法，等等。这些努力在拉普作家作品中都得到了具体体现，对20世纪20年代末中国的"革命文学"也产生过很大影响。

在拉普作家作品中，唯一有所不同的是肖洛霍夫的《静静的顿河》。这部作品以生动的形象揭示了"哥萨克人用痛苦和鲜血换来的生活真理，真实地表现他们走向革命的艰苦曲折道路"①。但他着力塑造的人物并不是革命英雄，也不是转变中的准英雄，而是在革命与反革命之间摇摆的"中间人物"葛利高里。"《静静的顿河》的主要内容正是展现第一次世界大战、十月革命和国内战争时期顿河哥萨克各阶层的生活，而追踪了葛利高里、娜塔莉亚、婀克西尼亚等等主人公的悲剧性命运的原由。""既然是追踪，那末主人公们的悲剧性命运的原由仍是个未知数，从而使小说创作充分发挥认识生活、探明生活的功能。"② 肖洛霍夫虽然曾受到拉普理论家的批判，但是，他在文学创作中的探索性追求仍然是以认识—实践作用为自己的根本目的的，在这一点上，他与其他的拉普作家没有本质的差异。所不同的是，肖洛霍夫独辟蹊径，从中间人物入手，描写人物的"哥萨克气质"。"在小说中，作家虽然否定葛利高里的道路，却赞赏他英勇豪放的性格、非凡的军事才能和正直善良的人性，对他坎坷一生的悲剧结局寄予深切的同情。作家甚至把葛利高里参加反革命叛乱的主要原因归咎于苏维埃政权对他的不公正的态度，从而为葛利高里的反动立场开脱。对比之下，作家对无产阶级革命战士的一些偏激情绪和过火行为多加指责，这就暴露了作家本人的哥萨克偏见。"③ 但是，也许正是作家的哥萨克偏见使《静静的顿河》能够突破拉普创作理论的限制，成为一部优秀作品。肖洛霍夫对中间人物的描写在中国社会主义文学中具有极其深刻的影响，十七年文学中，有专门对是否可以描写"中间人物"的讨论，而从十七年开始，也一直存在着一种声音：十七年文学中描写最好的人物就是"中间人物"，

---

① 朱维之、赵澧：《外国文学史》欧美卷，南开大学出版社 1994 年版，第491 页。

② 彭克巽：《苏联小说史》，北京十月文艺出版社 1988 年版，第 87 页。

③ 朱维之、赵澧：《外国文学史》欧美卷，南开大学出版社 1994 年版，第494 页。

如《创业史》中的梁三老汉等。

拉普理论虽然存在一定的过失,但是拉普作家的文学创作在无产阶级文学规范的形成过程中发挥着相当重要的作用,对中国无产阶级文学和社会主义文学的诞生发挥着不容忽视的作用。

后 记

呈现在读者面前的这本书，是我的博士毕业论文。

2003 年上半年，是非典肆虐的时间。本来应该在 5 月举行的入学考试因此推迟到 7 月，虽然彼时已经允许大规模外出，我还是带着一丝恐慌感来到开封，并不那么坚定地参加了河南大学博士生入学考试。经过一段紧张的等待，8 月底我拿到入学通知书。9 月再次踏入河南大学，第三次成为她的一名学生。前两次分别是 1985 年和 1989 年，我进入河南大学相继度过了本科和硕士研究生阶段。这样计算下来，我在河南大学生活了十年的时间。

这次求学机会对我来说并不容易。1992 年硕士毕业后，我到安阳的一家国有企业工作，好多朋友曾经好奇地问我作为一个文科学生为什么要到企业去工作。原因当然很多，但其中一个重要原因，是因为在此之前，我母亲所在的工厂倒闭了。那个工厂是我少儿时期常来常往的一个地方，有我熟识的很多叔叔阿姨，但没有想到这样一个小型企业会倒闭，而且是县城里最早倒闭的企业之一。我想知道一个企业为什么会倒闭，从书本上得来的知识总觉得非常隔膜。因此，硕士毕业后自己便主动加入了一家国有企业。五年半之后，黯然离开。因为，我已经看到那家企业倒闭的阴影了，我不愿意成为陪葬品。我明白了一个道理，但付出的代价是将近六年的时间，从 25 岁到 31 岁的黄金时间。1998 年 4 月，经过一番周折，终于从原单位拿到了自己的档案，顺利调入了安阳师专中文系，从此正式成为一名高校教师，好友们称为"归队"。在随后的教学生活中，我经历了学校专升本的辉煌，也痛感自己"脱队"五年时间对自己的影响：企业知识了解了很多，但自身现当代文学研究的水平却不容乐观。这样，才有了 36 岁的年龄再次做学生的经历。

三年学习生活，最难忘怀的，是授业恩师们传授知识的情景。

孙先科教授是我的导师。很早就阅读过孙老师的《颂祷与自诉》。知道孙老师对西方文论，尤其是对叙事学有很深入的研究，并在运用叙事学理论分析当代小说文本方面独具慧眼。能够跟随孙老师学习当然满足了我的最大愿望。孙老师是在文学院小会议室给我们同届的八个博士生上课。他采取开放式的上课方式，先讲授一些他的研究成果，然后会提出一些问题让我们讨论，比如，"底层文学"的概念能否成立等。他的这一思路对我影响很大，到现在，每当我听到一个新名词，总是会条件反射地问自己："这个概念能成立吗？"孙老师总是能够在学业上给我以极大有鼓励。当我的论文开题遇到麻烦，是他给我以信心；当我写出论文第一章，交给老师审阅时，他对我的论文在太阳社外部研究方面做出的努力给予了充分的肯定，使我从忐忑不安中转为备受鼓励，从而大大加快了论文的写作进度。

刘增杰先生是我攻读硕士时的导师。他的现代文学史料学课，就在文学院的资料室上课。刘先生讲到某处重要的地方，总是让我们顺手拿到相应的资料，使我们有很多直观的印象。史料在我原来的认识当中，只是一些旧的资料而已。但通过刘先生的课，我认识到了史料不仅仅是故纸堆，而且是开展学术研究的起点与重要方法。没有史料，空口说话，总是底气不足。如果说，我的这本书还有一些可取之处的话，那一定是与重视史料有关。

刘思谦先生为我们开设的课程是文学理论方法与实践。课每次都是在刘先生家的客厅上，大家围坐在一起，听刘先生的精辟讲解，也在刘先生的安排下，运用女性主义开展对鲁迅名作《伤逝》的分析。耿占春教授上课最为开明，有同学建议春天上课应该到大自然中去，于是，我们的课便是在河大清新的草坪或花园中进行的，他的叙述学知识非常广博，我的另一部与人合作的论著中有许多方法都来自于他的传授。张云鹏教授为我们开设西方美学研究。我的本科毕业论文就是由张老师指导的，前两年翻腾旧书，居然翻出了我的论文初稿，那幼稚的论文上红色的批语让我感慨不已。张老师在文学院文艺理论教研室给我们上课。要求阅读的书目非常多，被逼无奈，我干脆到哲学与公共管理学院旁听了本科生两个学期的西方哲学课程，方能跟上张老师教学思路。

中国现代文学馆吴福辉研究员以讲座代替上课，他以在京海派研究方面的突出成就，每次的讲座总是能够给我们带来很多新的知识。李今研究员给我们带来的是汉译名著研究方面的最新成果，她的讲授使我对太阳社与苏联文学的关系有了一个新的认识。在大量查阅资料的情况下，我根据李今老师的研究思路写出了一篇文章，就是附录里的《"拉普"主要小说作家作品的汉译》。

关爱和教授从我们入学之初就打算为我们开课，可惜由于校务繁忙，我们只能够从他的著作中领略他的学术思想了。好在对于我本人来说，本科时期的近代文学课程就是由关老师上的，或可聊慰缺憾。

博士毕业论文完成之后，曾经送达有关专家进行盲审。校外专家有中国社会科学院文学研究所刘福春研究员、上海大学影视学院及文学院曲春景教授、浙江大学吴秀明教授、华东师范大学吴俊教授，校内专家有文学院刘增杰教授及白春超副教授。在此，我首先感谢他们在审阅我的论文方面付出的辛勤劳动，其次也要感谢他们对我的论文给予的指导意见。校外的专家都是我之前未曾谋面的，能够得到他们的指导是我的幸运。2009年11月在北京中国现代文学馆参加一次会议时，偶遇刘福春先生，他对我的博士毕业论文仍然有较深的记忆。他在审阅意见中指出我的论文"只论及小说，诗几乎没有论到，而诗在太阳社中创作量是不小的，很多社员这一时期都出有诗集，而且有的只是这一时期出了诗集"。我在这本书中仍然没有能够对太阳社的诗歌部分做出研究。主要原因是面对太阳社的诗歌及现代文学研究界的诗歌评价结论，我没有更好的想法可以贡献出来。与其说一些不疼不痒的话，倒不如暂且付之阙如，留下些遗憾为好。

曾经主持或参加我的论文开题、答辩的老师有：扬州大学徐德明教授、中国社会科学院王保生研究员、武汉大学陈美兰教授、中国现代文学馆吴福辉研究员、河南大学关爱和教授、刘增杰教授、刘思谦教授、耿占春教授、张云鹏教授，在此，我对他们表示衷心的感谢。

求学期间，同学之间也产生了深厚的情谊。张光明师兄的成熟与独特的学术视角，李军的好学与专注，李迎春的开朗与敏锐，朱秀梅的大方与聪颖，高小弘的激情与活力，杨珺的钻研精神都给我留下了深刻的印象。外语学院的刘辰旦博士、岳国法博士、地理学院的刘静玉博士、孟华博士，使我三年的学习生活更加丰富多彩。

河南大学文学院的胡德龄书记、王建国副院长、刘进才博士、侯运华博士、刘涛博士、武新军博士、孟庆澍博士，安阳师范学院文学院的翟传增教授、王宝玲副教授、解国旺博士、焦会生教授、张成全教授、全国斌博士，都曾在我的工作、学习与生活各方面给予了极大的关照，在此一并致谢。

　　三年读博期间，非常抱憾的就是，为了支持我的学习，妻子韩玉环独自承担了家庭重任。值得欣慰的是女儿赵安琪顺利考入高中，否则，我会有另外一种感受。

　　中国社会科学出版社关桐先生为本书的顺利出版付出了巨大的心血。在此特表谢意。

　　这本书能够得到出版，获得了安阳师范学院重点学科中国现当代文学学科的部分资助，特此致谢。

　　在本书最后，我把刘增杰教授在我们毕业前说的一段话作为自勉：你们博士毕业，仅仅是刚刚跨入学术研究的大门，未来的路还很长。

2009 年 12 月 3 日于北京